新潮文庫

# 満　　　願

米澤穂信著



新潮社版

10755

目次

# 満願

# 夜警

# 一

葬儀の写真が出来たそうです。

そう言って、新しい部下が茶封筒を机に置いていく。気を遣ってくれたのだろうが、本音を言えば見たくもない。それに、写真に頼らなくても警察葬の様子は記憶に刻み込まれている。あの場の色合いも、匂いも、晩秋の風の冷たさも。

川藤浩志《かわとうひろし》巡査は勇敢な職務遂行を賞されて二階級特進し、警部補となった。気が合わない男だったが、写真が苦手な点だけは俺と同じだったらしく、祭壇の中央に掲げられた遺影は不恰好なしかめ面だった。弔辞は署長と本部長が読んだが、ろくに話したこともない相手の死を褒めるのはさぞ難しかったことだろう。スピーチで描かれた川藤警部補の輪郭はやりきれないほど実像とずれていて、そんなに立派な警官だったらあんな死に方はしなかったのだと腹を立てているうちに、献花の順がまわってきた。おかげでまた随分、無愛想の評判をばらまいたらしい。

遺族は俺のことを知っていたようだ。浅黒く日焼けした男が物問いたげにこちらを見ていることには気づいていたが、茶番の席であいつのことを話すのが嫌な気がして、出棺を見送るとすぐに斎場を出た。警察葬に仕立てたせいで、斎場の中にまでテレビカメラや新聞記者が入り込んでいた。騒がしい葬式にしてしまったことについては、謝ってもよかった。俺が手配したわけではないにしても。

開けたままのガラス戸から、いつものように車が行き交う国道60号線を見る。しばらく目の前で道路工事をしていたが、それも終わり、普段の景色が戻っている。今日一日だけで幾人がこの道を通るだろう。彼らは、道の傍らに建つこの交番の巡査がひとり死んだことになど気づきもしない。それは当然のことで、二十年も警官をやってきた男がいまさら持つ感慨ではない。だが今日に限って、なぜだかそれが癪に障って仕方がなかった。こんな日は交番が禁煙になったことが無性に恨めしい。デスクの上には地図とファイルと電話が並ぶだけで、ずいぶん前に灰皿はなくなった。そしていまは写真入りの茶封筒が置かれている。

川藤の死は、おおよそこんな風に報じられた。

――十一月五日午後十一時四十九分頃、市内に住む四十代の女性から、夫の田原勝《たばらまさる》（五十一歳）が暴れていると一一〇番通報があった。現場に駆けつけた警官三人が説得を試みるも、田原は短刀（刃渡り三十センチ）で警官たちに切りかかったため、川藤浩志巡査（二十三歳）が拳銃を計五発発砲。胸部と腹部に命中し、田原はその場で死亡した。川藤巡査は切りつけられ病院に搬送されたが、六日午前零時二十九分、死亡が確認された。警察では「適正な拳銃使用だったと考えている」としている。

世間は最初、このニュースをどう取り扱うか戸惑っているかに見えた。新米巡査が被疑者を制圧できず射殺してしまった不祥事と見るか、勇敢なお巡りさんが自分の命と引き替えに凶悪犯をやっつけたと見るか。時間と共に田原の行状が明らかになり、川藤の人柄が伝えられるにつれ、ニュースの扱いは次第に後者に傾いていった。警察葬での弔辞は嘘に塗《まみ》れていたが、川藤を擁護するものとしては申し分なかった。防刃ベストの性能不足、初動での事件認識の甘さなど、警察批判の種は尽きない。しかし少なくとも、射殺そのものを批難する声は小さくなっていった。

川藤警部補どの、か。

ひどく出来の悪い冗談のように聞こえる。部下がそばにいる。聞こえないよう声を消して、独り言の続きを言う。

あいつは所詮、警官には向かない男だったよ。

二

警察学校を出た川藤の、最初の配属先がこの緑1交番だった。

「柳岡《やなおか》巡査部長どの。本日配属になりました、川藤浩志です」

署の地域課でそう挨拶してきた一言目から、何となく虫が好かなかった。妙に甲高く、なよなよとした声だと思った。初日に緊張するのは誰でも同じだが、あいつのそれは度が過ぎていた。首まわりを見ればそれなりに鍛えてきたのだとはわかるが、それでも弱々しい印象を拭えないのは、たぶん生まれつき体の線が細いからなのだろう。

「交番長でいい」

「はい、交番長」

上擦った声だった。

交番勤務は三人一組の三交代制で行われる。八人の部下の誰と誰を組ませるかは課長が決める建前だが、交番長である俺が意見を出せば大体通っていた。

課長が川藤を俺と組ませようとしたとき、俺は反対しなかった。部下の中には新人を任せられるベテランもいるが、川藤は自分の目の届く範囲に置いておきたかったからだ。その代わりというわけでもないが、三人一組のもう一人には気心の知れた男を付けてもらった。二年後輩の梶井《かじい》。書類仕事の手が遅く、太りすぎという欠点もあるが、何より人当たりがいい。苦情対応に連れていけば大抵の場合まあまあと丸く収めてしまう、交番勤務として得難い才能を持っている。愛想の悪い俺と新人の川藤と組ませるには、うってつけの男だ。

川藤の交番初勤務の日。当時の日誌をめくると、午前中に車と自転車の接触事故、昼過ぎに迷惑駐車の苦情、夕方に自転車盗難届が二件、夜になってスナックで喧嘩騒ぎがあったと書いてある。それぞれの報告書と日誌は川藤に書かせた。妙に丸みを帯びた川藤の字に嫌悪を覚えはしたものの、まずまずそつのない書類に仕上がっていた。

「どうですか」

不安げに言う川藤に、

「いいだろう。初めてにしちゃ上出来だ」

と言ってやると、見る間に相好が崩れた。素直な男ではあったのだ。

当直が明けて次の班に引き継ぎを済ませ、署に戻ると翌朝十時を過ぎている。拳銃を保管庫に戻し私服に着替えれば、後は家に帰って寝るだけだ。その前に一服つけようと喫煙室に行くと、梶井が先客で入っていた。

「どうも」

顎を引くように会釈する梶井に頷いて答え、自分の煙草に火を点ける。最初に吸った煙を、溜め息のように長く吐き出す。

「装備課、ぴりぴりしていたな」

世間話に、そう話しかける。梶井は苦笑いした。

「無理もないですが」

拳銃と銃弾を戻しに行った時、扱いは慎重にとひとくさり演説をぶたれた。いまさらな話だが、理由があった。最近都心の方で、駅のトイレに警官が銃を置き忘れる事件が起きていたのだ。何年かに一度はこうしたことがあるが、そのたびに耳にタコができるほど管理徹底を聞かされる。

「かなわねえな。とばっちりだ」

それで話を終わらせたつもりだったが、見れば梶井は煙草を指の間に挟んだままで吸う気配がない。まだ何か言いたいのだとわかって、水を向ける。

「どうした」

「ああ、いえ。いまの話で思い出したわけでもないんですが」

「言ってみろ」

梶井は、自分の手元から立ち上る煙を見ながら答えた。

「川藤、ちょっと、厳しいですね」

「そう思うか」

「ええ」

「理由は？」

そう訊きはしたが、答えはあまり期待していなかった。俺自身、川藤のどこに危なさを感じているのか、言葉では説明出来なかったからだ。しかし梶井は、

「『さゆり』の喧嘩ですが」

と切り出した。

スナック「さゆり」から通報があったのは、午後十一時三十一分のことだった。一一〇番通報ではなく、交番に直接電話がかかってきた。客の男二人が口論となり、一方がウイスキーの角瓶を振りまわし始めたという。

客層が悪い店ではない。国道沿いに建つが駐車場がなく、勢い、近所の住人が歩いて集まる店になっている。とはいえこれまでトラブルがなかったはずもないだろうが、通報を受けたのは初めてのことだった。交番からは五十メートルも離れていない。文字通り駆けつけると、五十代らしき男ふたりが取っ組み合っていた。

一方が呂律《ろれつ》のまわらない声で凄み、もう一方は「ああ？　ああ？」と繰り返すばかり。だが喧嘩慣れしている様子はない。せいぜい、一杯引っかけるつもりが飲み過ぎて箍《たが》が外れたといったところだろう。通報にあった角瓶はカーペットに転がっており、見たところどちらにも外傷はない。一目見て、これは事件化しなくて済むだろうと踏んだ。

梶井が割って入り警察だと名乗ると、二人ともたちまち大人しくなった。完全に分別がなくなるほど酔ってはいなかったようだ。後は俺が通り一遍の説教をして、梶井が宥《なだ》め役にまわる。次は引っ張るぞと脅してお仕舞いにした。三十分もかからなかっただろう。難しい喧嘩ではなかったが、川藤にまでは目を配っていられなかった。

「どうかしたのか」

「いえね」

梶井の煙草が灰皿に押しつけられる。吸殻が溢れそうな、真っ黒に汚れた灰皿。

「あいつ、腰に手をやったんですよ」

煙を浅く吸い込み、ふっと吐き出す。

「そうか」

「じゃあ、お先に」

梶井は最後まで、俺と目を合わせようとはしなかった。まともに取り上げれば面倒な話だとわかっていたからだろう。腰に手をやったと言うが、触ったのが警棒だったなら、梶井はわざわざ俺に注進したりはしない。あの程度の騒ぎで拳銃に手が伸びるようでは、確かに厳しい。

煙草が不味《まず》かった。


新人が嫌われるのは、彼らが血気に逸《はや》るからだ。血気に逸れば多かれ少なかれ余計な仕事が増える。増えた仕事は仲間を危険に晒すことがある。だから危ない部署ほど新人を嫌う。

だがそれは時間が解決していくことだ。どんな跳ねっ返りもいずれは警察の水に馴染んで、余計な力が抜けてくる。説諭で済ませていいことと事件にしなくてはまずいことの区別がついてくる。どうしてこんなやつが警官にと思うような顔も、三年もすればそれらしくなってくるものだ。だから古株が新人を扱き下《こお》ろすのは年中行事のようなものであり、深い意味はない。

しかしそれでも、たまにはどうにもならない手合いが入ってくることがある。採用試験で合格し警察学校の訓練にも耐えたはずなのに、時間が経てば経つほど決定的に警官に不向きだと露呈していくようなやつが。

たとえば、警官として守るべき暗黙の了解、最後の一線がどうしても理解出来ない人間がいる。救いようのない連中と始終付き合っているうち、自分の感覚が麻痺してくるのもある程度はやむを得ない。倫理なんて犬に食わせてしまえと思っているような同僚も多いし、俺自身、叩けば埃が出ないわけじゃない。だがそれでも最後の一線というものはある。時にはそれを忘れることもあるだろうし、覚悟の上で踏み越えることもあるだろう。だが、そもそもその一線を感じ取れないというのなら、そんな人間は警官を続けてはならない。

自分が見たものがこの世の全てだと思い込む人間も、あまりこの仕事には向いていない。悪人というのは万引き犯のことであり、警察官が現われれば泣いて謝るものだという自分の経験則から抜け出せないタイプ。全ての人間は一皮剝けば真っ黒であり、人の言うことは全て嘘だと信じ込んでしまっているタイプ。どちらも、早めに辞めた方が誰にとっても良い。

川藤浩志は、それらの類型には当てはまらなかった。

配属から一週間ほどが経った、ある日の午前中。前日からの引き継ぎは早く済み、登校時間帯も過ぎて手が空いた。交番まわりの道はだいたい教えたが、細かな抜け道も何本もある。本人には地図を見たり非番の日に歩いたりして憶えるよう言っておいたが、やはり実地に行くのが早い。

「川藤。パトロール行くぞ」

「はい。ＰＣですか」

「いや、自転車で行く。俺が先導するから付いて来い。梶井は留守を頼む」

そうして警邏《けいら》に出た。

十月になっても気温が下がらない、おかしな年だ。八月のように暑い九月、九月の残暑を移したような十月、何かが狂っているようだった。汗をかきそうな生ぬるい空気の中、勝手を知った街を警邏していく。

平日の午前中、静かな住宅街にも、ちらほらと人の姿がある。宅配便のワゴンから飛び出してくる元気な男、犬の散歩をしている中年女、肩を落としてぼんやりと歩く若い男など……。彼らのほとんどは、俺たちと目を合わせようとしない。顔を背けるわけではないが、決して目が合わないよう、不自然なまでに視線を前に固定する。彼らに後ろ暗いことがあるわけではない。むしろ警察と自分たちが無関係だからこそ、驚きと警戒を隠せないのだ。煙たがられながら頼られることに慣れなければ、この仕事はやっていけない。

小学校のそばから、大樹の陰になり見落としがちな脇道へと入る。車一台通れるか通れないかの微妙にカーブした道であり、一方通行になっている。

口を開かずここまで来た。だが、大きなイチョウがトンネルのように頭上に枝を伸ばした道路の半ばで、前から車が近づいてきた。軽自動車だ。俺は自転車を停め、川藤を見る。その顔は強張っていた。

「川藤」

「はい」

俺たちは自転車を降りる。軽自動車の運転席で、初老の男が顔をしかめるのが見える。ろくに車が通らない道だけに、さっと通れば大丈夫だとでも思っていたのだろう。一方通行違反の車と真正面から鉢合わせしてしまっては、仕事をしないわけにもいかない。

川藤には、切符の切り方は教えてある。

「お前がやれ」

と命じる。

「はい。やります」

自転車の後部には、白い鉄製の箱が取りつけられている。川藤は箱の鍵を開け、クリップボードと青い交通反則切符を取り出す。エンジンを切って車を降りてきた運転手に、例の甲高い声で言う。

「おい。わかってるだろうな。違反だよ」

俺は、川藤の頭を殴りつけたい衝動に耐えなければならなかった。そんな口の利き方は、良かれ悪しかれこの仕事に慣れきってしまった者がするものだ。今日初めて現場に出たような新人に、そんなすれた態度を取る資格はない。舌打ちが出る。

だが、一時の苛立ちはたちまち消えていく。どうせ川藤とはそう長く仕事をするわけじゃない。こいつが言葉遣い一つで簡単な仕事を難しくするとしても、こいつの将来のために叱ってやるほど俺は優しくなれない。それに、川藤は間違ったことをしているわけではない。ただ俺の癇に障るだけだ。

左手に持ったクリップボードの上で書類を書くのはコツがいる。遠目にも下手な字をのたくらせて、川藤はなんとか反則切符を切り終える。押しつけるように渡された書類を受け取り、運転手はいかにもむっつりと車に乗り込む。

川藤は満足げに俺を振り返るが、それには構わず車に近づく。窓をノックして開けさせる。運転手は、汚いものでも見るように俺を見据えた。

「まだ、何か？」

「バックで戻れと言っても無理だろう。他の車が入らないよう止めておくから、抜けてくれ」

戸惑い顔の川藤に道の入口を見張らせる。交通量の少ない時間帯だけに、懸念するほどのこともなく車を通すことが出来た。すれ違いざま、運転手は小さく会釈した。

他にはこれと言ったこともなかった。警邏を終えて交番に戻る。昼飯は毎度出前で済ませることになっており、注文は三人分まとめて出す。太った梶井が待ちかねたような顔をしていた。

帰り道でも、出前を待つ間も、量だけが取り柄の丼飯をかき込んでいる間も、川藤はちらちらと俺に目線を送っていた。こういう新人の言うことは大体決まっている。違反だとわかっていて、一方通行の道を逆走させて良かったのかと訊きたいのだ。もちろん良くはないが、あのカーブした細い道をバックで戻らせるのは無理だ。それこそ事故を招く。だが、そうしたことを川藤に説明する気はなかった。ここは学校じゃない。

そして、同じ日のことだった。昼飯を済ませたあたりから川藤の様子が変わってきた。小便でも我慢しているように、妙にそわそわとして落ち着きがない。かと思うと、俺が目を向けると平気な顔を取り繕う。夜勤に備えて交替で休もうかというところで、ようやく思いきったように言ってきた。

「もう一度、パトロールに行かせてください」

何を考えているのかと思えばそんなことかと下らなくなったが、退ける理由もない。

「いいぞ。梶井、いっしょに行ってくれ」

「いえ、あの、一人で行きます」

ふだん温厚な梶井が、ぎろりと目を剝いた。川藤はそれに気づかない。

「一人でも教わった道をパトロール出来るか、確認したいんです」

殊勝な物言いだが、論外だ。

「馬鹿野郎。警察学校で何を教わってきたんだ」

警官が一人しかいない駐在所ならいざ知らず、警邏は二人以上で行うのが原則だ。一人で、しかも新人を出すなど考えられない。そんなことは川藤も知っているはずだ。叱りつけられて、川藤はすぐ「すみません」と謝ったが、なおも未練がましそうに自転車を見ている。これは何か裏があるなと察した。

その場は収めたが、後で川藤を休憩させておき、その間に自転車を調べてみた。書類箱の鍵がかかっていなかった。

「これか」

おそらく川藤は鍵のかけ忘れに気づいたのだろう。それで、俺や梶井に見られずに鍵をかけようと、一人で警邏に行くなどと言い出した。上手くいくはずもない浅知恵だ。だが俺は、その浅はかさを笑い飛ばすことはできなかった。

その日の晩。二人に仮眠を取らせて一人机に向かいながら、俺はじっと、眠気交じりの物思いに耽った。

自転車の書類箱には交通反則切符を始め、警邏に必要な書類を入れる。確かに鍵をかけておくことにはなっている。だが、中身を盗まれでもしたならともかく、単に鍵をかけ忘れたぐらいでは大した問題にはならない。せいぜい、気をつけろと説教するぐらいだ。だが川藤は、それを小細工で誤魔化そうとした。

あれは小心者だ。ただ単に、叱られるのが怖かったのだ。子供のように。

臆病者なら使い道がある。上手く育てれば、臆病が転じて慎重な警官になるかもしれない。無謀な者よりはよほどいい。どうにもならなくても、内勤にまわせばそつなくやっていくだろう。

だが、川藤のような小心者はいけない。あれは仲間にしておくのが怖いタイプの男だ。誤魔化そうとしたのが鍵のかけ忘れ程度ならかわいいものだ。実害はない。しかし、次もそうだとは限らない。

こういう部下を持つのは初めてではない。胃のあたりに不快な塊を感じる。

むかし刑事課にいた頃、体格に恵まれた部下が入ってきた。肩幅が広く背も高く、顔つきもいかめしくて、押し出しが強い刑事になるだろうと期待した。三木《みき》という男だった。

だが、見かけ倒しだということはすぐにわかった。いい体を持っているのに体術に優れているわけでもなく、もっともな理由をつけて言われたことをやりたがらず、何か不都合があると他人に責任を押しつけることを躊躇《ためら》わない。虚勢を張るのは得意だが、ちょっと話せば気の弱さがたちまち露呈する……。普通に生きていく分には差し支えない程度かもしれないが、こいつを刑事にしておくと必ず問題が起きると直感した。その問題は、誰かの命を奪うかもしれない。

俺は三木に厳しく当たった。指導を任されたのを利して、仕事のやり方はもちろん、机の片づけ方から歩き方に至るまで徹底してやり込めた。三木が何をやっても、「よし」の一言で片づけることは決してしなかった。もっとも、三木が文句の付け所のない仕事をするようになれば、強いてあら探しをしようとまで思っていたわけではない。あいつが成長すればそれが一番いい。だがおそらく見込みはないだろう。耐えかねて三木が自分から辞めるなら、その方が警察のためになる。そう思っていた。

俺の態度を見て、仲間も三木の扱いを変えた。署内のどこへ行っても、あいつが怒鳴られないことはなかった。

「くず」

「のろま」

「なんで警官になった」

「言い訳をするな」

「なんで黙っている」

「やることをやってから口を開け」

「なんで先に報告しなかった」

「目障りだ」

「死ね」

一年後、三木は辞めた。曲がりなりにも仕事を覚え始め、もしかすると育ってくれるかもしれないと思った矢先のことだった。刑事課には、口先だけのウドの大木がいなくなってすっきりした、という雰囲気があった。だが俺は、こうなることを目論んで最初に三木を罵り始めたはずだったのに、それほど気分良くはなれなかった。

次に三木に会ったのは、三ヶ月後のことだ。地域課から連絡があって、あるアパートに来てほしいという。この忙しいときにと腹を立てながら指定のアパートに向かうと、ヒラの巡査が冷たい目で俺を迎えた。

「すみません。家族に連絡が取れなくて、遺体の身元が確認出来ないんです。署に連絡したら、柳岡さんが一番よく知ってるだろうと言われました」

古いアパートだった。塗装が剝げきって錆が浮いた階段を上ると、共有通路には洗濯機、燃えないゴミ、束ねた古新聞、曲がった物干し竿、シャフトの歪んだ三輪車があった。巡査が案内したのは、そのどん詰まりの部屋だった。

日の射さない北向きの1DKで、三木は首を吊っていた。蹴飛ばされた踏み台が砂壁をえぐっていた。背の高い男だけに、鴨居から首を吊っても、足は十センチも浮いていなかった。目と舌が飛び出していた。糞尿がにおった。死体には慣れている。頭のどこかで、死後一日というところだなと判断を下している。

「柳岡さんが一番よく知ってるんですよね」

俺が一番よく知っていた。俺が、三木を殺したのだ。

緑1交番への転属は、事実上の左遷だった。

三木は確かに警官には向いていなかった。俺は、あいつを除くことは仲間のためになると信じていた。そして三木は死んだ。

川藤も警官には向いていない。あいつはいずれ必ず問題を起こすだろう。

だが、俺はもう部下を殺したくなかった。

三

川藤が殉職した日は、朝からおかしな事が続いていた。

当直の朝は午前九時にまず署へと出勤する。天気予報では雨が降ると言っていたので、空模様が気になって玄関先で見上げたが、淡い色の空には雲一つない。そのくせ空気が湿っぽい気がして、妙な朝だと思った憶えがある。

署のロッカーで制服に着替え、引き継ぎに必要な書類を揃える。そして梶井、川藤と三人揃って、拳銃保管庫へと向かう。

銃と弾を受け取ると、装備課長の横に一列に並び、

「銃を出せ」

の号令を待つ。銃を抜き、回転式拳銃のシリンダーを引き出す。

「弾を込め」

ところがこの日に限って手元が覚束ない。五発入りの弾倉に一発入れたところで、手からばらばらと弾が滑り落ちた。暴発を防ぐため、床には毛足の長い絨毯が敷かれていて、弾が落ちても音もしない。新人なら怒声が飛んでくるところだが、装備課長とは同期だ。さすがに笑いはしなかったが、憎まれ口を叩いてきた。

「柳岡、どうした。もう年か」

「すまん」

「一発でもなくしたら、クビを飛ばしてやるからな」

冗談ではないだろう。銃弾の管理は恐ろしく厳しい。

拾い上げ、弾を込めていく。警官として生きた二十年間、刑事課と地域課に配属されている間は拳銃を持つこともあった。交番勤務になってからは当直のたびに銃を受け取ってきた。しかし弾を落としたのは初めてのことだ。

梶井と川藤はとっくに弾を込めている。もたつく俺の装弾を待って、

「銃おさめ」

の号令がかかった。

署が出す輸送バスに乗り込む。四ヶ所の交番に当直を運ぶので、車内には十二人が

乗っている。普段はパチンコの話や競馬の話、たまには夜の遊び場の話で盛り上がるが、その日の会話は何故だか途切れがちで、降りるまでディーゼルエンジンの響きばかりが耳に障った。

国道60号線は改修工事中で、アスファルトを敷き直している。そして、同僚たちが交替を待つ交番には、客がいた。

「ああ。二番だ」

珍しく梶井がうんざりした声を上げる。

「また来たんですか、あの人」

川藤も眉を寄せている。

交番にいたのは、あと十年も若ければ凄みもあっただろうと思わせる美人だ。秋寒の下、毛皮のコートに身を包んでいる。夜に見ると二十代でも通るかと思うが、日の光の下では化粧の濃さがあらわになって、四十半ばという年相応に見える。田原美代《みよ》子《こ》という女で、国道から通りを二本挟んだところに建つ一軒家に住んでいる。相談・通報者には何人かの常連がいる。筆頭は十年以上もお互い憎しみをぶつけ合っている民家二軒の住人で、「木の枝が伸びてきた」とか「屋根で猫が鳴いている」とかいう理由で通報してきては、隣家の住人を逮捕するよう言ってくる。彼らは、交番の中だけで通じる符牒《ふちょう》で「一番」と呼ばれている。

元警官だと名乗る老人も、よく来る。一日中まわりを歩きまわっては、あそこの公園でボール遊びをしている子供がいた、向こうの本屋にこんなけしからんものが売られていたと注進してくる。そして必ず「こんなに弛《たる》んで、俺が現役だったらお前らぞ全員クビだ」と言い捨てていく。いちおう署に確認してみたが、少なくとも署には老人のことを知っている人間はいなかった。彼が「三番」だ。

こういう手合いが五番までいて、田原美代子が「二番」だ。美代子のような美人が交番に来るというのはそれだけで事件なので、とかく印象に残る。仕事はバーのホステスだそうだが、来る時間は夜中が多い。話の内容はいつも決まっていて、旦那の焼き餅が過ぎて恐ろしいということだった。

これも署には確認している。美代子の旦那は田原勝といって、傷害で二度検挙されており、そのうち一度は殺人未遂の適用を検討したと聞いた。実際、粗暴で危険な男で、ただ迷惑なだけの常連たちとは違って要警戒のリストに入っている。警邏の途中で何度か見かけたことがあるが、見た目はしょぼくれた貧相な男だった。どうして美代子のような美人があれを選んだのかと不思議になるほどだが、それだけに妻への執着が強いのかもしれない。

「玄関先で美代子と話し込んだ宅配便の男に、包丁を持ち出したこともあります」

この交番では俺より古株の男が、前にそう話してくれたことがある。

交番ではだいぶ揉めている。美代子が眦《まなじり》を吊り上げ、警官の胸ぐらを摑まんばかりに詰め寄っていた。

「公務執行妨害に出来ますね」

川藤が笑って言う。美代子は確かに迷惑な女だが、だから犯罪者にしてやろうなどとは、思ったこともなかった。

「どうします。このまま警邏に行きますか」

梶井までもがそんな軽口を言う。

「連中も夜勤明けだ。さっさと引き継ぐぞ」

俺たちの姿を見ると、交番詰めの三人が一様にほっとした顔になった。美代子はこれまでの経験から、俺が交番長だと知っている。踵《きびす》を返すと、真っ直ぐ俺に向かってくる。

「よかった。柳岡さん、こいつらじゃ話にならないよ」

「落ち着いて下さい。とにかく、座ったらどうです。川藤、コーヒーを淹れてくれ。田原さんもいりますか」

「いらない」

刺々《とげとげ》しく言い放ち、腕を組んで体を揺する。

「さて。それで、用件は何です？」

「この人たちに話したわ」

「ええ、ですがもう一度話して下さい」

美代子はわざとらしく、大きな溜め息をついた。

「そうね。この人たちじゃどうにもね。聞いて下さい。あたし、旦那に殺されるかもしれない」

「なるほど。座りませんか」

「そうね」

美代子はようやく、小さな回転椅子へと座った。少しは落ち着いてきたのだろう。

ノートを取り出しボールペンを用意する間に、さすがに心得たもので、梶井が前夜の当直班と書類の引き継ぎをしている。川藤がコーヒーを持って来る頃には、彼らは「では交番長、失礼します」と言って出ていった。彼らは署に戻り、交通反則切符を始めとする書類を引き継ぎ、拳銃と銃弾を返却するまでは家には帰れない。

「ねえ。灰皿ないの」

「知ってるでしょう。交番は禁煙になりました」

「下らない。そこの開いてるドアの外なら吸ってもいいのに。寒いわ、閉めてよ」

「開けておくことになってるんです」

「なのにドアがあるの？　コンビニのシャッターとおんなじね……」

「田原さん、世間話ならよそでやってほしいね」

悪かったというように、美代子は両手を小さく挙げた。

「いざとなると、どこから話していいのかわからなくて。でも、知ってるでしょう、うちの旦那」

俺は頷く。梶井と川藤が、ちらちらとこちらを気にしながら引き継ぎの書類に目を通している。

「もともと危ないひとだったけど、最近おかしくてさ。あたしが男の人と話すと機嫌が悪くなるんだけど、この頃、なんにもしてなくても『浮気してるだろう』なんて言い出して、手が付けられないの」

「なるほど」

「職無しのくせにあたしの稼ぎで暮らしてるんだから、あのひとだってあたしの仕事を知ってるはずよ。それなのに仕事に行くと『男に会いに行くんだな』って、そりゃあお客さんは男が多いわよ。なのに暗い目しちゃって、何かぶつぶつ言ってるの。前はそんなことなかったのに」

「なるほど。すると、まだ暴力を振るわれたとか、具体的なことは起きていないんですね」

「さっきの連中もそう言ったけど、ちゃんと最後まで聞いてよ！」

「先があるんですか。どうぞ」

「あのひと、最近刃物を買ったのよ。なんていうの、ほら、大きくて、キャンプで使うのとは違う危ないやつ」

俺はちらりと梶井に目をやる。梶井も少し顔つきが変わっている。

「両刃でしたか」

美代子は眉を寄せた。

「よく見てない。大事なことなの？」

「まあ、いちおう」

美代子は少し宙を睨むようにしていたが、首を横に振った。

「わからない。忘れ物して家に戻ったら、あのひとがぼんやりした目で刃物を見つめてたの。でも、あたしに気づくとすぐ隠して、『浮気はいけないよ』なんて言いながら笑うのよ。ねえ、柳岡さん。あたしが怖がるのも無理ないでしょう？」

ボールペンを動かす手を止める。

「わかりました。パトロールを強化します」

「帰るのが怖いって言ってるのに」

「充分に注意して下さい。署の生活安全課には、こういう相談があったことは伝えておきます。旦那さんに暴力を振るわれたら、すぐに相談に行ってください。電話番号を渡します」

美代子は溜め息をついた。

「殺されてから電話しろってことね。いつもそればっかり」

「家の中で刃物を見ていたっていうだけで逮捕はできません。いちおう、この交番の電話番号も教えておきます。田原さんの連絡先は……」

「前に教えたでしょ」

相談に来た市民の住所と氏名、電話番号は、本人が拒否しない限りはファイルしてある。

「ええ。前に伺っていると言おうとしたんです。じゃ、お気を付けて」

憤然と立ち上がり、美代子は「本当に楽な仕事ね」と言い捨てて交番を出て行った。

その後ろ姿を睨みつけ、川藤が言う。

「腹が立つ女だな。楽じゃねえよ」

梶井が川藤の肩に手を置いた。

「税金泥棒呼ばわりされるたび腹立ててちゃ、胃がもたねえぞ」

ファイルケースから相談履歴を出す。田原の頁には付箋が貼ってあるので、すぐに見つかった。住所と電話番号を手帳にメモしながら、梶井に訊く。

「どう思う」

「そんな男と別れもせずにくっついているんだから、割れ鍋に綴じ蓋ってやつでしょう。手も上げない旦那に殺されるって言われても、ちょっとどうかと。ま、ああいう惚気話《のろけ》なんじゃないですかね」

「そうだろうな。ただ、田原には前科がある。女絡みじゃ凶暴になる男だ」

「またやると思いますか」

「どうかな。田原美代子の言ったことも、全部本当かどうか」

「僕にもファイル見せて下さい。いちおう控えておきます」

田原の家への道順は、毎日の警邏でわかっているが、正確な住所は、何かあったとき応援や救急を呼ぶのに役立つ。梶井がメモを取る傍らで、川藤は妙ににやけて立ったままだった。無言のうちに、「あんな女を気にかける必要はない」と主張しているのだろう。

梶井がファイルを片づけ、ようやく通常の業務が始まる。

「それで、引き継ぎは」

「物損事故が三件。自転車盗難が二件。それと、認知症の徘徊で相談がきています。捜索願は出していないようですが」

そのとき、開け放したドアから大音響が飛び込んできた。舗装工事が進み、交番の真正面でアスファルトを固める手持ちの機械が動き出したのだ。餅つき機の親玉のような機械が飛び跳ねているのを見て、梶井が苦虫をかみつぶしたような顔をした。

「こりゃ、仮眠は無理ですね」


午前の警邏に川藤を連れて行かなかったことに、他意はなかった。

徘徊老人の捜索も視野に入れての警邏だけに、デリケートな判断を求められるかもしれず、梶井の方が適任だと考えた。経験を積ませる意味で出来るだけ警邏には川藤を行かせるようにしていたが、留守番もまた経験になるという考えもあった。

相談履歴によれば、いなくなった老人は八十四歳。今朝六時頃、家にいないことに気づいた。認知症が進んでいると同時に心臓疾患もあるという。足腰はしっかりしていて、どこまで歩いていけるかは家族も把握していなかった。

国道60号線は片側二車線の道路で、明け方は運送トラックが大量に通り、横断は難しい。予断は禁物だが、国道は渡っていない可能性が高い。相談者の自宅は国道の西側に位置しているので、そちら側を中心に見てまわる。

老人は既に見つかっているが、見つかったという連絡が交番に来ていないだけ、ということも充分にあり得る。それでもいちおう、いつもより念入りに巡回し、二時間かけて交番に戻ったのは十二時半過ぎ、当時の記録によれば十二時三十三分だった。

舗装工事も昼休みなのか、機械は止まっていた。それでも、行き交う車の立てる音のため、静かだとは言えない。遅くなってしまったが昼飯を注文しようとすると、川藤が興奮気味に話しかけてきた。

「交番長。さっき、工事現場で人が倒れました」

「事故か」

「たぶん。僕は机に向かっていたんですが、交通整理をしていた誘導員がいきなり頭を抑えて倒れたんです。見に行ったら、頭に何か当たったって言っていました」

「ふうん」

椅子に座り、巡回報告書に戻りの時間を書き入れる。梶井に「親子丼、大盛りで」と伝えると、梶井が受話器を持ち上げた。川藤が慌てて「すみません、僕はカツ丼大盛りをお願いします」と言う。

「それで」

「え」

「誘導員が倒れたんだろう。どうなった」

「はい、それでですね」

川藤は唇を舐めた。

「様子を見に行ったら、車が小石を撥ね上げたんだろうって言っていました。よくあることだけど、当たるのは珍しいって。ヘルメットに派手な傷がついていました。その小石をずいぶん探しましたが、それらしいものは見つかりませんでした」

俺は報告書から顔を上げた。

「そういうことじゃない。その男は怪我をしたのか」

ふと、川藤の表情に怯えがよぎった。

「あの……。もし怪我をしていたら、捜査することになりますか。車が小石を撥ねたのでも」

「何を言っているんだ。誘導員がいなくて、他に手段が何もないなら、交通課に連絡しなきゃいかんという話だ」

　ほっと息を吐き、川藤は神妙に言う。

「それなら大丈夫です。誘導員は衝撃で倒れただけで、すぐに起き上がりました。午後からも仕事を続けると思います」

「そうか。ならいい」

　書類をまとめ、ファイルに挟む。川藤はまだ、

「ですよね。小石を撥ねた車なんて探せないですよね」

　とぶつぶつ言っている。

　昼を済ませた頃合いで、工事も再開される。再び騒音と振動が始まる。見ると、交通誘導員は普通に誘導灯を振っている。川藤が言った通り、大した怪我はしなかったらしい。

　そこから夜までは普段通りだった。

　午後の警邏に出る直前に、物損事故発生の連絡が入った。現場のスーパーマーケットは少し離れているのでパトカーを出すと、軽自動車の前部とミニバンの後部が潰れ

ていて、疲れた顔の中年男が泣きそうな顔で、ブレーキとアクセルを踏み間違えたと言ってきた。怪我人が出なかったこともあり、これは当事者同士が示談で収めた。記録によれば、午後二時四分に出発し、三十一分には戻っている。

警邏を終えた三時五十八分、行方不明だった徘徊老人の件で相談元に電話をかけた。案の定老人はすでに発見され、家族の元に戻っていた。電話の向こうで「捜索願は出さなかったんですけどね……」と申し訳なさそうに言っていたことを憶えている。

工事の騒音は夕方に入って小さくなった。十一月の昼は短い。真っ暗になった六時九分、友達の家に遊びに来たが帰り道がわからなくなったという中学生が来て、バス停の場所を訊いていった。川藤が「中学生がこんな暗くなるまで出歩いていいと思ってんの。名前と住所は」と言っていたが、「塾がある日はもっと遅くなります」と言い返され、「そういうことを言っているんじゃない」と怒声を上げていた。

午後十一時十分、隣家のテレビの音がうるさいという苦情。隣同士でいがみあっている通報の常連「一番」の片割れで、七十一歳の男性だ。現場に向かうと、うるさいはずの隣家には明かりも点いておらず静まりかえっている。「もう寝たんじゃないですかね」と言うと、「警察が来たんで慌てて狸寝入りをしているんです。構わないから踏み込んで下さい」と腕を振りまわした。

交番に戻って、午後十一時四十九分という時刻を記録する。記録によれば、署に一一〇番通報があったのも、同じ午後十一時四十九分となっている。

四

警察葬の後、川藤の遺族を訪れた。

名簿に出ていた住所は、どぶのにおいがする川に沿って建つ古いアパートだった。むかし、三木の死体を確かめるため訪れたアパートを思い出す。

呼び鈴を鳴らすと、葬儀で見かけた男が出てきた。浅黒く日に焼けた顔に、ところどころ白いものが混じる無精髭《ひげ》が残っている。訪ねることは伝えてあったので、名乗るまでもなく「柳岡さんですね」と言われた。渋みのある太い声だ。細身で甲高い声をしていた川藤とはまるで正反対だが、顔を見ると血縁は明らかだった。目元だけで写真を撮ったら、区別は難しいだろう。

「浩志が世話になりました。兄の隆博《たかひろ》です」

「柳岡です。今日はどうも……。まずは線香を上げさせて頂きたい」

「どうぞ中へ。男所帯で散らかっていますが」
六畳間には煙草の匂いが立ちこめ、卓袱台《ちゃぶだい》とテレビの他には家具らしいものもない。黄ばんだ畳の一隅に真新しい木で組み上げられた台があり、位牌はその上に載せられていた。線香立てはなく、代わりにビールの空き缶が置かれている。線香に火をつけ、空き缶に挿す。手を合わせる。

部屋には座布団がなかった。畳に直に座り、卓袱台を挟む。

「気の毒なことでした」

そう言うと、川藤隆博は感情のない顔で、

「まあ、本人の選んだ道です」

と言った。

俺の部下だった間、川藤は身の上を語ることはなく、俺も尋ねたことはなかった。ただ、警察学校で仲が良かったという交通課の男が、少しだけ話してくれた。

「隆博さん。あんたが、あいつの父親代わりだったそうですね」

隆博は頷くこともなく、ただ卓袱台に目を落としていた。

「出身は福井と聞きました」

「ずいぶん帰っていません」

太いが、静かな声だった。

「親父と折り合いが悪くて、あまり連絡もしません。浩志のことを手紙で報せましたが、返事は来ていません。テレビで見ましたが、相変わらずだった」

川藤の殉職が報道される中で、川藤の父親も何度かテレビに出ていた。どことなく小狡そうな男で、「あいつはね、昔っから正義感の強い子だった」と泣いていた。

「浩志が生まれた頃は、よそに愛人がいましてね。あんまり家にも戻らなかった。お袋は働き者でしたが、早死にしました。父親代わりというんじゃないが、面倒は随分見ましたよ」

「立派な警官でした。川藤君のおかげで、人質は助かった」

美代子は三ヶ所の切り傷を負っていたが、ダウンコートを着ていたためか、傷はどれも深くなかった。俺たちが踏み込んだ後で頭を殴りつけられて気絶し、そのとき負った頭蓋骨《ずがいこつ》の亀裂骨折が一番の重傷だった。

「そう聞いています」

「凶暴な犯人でした。私たちも彼に助けられた」

事実、後でずいぶんと考えた。川藤が拳銃を抜かなければ、短刀を持った田原を制圧するのは容易ではなかっただろう。応援を待たず突入した判断については、上層部からもだいぶ責められた。ただ、あと一分でも遅ければ、田原美代子は死んでいた。

隆博はまた、同じ台詞を繰り返す。

「本人が選んだ道です」

薄暗い部屋の中、俺と隆博はしばらく無言だった。腕時計を見て、「ではそろそろ」と言いかける。しかしその声を押さえ込むように、隆博が口を開いた。

「ただ、違うと思っているんですよ」

「違う、とは」

隆博は、俺に話しているのではなかった。自分の心を整理するように、ぽつりぽつりと言葉を続けた。

「俺はあいつのことをよく知ってます。こう言っちゃあなんだが、警官になるような男じゃなかった。血のせいだとは思いたくないが、親父に似てるところがありましてね。頭は悪くないんだが、肝っ玉が小さい。そのくせ、開き直るとくそ度胸はありましてね……。あいつは銃が好きだった。銃を撃ちたくて海外旅行に行き、戻って来れば早撃ちの自慢ばかりするようなやつです。銃を持てるからっていう理由だけで警官になったんじゃないか。

だから、人質を守ろうとして発砲したなんて話は違う。そんな立派な死に方は、俺の弟がするもんじゃないんですよ」

そしてふと、いま気づいたように顔を上げ、言った。

「柳岡さん。あいつが死んだ現場に、あんたもいたんですよね」

「いました」

「警察には、言えないこともあるのは承知しています。言うなと言うなら誰にも言いません。だから、あの日なにがあったのか、俺にぜんぶ話しちゃくれませんか」

隆博の言う通りだ。警察には、警官には、言えないことがある。

たとえば警察葬の斎場でも、いまこの場でも、俺は指揮官として川藤の死を防げなかったことを謝ってはいない。二十年間警察の水を飲んできた経験が、謝ることをさせないのだ。

遺族に現場のことを話すのは、論外と言っていい。話せば話すほど、警察の対応に不備があったのではと付け込む隙を与えることになる。誰にも言わないと言ったその口で、明日にはテレビのインタビューに応え、警察の失敗をあげつらっていても不思議はない……。

「柳岡さん！」

だが、俺は疲れていた。

川藤には、三木のような死に方をさせたくなかった。あいつが警官に向いていないことはわかっていたのだ。わかっていたのに、それを責めれば川藤も死ぬのではないかと思い、俺は黙った。左遷先の交番から、さらに飛ばされたくはなかったのだ。それなのに川藤も死んだ。首から下を真っ赤に染めた、無惨な死に方だった。もし、もっと警官の心得を教えていたらどうだったろう。お前の性格では現場に出たとき危ないぞと、ぶん殴ってでも教えていたら？

三木は俺の独善が殺した。川藤を殺したのは、俺の保身ではなかったか。

辞めよう。俺もまた、警官には向かない男だったのだ。

そう思うと、あの日の出来事がまざまざと甦ってくる。

「あの日は……。朝からおかしな事が続いていた」

俺は話した。

田原美代子は午前中に相談に来ていたこと。

勝の様子がおかしいことは事前にわかっていたこと。

徘徊老人を捜しに出たこと。スーパーマーケットでの事故。迷子の中学生。常連からの、緊急性の低い通報。

川藤の昼飯がカツ丼だったことまで俺は話した。

隆博は目を閉じ、聞いていないようにすら見える。それならそれでもよかった。煙草の脂《やに》で黄色く汚れ、線香の煙に混じってどぶ川のにおいすら漂ってくるような六畳間が、俺の告解室だった。

そして話は、十一月五日午後十一時四十九分に辿り着く。

五

雨は降らなかったが、冷える夜だった。

零時を過ぎたら俺と川藤が休憩し、梶井が最初の夜番に就くはずだった。現場から戻り、コートを脱ぐ間もなく無線機から指示が聞こえてきた。

『本部から緑1どうぞ』

「本部了解。こちら緑1、本部どうぞ」

『緑1了解。女性から、夫が刃物を振りまわしているとの通報あり。名前はタバラ。タバコのタ、ハガキのハに濁点、ラジオのラ。住所を聞く前に通報は途絶した。緑1交番が状況を把握していると言っていたが、わかりますか。どうぞ』

握りしめた拳に力が入る。手振りで梶井を呼ぶとそれだけで察したようで、手帳を出して田原の住所を書いたページを開いてくれた。

「本部了解。わかります。緑町一丁目二番地七号、田原勝の妻、美代子と思われます。どうぞ」

『緑1了解。緑町一丁目二番地七号、田原勝、了解。係官は現場に急行し、確認されたし。どうぞ』

「本部了解。急行します。どうぞ」

『緑1了解。無線には注意されたし。以上』

梶井は交信の間にコートを脱いでいた。川藤は緊張した顔をしているが、戻って来た時の恰好のまま立っている。俺も自分のコートのボタンに手をかけながら、

「防刃ベストを着けろ。急げ」

と指示する。

緊急時の反応は、やはり新人が一呼吸遅れる。俺と梶井がベストを着込んでも、川藤は袖を通すのにもたついていた。硬い素材だから着込みにくいのは確かだが、その間に俺と梶井はコートを羽織る。梶井が訊いてくる。

「警杖《けいじょう》はどうします」

交番の壁には一・二メートルの杖が立てかけられている。長すぎて、自転車を使うなら持って行けない。パトカーには積めるが、あいにく田原の家の近くは一方通行が多く、車では大回りになる。

「置いていく。時間が惜しい」

「わかりました」

ようやく川藤が防刃ベストを身につける。コートにも手を伸ばしているが、

「行くぞ」

と制して、交番を出る。

わからないもので、普段は空を見上げるような趣味を持ち合わせてはいないのに、その晩の月だけはよく憶えている。雨と予報された空は薄い雲に覆われて、満月はおぼろに霞んで見えていた。緊急とはいえ、前後の見境なく非常識な速度で走るわけにはいかない。急ぐ中にも、腰の警棒を意識する気持ちの余裕はあった。

通報から七分後、十一月五日の午後十一時五十六分に現場に到着。すでに近所の住人が道路に出て、不安げに一軒の家を見つめている。寝間着に半纏を羽織った老人が、俺たちの姿を見るや「ああ来た、お巡りさんこっちこっち」と手招きした。

「さっきまで悲鳴が凄かったの。いまは静かになっちゃって……」

と言いかけたところで、出し抜けにきんきん声が響き渡った。

「やめてーっ、許してーっ」

男の声は聞こえない。すぐに無線機を手に取る。

「緑1から本部どうぞ」

『緑1了解。どうぞ』

「本部了解。田原美代子の自宅に到着。事態は切迫している模様。応援願います。どうぞ」

『緑1了解。応援送ります。以上』

無線を切ると、すぐに梶井が訊いてくる。

「どうします」

応援を待つか、という意味だった。答えるより先に、川藤が言った。

「行きましょう。相談されたその日に死なれるなんて、洒落にならないっす」

俺は川藤を睨みつけた。死は、軽々に口にすべきではない。

ただ、田原勝が刃物を持って暴れているなら、一刻を争うのも確かだ。

「やろう」

「わかりました」

田原の家は二階建てで、コンクリート塀に囲まれている。玄関は見えているが、街灯の乏しい住宅街ということもあり、他の様子はわからない。玄関の鍵が開いている保証はない。テラス窓があれば、最悪の場合、それを割って侵入ということも考える。

「梶井、先頭を頼む」

「了解」

梶井、川藤、俺の順で玄関へと走る。梶井が肉づきのいい指をドアノブにかけると、振り向いて、頷いた。鍵は開いているらしい。梶井は右手で警棒を抜き、左手で改めてノブを摑む。

「行け」

の合図で、梶井が駆け込む。同じく警棒を摑んだ川藤が続き、俺は一瞬だけ目線を走らせて周囲を確認する。コンクリート塀の内側は剝き出しの土になっており、大きな寸胴《ずんどう》のポリごみ箱が置いてある。煉瓦で囲まれた一角の内側は花壇なのかもしれないが、季節のせいなのか、いまは草一本見当たらない。

二人に続き、俺も田原家の中に入る。明かりは点いていた。そして、板張りの廊下に点々と血が残っている。廊下は左手に伸び鉤の手に曲がっているが、右手には階段がある。梶井の戸惑いを察し、俺は声を張り上げた。

「田原あ！　そこまでだ！」

相変わらず、男の声はない。だが耳をつんざく甲高い声が返ってきた。

「助けて、ここよ！」

「一階だ」

俺の言葉を待たず、梶井は土足のまま駆け上がる。泣き出しそうな「早く、早く、早く！」という声に導かれ、広くもない家を走る。ガラス戸で仕切られたリビングらしい部屋には、誰もいない。

声は途絶えた。だが、何かを殴るような、鈍い音が聞こえた。その音にいち早く反応したのは川藤だった。廊下に戻り、さらに家の奥に向かう。襖が開いていて、明かりの消えた部屋があった。そこに飛び込む。

六畳を二間繋げた部屋の奥、障子戸が倒されテラス窓が開いていた。縁側の先、土が剝き出しの庭に美代子がいた。尻をつき、コンクリート塀にもたれかかって顔を上げない。月明かりの中、仕事帰りのままだろうダウンコートが斜めに切られて、中綿がはみ出しているのが見えた。

そして美代子の横に男が立っている。頬骨が浮き出るほど痩せて、背が高い。やつれているが、見間違えるほど変わってはいない。田原勝だ。

俺たちは室内を抜け、庭に降りる。そのまま制圧出来るかと思ったが、田原はどこから出したのかと思うほど凄みのある声で「動くな」と叫んだ。俺たちが止まったのは、その声のせいではない。田原が美代子の首すじに刃物を当てたからだ。月明かりの中、刃物は異常に大きく見えた。それは俺が危惧した両刃ではなかったが、反りがある。短刀だった。

田原は、最初の一喝からがらりと変わって、媚びるような声で言った。

「お騒がせします。お巡りさん、見逃して下さい。家庭の問題ですから」

「ふざけるな、正気かお前」

「もう疲れたんです。美代子の浮気には」

「落ち着け。とにかく刃物を下ろせ」

位置がまずかった。先頭は川藤。梶井は縁側から降りたところで、川藤の真後ろに立っている。何をするにも川藤が邪魔で素早くは動けない。俺は庭に降りていなかった。縁側から田原まで、五、六メートルほど。警杖を置いてきたのは失敗だった、という思いが頭をよぎる。

「用事が済んだら、好きにして下さい。ただ、俺は……」

縋《すが》るように言いかける田原の言葉を遮って、いきなり川藤が叫んだ。

「諦めろ。緑1交番だ！」

初めての捕り物でわけのわからないことを口走る例は多い。バールを振りかざした被疑者に向けて「終わって下さい！」と叫んだ新人もいた。だから川藤の言葉も変だとは思わなかった。だが、その一言は田原を豹変させた。

「緑1？　貴様か！」

短刀を美代子の首から離す。気弱そうですらあった顔は一変し、落ち窪んだ眼窩《がんか》の奥の凶暴な目は、およそ正気とは思えなかった。

「貴様が美代子を！」

突っ込んでくる。

俺は縁側から飛び降りる。梶井は警棒を構え、一歩下がる。短刀が川藤に向けて突き出されたとき、俺は土に片足をついていた。

梶井の体が邪魔になり、その先ははっきりとは見えなかった。ただ、二十年の警官生活の中で訓練場以外では聞いたことのない、しかしはっきりそれとわかる音は聞こえた。――銃声だ。

早撃ちだった。音は、一続きに聞こえた。

だが田原は止まらない。短刀が伸びる。

直後、田原の体がぐらりと傾く。突進の勢いそのままに、膝から崩れ落ちるように転がる。

「確保！」

そう声を上げ、屈んだまま滑るようにして、倒れた田原に覆い被さる。短刀を摑んでいた右手を押さえ込む。

だが、俺に続くはずの部下は動かなかった。顔を上げ、俺はようやく、何が起きたかを知った。

血だ。首から噴き上がっていく。川藤の手は自分の首を押さえようとするが、指の間から血は放水のように放たれ、コンクリート塀まで飛び散っていく。

「川藤！」

梶井が絞り出すような声を上げる。俺は田原から手を離さなかった。

サイレンが近づいてくる。救急が来た、川藤は助かる、と思った。

現職の警官として、サイレンを聞き分けられなかったのは恥とするべきだ。

駆けつけたのはむろん応援のパトカーであり、ただちに要請した救急が到着するまでには更に十四分かかった。

救急車は二台来て、田原を残し、川藤と美代子を乗せていった。この点は後に批判されたが、田原は即死であり、川藤はまだ生きていたからと説明された。ただ私見としては、あの時点で、川藤にまだ命があったとは信じていない。

六

話が終わる頃には、空き缶に挿した線香は燃え尽きていた。

口を閉じると六畳間は静かだった。隣人は一人もいないかのように静まりかえっている。車の音も聞こえない。ただ微かに、どぶ川の水音だけは聞こえるようだった。

病院で意識を取り戻した美代子は錯乱し、しばらく話も聞けなかった。二日様子を見て、落ち着いた頃合いを見計らって話を聞きに行ったが、本人も何が何だかわからないと言っていた。

あの日、美代子はいつも通り仕事に出かけた。バーのホステスと言っているが、店の実質はクラブに近い。午後十一時半に店が閉まり、家に帰ってすぐ、夫に襲われたという。

「やっぱり浮気していたな、わかったんだ、の一点張りで、話なんか通じなくて……。

おかしい男だってわかってた。いつかこうなるって。でも」

不意に、燃え上がるような目で美代子は俺を睨んだ。

「何も、殺さなくてもよかったのに！　人殺し！」

後で知ったが、この時点で田原美代子は、川藤が死んだことを知らなかった。ただ、もし知っていたとしても、美代子の夫が射殺されたことには変わりない。

緑1交番の名を聞いた途端に田原勝が態度を変えたのは、美代子の浮気相手が交番の警官だと思い込んでいたからだろう。事実、美代子は緑1交番を頻繁に訪れていた。疑念に囚われた田原がおかしな思い込みをしても不思議はない。

……美代子が本当に警官と浮気をしていなかったかについては、内偵が入った。もし川藤と美代子が出来ていたとするなら、事件の動機は痴情のもつれになる。それを公表するかはともかく、事実の確認は行われた。

結果はシロだった。勝が死んだ後も美代子は浮気の事実を否定し続け、調査結果にも疑わしいところはない。そもそも川藤が緑1交番に配属されたのは、事件の一ヶ月前に過ぎない。

瞑目《めいもく》し石のようになっていた隆博が、ゆっくりと目を開ける。

「柳岡さん。いくつか、聞かせてもらっていいですか」

「どうぞ」

「あいつは即死じゃなかった。首を手で押さえながら、しばらくは生きていた。そうですね」

頷く。

「……最期に、あいつは何か言いやしなかったですか」

思い出す。応援の警官の怒号。不思議に無感情な声で救急を要請する自分の声。何度も川藤の名を呼ぶ梶井。紙のように白い川藤の顔に飛び散った、血の赤。

最期まで、川藤はたいしたことを言っていない。

「『こんなはずじゃなかった』と」

「それだけですか」

「『上手くいったのに』と。そう繰り返していました。『上手くいったのに』」

上手くいったのに。隆博はその言葉を、自分でも何度も呟く。

「何のことだと思いますか」

「射撃のことでしょう。川藤が撃った弾は、確かに田原に命中していました。川藤は恐らく、田原を止めたと確信したはずです。しかし田原は止まらなかった。当たったはずなのに、自分が死ぬとは思わなかった。そういう意味でしょう」

納得したのかしないのか、隆博は俯《うつむ》いて身じろぎもしない。

「あいつの弾は、全部犯人に当たったんですか」

その点は検証が行われた。表向きは適正な拳銃使用だと発表しても、発砲はやはり不祥事のような扱いを受ける。現場検証は徹底していた。

「いえ。四発です。うち一発が心臓に当たっていました」

「新聞じゃ、あいつは五発撃ったと書いてありました」

「そうです」

「鉄砲には何発弾が入るんですか」

「五発です」

「弟は、ありったけの弾を撃った」

「そうです」

少しの沈黙の後、隆博はこう言った。

「外れた一発はどこにありましたか」

それについては、どこにも報道されていなかった。

「庭に落ちていました」

「落ちていた。しかしさっき、庭は土が剝き出しだと言っていた」

しかし事実である。

外れた弾は俺が見つけた。川藤と美代子が搬送されていき、田原の死体が残された庭で、土にめり込んだ金属を見つけた。鑑識が派遣されたと聞いていたので、手は触れなかった。だがそれは、間違いなく川藤の拳銃から発砲された実弾だった。

「落ちていました。ただ、川藤は外したんじゃない」

「というと」

「空に向けて威嚇発砲したんでしょう。その弾が落ちてきた」

「あいつは威嚇発砲をしたんですか」

俺は、すぐには頷けなかった。

目の前に梶井がいて視界が遮られていた。威嚇発砲をする川藤を見たかと言われると、見てはいない。その余裕はなかったのでは、とも思う。だが、

「したでしょう。現に弾丸が地面に落ちていた以上、そう考えるしかない」

隆博は頷きはしなかったが、繰り返し念を押すこともしなかった。ただ、詫びるように、

「煙草、いいですか」

と訊いてきた。

二人で煙草を吸う間、お互い口を利くことはなかった。隆博の顔には表情というものがない。何をして生きている男なのだろう。

……俺自身、ひとつわからないことがある。

田原家に突入したとき、川藤は警棒を持っていた。梶井が左手でドアノブを摑み右手に警棒を持ったとき、川藤も警棒を手にしていた。これは憶えている。しかし田原が襲ってきたとき、川藤は間髪を容れず発砲している。いつの間に拳銃に持ち替えたのか。

ただ、川藤に拳銃を使いたがる癖があった事も間違いない。スナック「さゆり」の一件を思い出せば、頷けないこともない。

大きく煙を吐き、隆博が灰皿代わりの空き缶に煙草をねじ込む。俺の煙草が終わるのを待ち、携帯電話を出してきた。

「実は、柳岡さん。あの日、弟からメールが届いたんです」

初耳だった。

隆博は携帯電話を操作し、当のメールを俺に見せる。

——とんでもないことになった。

文面はそれだけだった。受信時刻は、十一月五日、午前十一時二十八分。

「あいつがメールを出すところに、気づきませんでしたか」

「この時間はパトロールに出ていました。川藤は交番でひとりだった」

携帯電話を卓袱台に置き、隆博が言う。

「あいつが俺に『とんでもないことになった』と言うのは、だいたいろくでもないときです。そう決まってた」

太く落ち着き、確信のある声だった。

「あいつが高校生のとき、やっぱり『とんでもないことになった』と言ってきたことがあります。付き合ってる女が妊娠したと言ってきたんです。なにしろ小心者だから泡を食って、俺に電話してきた。お袋が死んでいたのは良かったかもしれない。もし生きていたら、あいつはたぶんお袋に泣きついたでしょうから」

「……」

「調べたところ、金ほしさの狂言だとわかりました。タチの悪い女でね。柳岡さんの前で言うのもあれだが、事を収めるには随分、荒っぽいこともしました。

大学受験の時も、とんでもないことになった、と。入学金をあらかたパチンコでスッたんです。俺の貯金じゃ足りなくて、方々に頭を下げあっちで一万、こっちで五千と借りて、何とか間に合わせました。あのときが一番やばかった。生まれて初めて、弟を本気で殴りましたよ」

隆博はふと、俺をまともに見た。

「わかりますか、柳岡さん。あいつが『とんでもないことになった』と言うのは、俺に尻拭いをしてくれと頼むときです」

「あの日も、あんたが」

しかし隆博はかぶりを振る。

「いや、あの日は何もしていません。携帯電話を家に忘れて出かけたんです。帰って来てメールに気づいて、何かあったなと思っていたら、夜になって」

川藤浩志は殉職した。

「柳岡さん、どうですか。あいつが送ってきた『とんでもないこと』ってのは何だったか、心当たりはありませんか」

俺は、黙り続けるしかない。あの日、俺たちが警邏に出ている間、川藤に何があったか。考えたこともなかったからだ。

「とにかく」

隆博の声から張りが消える。呟くように、彼は最後にこう言った。

「俺はあいつが勇敢に死んでいったなんて思わない。あいつは駄目な男だった……。

やはり、俺は何も言えなか

だが隆博の言葉で、五発目の銃弾はなぜ庭に落ちていたのか、どうやらわかりかけてきた。

## 七

葬儀の写真を見ないんですか。

新しい部下が、そう訊いてくる。

「後で見る」

それだけ言って追い払った。部下は、ふんと鼻を鳴らして背を向ける。俺がこのまま警察にいるとは思っていないのだろう。川藤の兄は約束通り、誰にもなにも話さなかったから、殉職に関するいきさつを民間人に漏らした責任は問われなかったが、無謀な突入で部下を死なせた男として、陰に陽に退職を迫られている。その圧力に抵抗する力は、もう残っていない。漫然と過ぎて行く日々の中、俺はただ、川藤に起きた「とんでもないこと」について考え続けている。

開け放したガラス戸から、国道60号線が見える。舗装工事は終わって、真新しく黒々としたアスファルトの上を車が走っていく。

十一月五日、工事現場の誘導員のヘルメットに当たったのは、何だったのだろう。川藤は車が撥ねた小石だと言っていた。いや、そう強調していた。心に引っかかるほど、あいつは「車が撥ねた小石」と言い続けていた。

いまの俺には、それが何だったかわかる気がした。

拳銃弾。

銃を撃つために海外旅行に行く川藤。スナックでの小競り合いですら、銃に手を伸ばした川藤。あの日、一人で交番にいた川藤は、拳銃を触っていたのではないか。暇に飽かせての遊びだったのか、それとも汚れでも見つけての手入れだったのかはわからない。とにかく、川藤は拳銃を発射してしまった。

交番のガラス戸は、いつも開け放してある。弾は外へと飛び出す。道路工事の騒音と振動のおかげで、銃声は隠された。だが川藤は、誘導員が倒れるのを見た。暴発した弾が当たったのだ。交番を空けて、川藤は誘導員に駆け寄る。幸い、怪我はない。ヘルメットを掠めただけらしい。誘導員は、車が小石を撥ねたのだと思い込んでいる。川藤は胸を撫で下ろす。

しかしすぐにでも、自分が破滅に瀕していることに気づいただろう。警察において、銃弾の管理はおそろしく厳しい。その紛失は一発だけでも出世の道を閉ざし、ややもすると退職にすら追い込まれかねない。しかも川藤の場合、暴発の上、事もあろうに人間に当たっている。依願退職では済まないどころか、おそらく訴追される。

川藤は兄に向けてメールを打つ。——とんでもないことになった。だが返信はない。もっとも、もし隆博がメールを見ていたとしても、今回ばかりは何も出来なかっただろう。

失敗を隠すためなら、あり得ないようなことでもしようとする。書類箱の鍵をかけ忘れたとき、一人で警邏に行くと主張したように。川藤は考えた。どうすれば暴発を隠せるか。誘導員は撃たれたことに気づいていない。跳ねてきた小石を探すと主張して歩きまわり、恐らく幸運にも、弾丸を見つけることはできた。だが問題は返却だ。当直が終われば、銃と銃弾を返さなくてはならない。一発でも足りなければその場で発覚する……。

そして辿り着いた結論は、暴発を隠すには発砲すればいい、ということではなかったか。

川藤は田原に電話をかけた。連絡先は相談履歴に載っている。田原は無職で、昼間も家にいた。そしてこう告げる。

——奥さんは浮気している。相手は緑1交番の警官だ。

田原はもともと、かなり不安定な精神状態にあった。得体の知れない電話を笑い飛ばすことは出来ない。火のないところに煙は立たずと思っただろう。川藤は田原勝を、合法的に銃弾を撃ち込んでもよい的に選んだのだ。

事は上手く運んだ。田原は帰宅した美代子を襲い、美代子は警察に通報した。交番の電話番号を教えておいたのに一一〇番通報されたのは予想外だったかもしれないが、いずれにせよ出動命令は最寄りの緑1交番に発せられた。いざ現場に到着したとき、応援を待とうと仄めかした梶井に対し突入を主張したのは、川藤ではなかったか。

田原家に入る際は、警棒を構えていた。最初から拳銃を抜いていれば、俺が確実に止めただろう。捜索のどさくさに紛れて拳銃に持ち替え、田原を捜す。

対峙した田原は、しかし予想外に大人しい。異常なことを口走ってはいるが、襲いかかってくる気配はなかった。そこで川藤は叫ぶ。「諦めろ。緑1交番だ！」。その一言は、合言葉のように覿面《てきめん》に、田原を激昂させる……。

あのとき、俺は銃声を何発聞いただろう。わからない。音は一続きに聞こえた。

銃声は、四発だったのではないか。川藤は全弾を命中させ、そして交番勤務中に暴発した一発を、足元に落とした。おそらくは上から踏みつけ、土にめり込ませもした。全ては一瞬の出来事だった。

しかし、川藤は一つ大きな誤りを犯した。人間の執念を甘く見たのだ。

短刀で頸動脈を切り裂かれ、全身の血を失っていく中、川藤は呟き続ける。

「こんなはずじゃなかった。上手くいったのに。上手くいったのに……」

美代子に訊いた。田原は以前から、警官を浮気相手として疑っていたのか。美代子は、そんな素振りはまったくなかったと断言した。あの夜までは店の客ばかり疑っていたのに、と。

非番の日、交番の向かいに立つ街路樹に傷を見つけた。幹の一部が刃物で傷つけられており、深く突き刺さった何かを引き抜いたような痕が残っていた。

隆博はおそらく、弟が何をしたのか気づいている。俺は警察を去るだろう。

国道60号線を無数の車が走っていく。それぞれに人生を乗せて。そいつらの中にはきっと、生まれつき警官に向いた男だっているのだろう。

だがこの交番にいたのは、警官に向かない男たちだった。

こんな日は、交番が禁煙になったことが無性に恨めしい。

# 死人宿

一

佐和子《さわこ》の居所がわかったと聞いて、取るものも取りあえず家を飛び出したのは、残暑の名残が長く尾を引いた九月終わりのことだった。なんでも栃木は八溝《やみぞ》の山深く分け入ったところに、人に知られぬ温泉宿があるという。佐和子はそこで仲居に納まっているとのことだった。

最寄りと言えるほどの距離に駅はなく、ざっと調べたところではバスも通っていないらしい。このところ自分で運転したことはなかったが、何とかなると思い切りをつけ、車を借りた。最初は危なっかしかったが、よろよろと市街地を抜け、緑濃い山中に分け入るころにはだいぶカンを取り戻していた。

いつしか道からは車線が消え、前後に他の車も見えなくなる。気が急《せ》いて、ついアクセルを踏みすぎる。用意した地図によれば、国道から一度折れればあとは分かれ道もないはずだったが、実際に走ってみると小路が左右に伸びている。本当にこの道で合っているのか、行った先に本当に佐和子がいるのか、何とも落ち着かない。ゆるやかな傾斜に沿って作られた田園は黄金色に色づき、畑に青々と茂るのは里芋の葉だろう。家々の屋根に塗られた人工的な色が、ところどころにぽっかり浮かんで見える。気づくと道は川に沿っていた。ちらりと見るだに、流れが速そうだ。

それでもずいぶん上流まで来たらしい。見れば、川には梁《やな》が築かれている。雲一つ無い空から注ぐ日差しの強さは夏のままだが、とうに落ち鮎の季節なのだ。川の一部を竹製の簡易ダムで堰《せ》き止めて、川を下る鮎を待ち受ける。河原の広がりからすると本来はもう少し広い川のようだが、このところの晴れ続きで細っているのだろう。梁は川の幅をほとんどいっぱいに塞いでいた。河原に小屋が建っている。獲れた鮎は客にふるまっているらしい。昼時でもあり、荒縄で簡単に区切られた駐車場には数台の車が見えた。

私も河原に車を寄せた。いま鮎を賞味する気にはなれなかったが、思いがけない道の遠さに不安になってきたのだ。梁の主人は渋紙色に日焼けした五十がらみの男で、さして愛想が良くもなかったが、道を尋ねる私が客でないと知っても、嫌な顔ひとつしなかった。

「ああ、その宿なら道はあってる」

ただ、ちらちらと探るようにこちらの顔を見るのが、妙にひっかかる。

「一時間ほどで行けるよ」

礼もそこそこに、私は車に取って返した。

一時間と言われたが、それでは済まなかった。道は進むほどに険しく、舗装されているのが不思議なぐらいに細くなっていく。村落の風景はいつしか過ぎ去って、道はひたすら渓谷へと分け入っていく。ガードレールがなくなり、道は高いところを走っている。ひとつハンドル操作を誤れば谷底に真っ逆さまだ。緊張に体が硬くなり、亀が這うような速度で曲がり角をひとつひとつこなしていく。梁の主人が一時間と言ったのは、通い慣れた者の時間感覚だったろう。日は林冠《りんかん》に隠されて辺りは薄暗く、まだ午後の早い時間なのに、このままでは明るいうちに辿り着けないのではと焦りが出てくる。

だが、木々のあいだにふと赤い塗装が覗いたかと思うと、建物が唐突に現われた。赤は先客の車の色だった。ここが目指す宿に違いない。ようやく着いたと息を吐くと、隘路《あいろ》がよほど応えていたのだろう、凝りきった肩がみしみしと痛んだ。

エンジン音で気づいたのだろう。宿から人が出てくる。

あれほど探しても見つからなかったのに、再会はあっけないものだった。作務衣《さむえ》を着た佐和子がそこにいた。

それにしてもつくづく、よくこんなところに宿を作ったものだと思う。車から下りて見れば谷は思ったほど深くなく、眼下を流れる川までの落差は五メートルほどだろう。しかしとにかく山奥のことで、建材を運ぶだけでも一苦労だったに違いない。平たい土地が充分取れるはずもなく、宿は山肌に沿って下るように建てられていた。駐車場に至っては中空に張り出して、鉄骨で支えられている。

二年ぶりに会う佐和子は、やはりどことなく人が変わっていた。私を見てもさほど驚かず、「ああ、久しぶりね」と迎えてくれた。かつての佐和子であれば、職場に訪れた者はたとえ恋人であっても、一人の客としてのみ扱ったものだ。

夕食の支度にはまだ早く、宿の仕事は手すきになっているらしい。私は旅客用の部屋ではなく、裏手の応接間に通された。座椅子が置かれた六畳には長らく来客がなかったらしく、ぽっかり空いた違い棚には薄く埃が積もっていた。

茶を淹れる佐和子の手つきは慣れていて、もうすっかり仲居の仕事に馴染んでいることを思わせた。私はずっと無言だった。生きている佐和子を見たい一心でここまで来たが、言うべき言葉が思いつかなかったのだ。

自分の茶に口をつけると、佐和子は微笑んで言った。

「いつか来ると思ってた」

この場所は、旅行代理店に勤めている友人から聞いた。彼は佐和子のことも知っていて、温泉街の集会に顔を出した佐和子を一目で見分けたのだ。その時から、佐和子は私の訪問を予感していたのだろう。

だがそれにしても泰然としている。最後に見た、怯えきった姿とはまるで違っている。やはりあの頃の佐和子は普通ではなかったのだ。

意を決し、私は言った。

「戻って来ないか。復職は難しくても、きっと俺が何とかする」

あら、という呟き。

「あなたがわたしを助けてくれるの？」

さりげない一言が、しかし胸に刺さる。

私と佐和子は、有楽町でのピアノコンサートで知り合った。二人とも友人と来るはずだったが、当日になってその友人が来られなくなったのだ。何となく交した言葉から交際が始まった。

佐和子は私立大学の事務員だった。私は証券会社に入ったばかりで、何でもやってやるぞという気力に満ちていた。私たちは若く、二人の時間を大いに楽しんだ。結婚を具体的に意識したことはなかったが、何事もなければいずれは一緒になったのだと思う。

しかし付き合い始めてから一年ほどで、佐和子の様子がおかしくなり始めた。

——職場で、うまくいかないの。

自嘲するように口元を歪《ゆが》めて、佐和子はそう言った。上司と反りが合わないのだと。それに対し、私は講釈めいたことを言った。

——どこに行ったって、嫌なやつはいるよ。いちいち気にしていたら負けだ。仕事のうちだと思って割り切るしかないよ。

佐和子はそれからも、同じようなことを繰り返し私に語った。私もまた、同じ講釈を繰り返した。上司と反りが合わないのは私も同じだ。佐和子は甘い。そう信じて疑わなかった。

助けを求める声に気づいていなかったのだ。

佐和子は仕事を辞めた。友人達との付き合いも断ち、アパートを引き払った。私を含め、誰も彼女を助けなかった。佐和子は自分を助けなかった者たちの前から姿を消した。

失踪から半年ほど経って、佐和子の勤めていた大学で不祥事があった。嫌がらせや恫喝を繰り返す上司に耐えかねて、事務員たちが結束して訴訟を起こしたのだ。名門大学での事件は雑誌やテレビで面白おかしく取り上げられたが、私にとって報道のひとつひとつが後悔の種になった。佐和子の言っていたことは誇張でも甘えでもなかった。彼女は確かに、度を超えて酷《ひど》い目に遭っていたのだ。

それなのに私は説教をしただけだった。ここまで来たのは、それを謝るためではなかっただろうか。

「きっと力になるから」

今度こそ、という意味を言外に含ませる。佐和子は含み笑いをするだけで黙っている。私は声を励ます。

「まだこれからじゃないか。こんな山奥で引きこもっても、先はないだろう」

「そう?」

ちらと小首を傾《かし》げ、佐和子は言う。

「こんな山奥とは随分ね。ここはわたしの実家よ」

ひやりとする。

「ふふ、嘘よ。叔父さんの家なの。先がないと言うけど、結構繁盛してるのよ。何と言っても噂の名湯だもの」

この宿が儲かっているかどうかなど、私にはどうでもいいことだった。しかし佐和子は私の表情を読み違えたようだ。

「本当よ。聞いたことない？　何度かニュースにもなってると思うんだけど」

「さあ」

「そうね。あなたは忙しい人だもの。三面記事まで見ていられないのかもしれない」

佐和子は、どこか悪戯っぽい笑みを浮かべている。それは私の知らない表情だった。

「この宿では、というよりこの温泉ではね。よく、不幸な事故が起きるのよ」

湯呑み茶碗を両手で柔らかに包み込み、佐和子は楽しげに語る。

「ここから河原に下りると、火山ガスが溜まりやすい窪地があるの。そこで毎年一人か二人は死んでいるわ」

私は息を呑む。

「どうして、そんな危険な場所に」

「だからいいのよ。噂の名湯と言ったでしょう」

そして佐和子は、私の知恵を試すかのようにこちらを見つめた。私は何も言えなかった。人が死ぬ宿というのも恐ろしい話だが、それをさらりと口にする佐和子の変わりように言葉を失ったのだ。

佐和子は、もったいぶりはしなかった。

「死にたい人たちのあいだで、随分評判らしいのよ。楽に、綺麗に死ねる。おかげで、行楽の時季を外れてもお客さんが絶えないの。実際にガスを吸いに行くのは年に何人もいないんだから、その何人かが死んで代金を踏み倒しても、結構算盤《そろばん》は合うのよ。それに、最期の晩餐のつもりか、大盤振る舞いしてくれるお客さんも多いしね」

「……」

「叔父さんには子供がいないの。もし何かあったら、この宿はわたしに譲ってくれることになってる。温泉宿一軒なら悪くない財産でしょう。先がないなんて思わない。――たとえ、その宿が『死人宿《しにんやど》』でもね」

そろそろ仕事に戻る時間なのだろう、佐和子はすっと立ち上がった。肩越しに言う。

「いまの話を聞いても、泊まる気はある？　あるなら、お会計は安くしておくわ」

二

通された部屋には「竜胆《りんどう》」の表札が出ていた。入ると床の間つきの十畳で、違い棚に置かれた細口の花瓶には夾竹桃《きょうちくとう》の花が生けてあった。造花かと思ったが、触ってみると瑞々しい。どうやら少し前に枝ごと切って来たらしい。他にも仲居がいるのかもしれないが、その花は佐和子の心づくしに思えてならなかった。

とにかく急ぐばかりだったので、旅支度というほどのものは何も持って来ていない。もともと泊まる気はなかったが、昼のあいだは佐和子にも仕事があるだろう。じっくり話すには、夜まで待つしかない。

気づくと、障子の外からざざざ、と音が聞こえる。何かと思って障子を開けると、窓のすぐ外で広葉樹が揺れて、葉擦れがざわめきになった。足下の谷が風の通り道になっているらしい。

十畳間にごろりと寝転がる。朝に家を出る時には予想もしていなかったが、今日一日は久しぶりの休暇ということになりそうだ。一度気を抜くと運転の疲れが押し寄せてくる。そのくせ、神経が昂《たか》ぶって休まりそうもない。

せっかく温泉宿に来ているのだ。湯を使わせてもらおうと起き上がる。

宿は谷にへばりつくように建てられているので、館内には階段が多い。玄関が一番高い位置にあり、後は下る一方になる。地形に沿っているらしく廊下は右に左にと緩やかに曲がっていて、漆喰様の白い壁が先も見通せず下っていくのは、いっそこの世のものではない感じさえする。壁に、ブリキの看板が貼りつけてあるのを見つけた。剝げかけた塗料で、内湯と露天風呂への行き方が示してあった。天気はいい。露天を選ぶ。

狭い廊下の先に、ふと黒い髪が現われる。紺地に流水模様の浴衣を着た女が、向こうから歩いてくる。洗い髪からすると、湯から上がってきたところなのだろう。前方に私がいることに気づくと顔を伏せ、スリッパを履いているのに足音も立てずにすれ違っていく。美しいが、どこか淀んだ雰囲気の女だった。佐和子から聞いた嫌な話が頭に残っていて、それで先入観があったのかもしれないが。

下り廊下が思ったよりも長いので、露天風呂は谷底の河原にあるのかと思ったが、それよりは高い位置に「ゆ」と書かれた暖簾《のれん》が見えた。くぐると、床が籐で編まれた脱衣所になっている。スリッパは見当たらないので、先客はいないらしい。悠々と服を脱いで籐籠に放り込み、湯殿に入る。

いつまでも暑いと思っていたが、やはり秋なのか、それとも山深く分け入ったからか、外は風が吹くと肌寒いぐらいだった。湯殿の床は化粧石をコンクリートで固めているが、湯船は自然石をそのまま組んだようで風情《ふぜい》がある。湯は概《おおむ》ね透明だが、少し黒みがかっているだろうか。ざっと掛け湯して、そのまま浸かる。大きく息を吐く。

妙な成り行きだ。温泉など、何年ぶりに入っただろう。

葉擦れの音は止む気配もなく、ちちち、と鳥の声も聞こえてくる。谷川からは一段高くなっているだけで、せせらぎも耳に届く。焦りに焦って家を飛び出したのが今朝のことだとは、信じられないような気がした。

——何も言わずに姿を消した佐和子。早まったことはしないでほしい。そして出来れば、どこかで幸せになっていてほしい。それだけで充分なはずだった。

けれど顔を見て声を聞けば、欲が出る。何とか連れて帰りたくなる。それが叶うかどうかはわからない。この宿で佐和子は確かに明るさを、気力を取り戻しているようだ。あれほど穏やかで楽しげな表情を浮かべる佐和子は見たことがなかった。新しい生活に馴染み、生きる甲斐を見出しているのであれば、本人にとってはいまのままが一番いいのかもしれない。

つまり、佐和子を連れ戻したいというのは彼女を思ってのことではなく、もう一度やり直したいという私の願望に過ぎないのだ。

それにしても。

この宿の陰惨な曰《いわ》くを語る佐和子には、あまりにも屈託がなかった。あれは本当の話だったのだろうか。自殺志望者が集まる、楽に死ねる宿……。聞いた時にはぞっとしたが、落ち着いて考えると、どうも本当のこととは思われない。あれは佐和子なりの冗談だったのではないか。何の意味があって言ったことかはわからないが、もしかしたら、私を追い払いたかったのかもしれない。そのぐらいの嫌がらせを受ける覚えはある。

湯は、湯船の片隅に設けられた竹筒から流れ込んでくる。枯れ葉が一枚、くるくるとまわりながら流されてくる。まだ落葉の時期ではないから、去年以前に落ちた葉が腐りきらず、風に吹かれてきたものだろう。見るともなしに見ていると、やがて枯れ葉は一方に流され始め、湯船の谷底に近い縁から流れ出していく。肩まで浸かったまま近寄ると、縁には小枝や枯れ葉、白い紙切れなどがひっかかっていた。溢れた湯はそのまま谷川に流れ込んでいるらしい。そうと知ってしまえば、洗い場でも石鹸は使いづらい。後で改めて内湯に入ることにしてざぶざぶと顔だけ洗い、露天風呂はいい加減に切り上げる。

上がろうとしたちょうどそのタイミングで、洗い場から男が一人入ってきた。学生ぐらいだろうか、若く、そして痩せている。ひとの裸をじろじろ見る気はなかったが、肋骨《ろっこつ》が浮いているのが目についた。

向こうが頭を下げたので、私も会釈を返した。が、相手は顔を上げない。どうやら黙礼のつもりではなく、単に俯いただけのようだった。

風呂に入っているあいだに布団が敷かれていた。

夕食まではまだ間がある、中途半端な時間だった。外は夕暮れで、窓から見る木々の合間はもう夜に沈んでいるようだ。普段着の締め付けが鬱陶しく感じられて、部屋に備え付けられた紺地の浴衣に着替える。

ともあれ佐和子が無事だとわかると、今度は仕事のことが心配になってくる。本当ならば、今日も休日出勤しなければならなかったのだ。それを父親が入院したと嘘をつき、しかも成り行きとはいえ温泉宿で休んでいては後ろめたい。

手持ち無沙汰のまま窓際に腰かけ、暮れていく山の景色を見ていた。何をするでもなく、それでも一時間ほど経っただろうか。

不意にドアがノックされた。訪ねてくるとしたら佐和子しかあり得ない。まだ仕事中のはずと不思議には思ったが、私はドアまで小走りして内鍵を開ける。案の定、そこにいたのは佐和子だった。作務衣姿もそのままだが、さっきとは違い、表情に柔らかな笑みはない。

「少し、いいかしら」

仕事はいいのか、と聞きかけた言葉を呑み込む。話せる機会を自ら潰すことはない。

「もちろん。どうぞ」

頷いて、佐和子は部屋に入る。畳の上を歩く仕草に品があり、仕事柄歩き方まで身につけたのだなとわかる。小さなテーブルを挟み向かい合って座る。むろん佐和子には何か用事があるのだろうが、先に伝えなくてはいけないことがあった。

「まあ、とにかく」

そんな前置きをして、私は言った。

「無事でいてくれてよかった。元気なようでよかった」

「なによ、いきなり」

硬かった佐和子の表情が、照れた笑いに少し崩れる。一方、私は笑わなかった。

「無理もないだろう。つい一昨日まで、行方どころか生きてるか死んでるかもわからなかったんだ。さっきは驚いて、つい言いそびれた。本当によかった」

佐和子は少し俯いた。

「ありがとう。嬉しい。何も言わずに飛び出したから、そういう心配するのも当然ね。だけどわたしは、最初から早まったことをする気なんてなかったのよ。仕事はなくしちゃったけど、何とかなるって思ってた。意外と楽天家なのよ」

二年前は、とてもそんな風には見えなかった。佐和子は完全に打ちひしがれていた。そしてそんな状態の彼女に、私は努力が足りないと言い続けた。あれでは何をするかわからないと気づいて青くなったのは、彼女が実際に失踪してからのことだ。

「あの時は何も出来なかった。自分の勝手な思い込みで、どうせ大したことじゃないと決めつけて、君を助けるどころか余計に苦しめた。馬鹿だったんだ。……許してほしい」

ずっと言いたかった。佐和子が許してくれるかどうかはわからない。でも、一番つらい時期を支えてやらなかったことは、詫びなければ気が済まなかった。

少し冷えた声で、佐和子が言う。

「別にあの頃だって、そんなに期待してたわけじゃなかったけれど。だって、つまるところは他人だもの」

「佐和子、俺はそんな風には考えてなかった」

「昔のことはいいわ。いまのことを聞きたい。あなたは昔、わたしを助けなかったと言ったわね」

頷く。

「でも、いまは違うって言いたいのね」

頷く。

「それは、わたしだけを？　それともあなたは、他人を助けられる人になったと思うの？」

その問いには、簡単に頷くことは出来なかった。佐和子に償い、そして出来るならもう一度やり直すために、いま佐和子を助けることは躊躇わないだろう。しかしそれをもって、私が見知らぬ誰かを助ける情け深い人間になったと言えるだろうか。

そうは思えなかった。都市にあっては生き馬の目を抜く競争で他人を蹴落とし続けている私が、どだい君子になどなれるわけがないのだ。

「誰でも、どれだけでも、というわけにはいかない。ただ、君がいなくなってから」

言葉を選びながら、私は言う。

「合理性より優しさが大事な時もある、と学んだ気はする」

すると佐和子は、眼を細くした。私の言葉を喜んでいるようだったが、同時に、どこか疑っているようにも見えた。

「……それで充分よ」

言いながら、彼女は懐に手を入れる。取り出したのは一枚の封筒だった。宛名も差出人も書かれておらず、真っ白である。私はまず何とも言えない嫌な予感を覚え、それから佐和子の言った死人宿の曰くを思い出した。

「あなたは頭がいい人だから、ちょっと助けてほしいのよ」

佐和子はその封筒をテーブルに置く。二人のあいだに置かれた封筒に、私は手を出しかねた。それが何なのか察しはついたが、言葉にしづらかったのだ。

「これは」

「四時から露天風呂の掃除に入ったの。そうしたら、脱衣籠のひとつにこれが落ちていた。ああ、またかと思ったわ。こういう白い封筒、前にも見たことがあったから。でも、脱衣所でというのは初めてだった。それでお客さんの様子を確かめたけど、いまのところ全員無事でいるわ」

「つまり？」

浅い溜め息をついて、佐和子はその言葉を言った。

「遺書の落とし物よ。これから誰かが死のうとしている」

白い封筒を私に押しやって、「読んで」と言う。私は躊躇いながらも、それを手に取り、開く。

かっちりとした活字のような字が、罫線の間に控えめに、便箋に余白を残さず綴られていた。

恩を仇で返すことになり、どちら様にも顔向けできません。おめおめと生き恥をさらしてきましたが、今日で二年になるのでようやく身を処することができます。

返済については佐藤さんにお任せします。

旅館の皆さんにもご迷惑をおかけします。最期に気持ちの良いもてなしを、ありがとうございました。ここ数年で唯一、穏やかな時間を過ごさせていただきました。鞄の中の茶封筒は宿代としてお取り下さい。

後日、もしかしたら命日を訊かれることがあるかもしれません。その時はどうぞ、死んだのは今日だと証言していただければ、思い残すことはありません。

静かです。

ようやくこの生き地獄から抜けられるかと思うと、いま、本当にほっとしています。

なるほど遺書だな、と思った。

三

証券会社などというところに勤めていると、自殺はさほど縁遠いこととも思えなくなってくる。相場で損をして死んだ人間は何人も知っている。ただ、遺書というものをこの目で見たのは初めてだった。

文面に目を落としたまま、訊く。

「今日の宿泊客は」

佐和子はすぐに答えた。

「三人。若い男性と、髪が長くて痩せてる女性、短い髪を紫に染めてる女性」

「二人見た」

露天風呂に行く時、髪の長い女とはすれ違った。風呂から上がるとき、入れ違いになったのが若い男だった。

「さっき様子を確かめたと言っていたが、全員、部屋にいたんだな」

「部屋にいたのは二人よ。髪を紫に染めた女の人は自分の車の中で、音楽を聴いていた。玄関先の赤い車よ」

「ああ。憶えてる」

遺書には、宿代に充《あ》てる金のことが書かれている。とすれば、この宿の従業員の誰かが死のうとしているのではないだろう。私を除く三人の客の中に、遺書を落とした当人がいるのだ。

私は顔を上げた。

「警察に通報した方がいいんじゃないか」

すると佐和子は、私をじっと見つめた。その目はひどく冷たく、私の心根を見透かすようだ。

はっとする。もし私が、単に厄介事を警察に押しやるつもりで通報した方がいいと言ったのであれば、佐和子は恐らくもう二度と戻って来ないだろう。それが卒然とわかった。佐和子は真実遺書の主が死を選ぶことを止めたいと思っているだろうが、同時に、私を試してもいるのだ。

ただ、私はお座なりに責任を逃れるつもりで言ったのではなかった。

「人の命がかかってる話だし、いざというとき取り押さえられる人がいた方がいいだろう」

「来てくれないわ」

佐和子は溜め息交じりに言う。

「いつものことだもの。死人が出たらもちろん来てくれる。でもそれまでは、犯罪でも不審死でもないのよ」

その口ぶりからは、過去に同じようなことがあったと察せられた。言われてみれば確かに、いまは一通の手紙が見つかったに過ぎない。

警察が当てにならないなら、どうしたらいいだろうか。三人の客に、直接「この遺書を落としたのはあなたですか」と訊くわけにはいかない。無関係の二人にとっては縁起でもない話だ。死人宿などと渾名《あだな》されているのが本当だとしても、客商売でそんなことが出来ないのは私にもわかる。だがじっとしているわけにもいかない。

「ガスが溜まるという窪地を見張ることは出来ないかな」

佐和子は首を横に振った。

「安全な所まで距離を取ると、森にまぎれて誰が近づいてもわからないの」

「筆跡はどうだ。宿帳があるだろう」

「宿帳の字は、三人とも走り書きだった。この丁寧な字とは比べられない」

「それならせめて、何とか、角が立たないようにその三人の顔を見られないか」

そう訊くと、頷きながら佐和子は早くも腰を浮かせた。

「それは出来ると思う。少し待ってて」


十数分後。私は作務衣に身を包み、宿の廊下を佐和子の後に付いて歩いていた。宿の人間のふりをして、そ知らぬ顔で三人の様子を窺おうというのだ。速いながらも慌ただしくは見えない佐和子の歩き方を見習おうとするけれど、ひょこひょこと変な動きになるばかり。すぐに諦めて、不慣れな新人を装うことにする。「躑躅《つつじ》」と表札の出ている客室の前で、佐和子は振り返る。

「くれぐれも、余計なことは言わないで。じろじろ見ても駄目よ」

「わかってる」

頷いて、佐和子はドアをノックした。

「失礼いたします。仲居でございます」

しばらく返事がなかった。いないのかと思った頃になって、ようやく低い声が返ってくる。

「……はい」

それを聞くと、佐和子は懐から鍵を取り出してドアを開ける。スリッパを脱ぐ板間の先で襖が閉まっている。框《かまち》の前で正座すると、佐和子は襖も開けた。部屋にいたのは、痩せている女だった。口元には笑みさえ作ろうとしているが、どんよりと淀んだ目元にやはり暗さは拭えない。さっきすれ違ったときには髪が濡れていたが、いまはすっかり乾いているように見えた。

佐和子は、私に対するものとはまるで違う明るさで訊いた。

「お休みのところ失礼いたします。お夕食のことですが、殊《こと》に形のよい岩魚《いわな》が入りまして、天ぷらと塩焼きのどちらがお好みか、板前が知りたがっております」

「ああ、そう。そうね」

私は佐和子の後ろで正座して、出来るだけ控えめに、しかし素早く部屋の中に視線を走らせる。私が使っている竜胆の間から近いのか、部屋で聞こえた葉擦れの音はここでも聞こえた。

相槌を打つ女は、どこかほっとしているように見えた。別の用件を危惧していたように見えたのは、穿《うが》ちすぎだろうか。

「それじゃあ、塩焼きにして下さい」

「かしこまりました。間もなくご用意いたしますので、どうぞもうしばらくお待ち下さいませ」

笑みを含んでそう言うと、佐和子は丁寧に、実にあっさりと襖を閉めてしまう。私が躑躅の間を見られたのは、ほんの十数秒だった。

廊下に出ると、小声で尋ねられた。

「どうだった」

短い時間でも、それなりに気づいたことはあった。閉じたドアをじっと見ながら、私は呟く。

「テーブルの上に便箋があった。ただ、ペンは見当たらなかった」

便箋の色は白だったように見えたが、それが遺書の紙と同じだったかはわからない。

二つめの部屋には、「木蓮《もくれん》」と表札が出ている。

躑躅の間と同じように、佐和子はドアをノックし、返事を待って部屋に入る。声でわかっていたが、この部屋にいるのは男だった。露天風呂で見たときは肋骨が浮いているのが目に入ったが、こうして改めて見ると、頬も骨の形がわかるほどにこけている。顔色も悪く、病人としか思えない不健康さがある。佐和子は躑躅の間と同じ口上を述べた。そして、

「天ぷらと塩焼きのどちらがお好みか、板前が知りたがっております」

これも先と同じ質問をする。彼はほとんど間を置かず、

「塩焼きでお願いします」

と答えた。

その声には隠しがたい不機嫌さが滲んでいる。部屋の中には流水模様の浴衣が脱ぎ散らかされ、似合うとは思えないスポーツバッグがほとんど逆さまになって部屋の隅に放りだしてあった。彼は佐和子と視線さえ合わせようとしなかった。

「かしこまりました」

頭を下げた佐和子に、男は言い放った。

「あ、あの。もしこれから用事があるようなら、直接来るんじゃなくて、電話にしてもらえませんか。ちゃんとあるんだし」

確かに客室には電話がついている。佐和子は口元に手を当てた。

「失礼しました。では、これからはそのようにいたします。他の者にもそう伝えておきますので、ごゆっくりお休み下さい」

「頼みましたよ」

部屋を出ると、佐和子はもの問いたげな目を私に向ける。私は首を横に振った。遺書に使われたのは便箋と封筒、それと筆記具だったはずだが、そのどれも見当たらな

かった。

ただ、佐和子には言わなかったが、私は男についてひとつ印象を改めた。風呂で見た時は学生かと思ったが、こうして部屋で落ち着いているところを見ると、もう少し上に思える。二十代も半ばを過ぎているか、もしかすると三十を超えているかもしれない。

三人目の部屋の名は「胡桃《くるみ》」だった。

この部屋は、何度かドアをノックしても反応がなかった。佐和子も首を傾げ「まだ車にいるのかも」と言い、背を向けたところで、ようやく「はあい」と間延びした返事があった。

長髪の女や若い男に比べると、胡桃の間の客は健康的な肉づきをしていた。生気はないが、それは単に気怠《けだる》げで退屈しているからのように見える。佐和子の言うとおり、髪を紫に染めているのが真っ先に目についたが、よく見れば彼女はこんな山奥の宿で、きちんと化粧をしているのだ。アイシャドウの色は濃く、睫毛《まつげ》もぴんと上を向いている。首にはイヤフォンをかけていた。

「――天ぷらと塩焼きのどちらがお好みか、板前が知りたがっております」

という質問に、彼女は首を傾げた。

「あれ？　メニューだと『岩魚の塩焼き』だったと思うけど」

「はい。そうなんですが、何しろ珍しい大物なので板前が意気込みまして」

「ふうん」

そう呟くが、納得していないのは明らかだ。佐和子が全く動じないのが心強い。

「ま、いっか。前払いしてるんだから、いきなり変えたりしないでね」

「では塩焼きですね。かしこまりました」

客はこちらを疑っている。それだけに、目を盗んで部屋を見まわすのは難しかった。

それでも、桜模様の白い浴衣が長押《なげし》に下げてあるのと、畳の上に大きなキャリーバッグが横倒しになっているのは見えた。

そして、テーブルの上に一冊の本が置かれていることにも気づく。分厚い本だ。こちらに背表紙を向けているが、距離があるので題名が読み取れない。『……の方法』らしいとは思う。

廊下に出て、佐和子に「どう」と訊かれ、私は素直に答えた。

「怪しいと思う」

「えっ」

「いや、わからない。ただ、彼女の手首を見たか？」

「ああ、そのことね」

やはり佐和子も気づいていたようだ。紫髪の彼女は、手首に幾筋もの傷跡を残していた。

四

竜胆の間に戻り、再び差し向かいに座る。

第一印象だけで人を量る技術は、仕事に押し流される毎日の中では欠かせないものだ。だが同時に、第一印象だけでしか人を判断しないのは大きな間違いでもある。私はしばらく黙っていた。

沈黙を破ったのは佐和子の方だった。

「三人のうち二人は、先に見てたのよね。どこにいたの？」

「ああ、そうか」

そこに気が回らなかったとは、やはり私も動転していたのだろう。

「躑躅の間の女とは、露天風呂に向かう廊下ですれ違った。風呂に入って、出るときに木蓮の間の男と入れ違った。……遺書は露天風呂で見つかったんだったな」

脱衣籠の中に落ちていたという。

「俺が入ったときは、封筒には気づかなかった。でも、そんなに注意して見てたわけじゃない」

言いながら、ふと気づいた。

「露天風呂はひとつしかないのか」

「そうよ」

「男女はどうやって分けてる？　もし、今日は男湯の日だと決まっているなら」

遺書が置かれたのが今日のことだとすると、露天風呂に来たのは木蓮の間の男しかあり得ない。だが佐和子はかぶりを振った。

「普通は最初に説明するんだけど、露天風呂は混浴なの。お客さんが多い日は、脱衣所だけでも衝立《ついたて》で仕切るけど。……古い宿だからね」

すると、洗い髪だった躑躅の間の女は、私が行く直前まで露天風呂にいたのかもしれない。内湯を使ったのかもしれないが。

「その封筒は、いつからあったんだろう」

遺書と呼ぶ事が何となく憚《はばか》られて、そんな訊き方をしてしまう。

「三人とも、昨日からのお客よ。露天風呂の掃除は午後四時から入るけど、昨日の掃除のときには、まだなかった」

「昨日の四時過ぎから今日の四時までか」

時間の幅が大きすぎて絞れない。三人は誰でも、いつでも遺書を置き忘れられたことになる。

遺書はいまテーブルの上に置かれている。封筒は味気なく、遺書だとも何とも書かれていない。郵便番号を書き入れるための赤枠すら、ない。珍しいものだという気がしたが、封筒を売った店を探すようなことは手に余る。じっと見ているうちに、封筒の白さも遺書の文面も、やけに芝居がかったものに思えてきた。

「これは、本当に置き忘れたのかな」

そう呟く。

佐和子が答えないので、自分で続ける。

「こんな大事なものを露天風呂に持っていくのは変だし、置き忘れるなんて常識では考えられない。もしかしたら、誰かに見つけてもらうためにわざとそこに置いたんじゃないか」

言っているうちに、だんだんそれが本当だという気がしてきた。

「最初から自殺する気なんてなく、ただ遺書めいたものを人に見つけてもらって、同情を引きたかったのかもしれない。露天風呂ならそのうち誰かが入ってくるだろうし、この封筒が真っ白なのも、見つけてもらいやすいからだという気がする」

もしこの遺書が狂言、もっと言うならたちの悪い悪戯であれば、それは誰の仕業だろうか。

「全部嘘というか、作り話なら、文中に出てくる宿代を払うという話も嘘かもしれない。これを置いた人間は宿代なんか払うつもりはない、でなければ最初から払わなくてもいい人間だってこともあり得る。……つまり、宿のスタッフってことも」

少なくとも佐和子ではないだろう。佐和子の字は知っている。どちらかといえば丸みを帯びた、柔らかな字だった。遺書の字は活字と見紛うほど整って一字たりとも乱れておらず、人間味が薄い。二年前の失踪からいくら佐和子の人が変わったとしても、これほど字が変わるとは思えない。

「そうでないとしたら、たぶん木蓮の間の男じゃないか」

「ふうん、どうして？」

促され、私は言う。

「最初は、胡桃の間の女かと思った。あまり人の迷惑を考えそうにない性格に見えたし、手首の傷跡も、自分を傷つけてでも他人の目を引きたいと思ってつけたんだろうから。ただ、それにしては遺書の文面が大人しい。悲劇的じゃない。書き方にあまり感傷が入り込んでいないのが、どこか男性的だという気がする」

封筒に手を伸ばし遺書を取り出す。筆跡を見ながら、確かにこの丁寧すぎる字は、あの神経質そうな男に似合っている気がした。

「ただ、狂言のつもりでも引っ込みがつかなくなったり、事故で本当に死んでしまうことはあり得る。念のため、気をつけて見張った方がいいかもしれない」

そのためなら、いくらでも手を貸すつもりだ。そう言おうと顔を上げた私は、しかし、言葉を失った。

佐和子はこの一瞬の間に、十も年をとったように見えた。肩を落とし俯いて、目はもの問いたげに私を見ている。そしてそれは初めて見る顔ではなかった。二年前、佐和子が失踪する前の、疲れきった姿がそこにあった。

彼女は言った。

「それがあなたの答えなの」

「……」

「あなたは、自分が変わったと言った。でもそれは間違いだったみたいね」

それにはさすがに反論した。

「いや。二年前の俺なら、他人の遺書のために一生懸命考えたりはしなかったはずだ」

だが佐和子は、私の反論に笑った。冷たく乾いた笑みだった。

「そうだったかもしれない。でも結論は変わっていないでしょう?」

「そんなことはない」

「でも、いま言ったじゃない。常識では考えられないって。常識で考えてこの遺書は狂言だって言いたいんでしょう」

そうだ。

そして私は、ようやく気づく。佐和子の言う通り、自分が二年前とおなじ事を言っていると。

「顔を見て、つい懐かしくなって、頼ったのが間違いだったわ。きっとあなたは正しいんでしょう。この遺書はただの狂言なんでしょうね。……わたしも、そうだといいなと思ってるわ」

そして佐和子は立ち上がった。「仕事が残っているから、これで」と言い残し、遺書と私を残して部屋を出て行く。

ひときわ強い風が吹いたらしく、葉擦れのざわめきが竜胆の間に満ちた。

私は二年前、佐和子が上司との折り合いに苦しんでいるのを目の当たりにしながら、常識で考えて耐えるべきだと言った。常識で考えてそんな酷い嫌がらせをする社会人がいるわけはないのだから、佐和子がつらさを訴えてもそれは甘えなのだと退けた。後に、それが間違いだったと身に染みてわかった。そのはずだった。

だがいま私は佐和子に向かい、「常識で考えて、この人は本当に苦しんではいない」と言ったも同然だ。自分の当て推量が何もかも無茶苦茶な、筋の通らないものだったとは思わない。遺書を脱衣籠に忘れるなんて、普通では考えられない。

だが、「普通でないこと」は「起こりえないこと」ではないのだと、私は学んだのではなかったか？

どんなことでも可能性はあり得るのだ。もちろん、その全てを取り上げていては杞憂に陥る。合理的に考えてほとんどありそうもないことは、無視しなければ道も歩けない。だが、私は佐和子にさっきこう言ってしまった。……合理性より優しさが大事な時もある。

目の前の遺書を見つめる。これは嘘の文書かもしれない。しかし本当の文書かもしれない。ここは楽に自殺できることで知られる「死人宿」だという。そして佐和子は、恐らくこの二年間で何人も、実際に自ら命を絶った人を見てきたのだろう。私は間違っていた。他の誰かのためにというのはピンと来ない。他ならぬ佐和子のために、せめて今夜だけでも、もっと話を真《ま》に受けるべきだったのだ。

遺書を睨みつける。文面を見つめる。これを書いた人物は、いますぐにでも死のうとしているのだと思い込む。

それでようやく、見えてきたことがあった。たとえば文末である。便箋の最後の方に記された「静かです」という言葉が本当に書き手の実感だとしたら、もしかしたらと思うことがある。

時折意識に上るだけだが、この竜胆の間に葉擦れの音は絶え間なく満ちている。少なくとも、完全に「静か」ではない。そしてさっき三人の客の部屋を訪れた時、この部屋でも葉擦れが聞こえるのだと気づいたのは躑躅の間だけだった。もし書き手の言わんとすることが完全に「静か」という意味であれば、躑躅の間の女は外れるのではないか。

他にもある。宿の人間に迷惑をかけると詫びた後で、宿代は鞄の中の茶封筒に入っていると書かれている。つまり書き手の部屋には金の入った茶封筒と、それを入れた鞄があるはずだ。木蓮の間には、顔色の悪い男には似合わぬスポーツバッグがあった。胡桃の間にはキャリーバッグがあった。だが躑躅の間では鞄のたぐいは見なかった。

金といえば、胡桃の間の女は岩魚の料理法を訊かれて、おかしなことを言っていた。メニューでは岩魚は塩焼きにすることになっていた。前払いしているのだから、変えたりしないように、と。茶封筒に金を入れるのは、精算が後払いだからではないのか。

これらのことを考え合わせると、どうなるだろう。

私はしばらく黙考した。

この宿に来てから見たもの、聞いたこと。それらと遺書を照らし合わせ、何かの意味を見出せないかとじっと考えた。

そして私は結論づける。気づいたことの全てに意味が無い、と。

躑躅の間が絶えず葉擦れに満ちていても、そこにいる女が「静か」と書かないとは限らない。この遺書を書いた前後は風が止み、本当に静かだったのかもしれない。また「静か」というのは都会の喧噪に比べての話であり、多少の自然音など耳に入っていないのかもしれない。そもそも「煩わしい人間関係から逃れて心が静か」という心象風景に過ぎないのかもしれない。

鞄についてはもっと頼りない。私は框の手前に正座した佐和子の後ろから、ほんの十数秒だけそれぞれの部屋を見たに過ぎない。躑躅の間で鞄を見なかったからと言って、その部屋の客が鞄を持ってこなかったなどと言えるだろうか。鞄は死角にあったのかもしれない。押し入れに入れてあったのかもしれない。全く当てにならない話だ。金についてもそうだ。胡桃の間の客が前払いをしたのは全額ではなく、支払の一部だけだったかもしれない。全額払っているが、死人の始末を頼む申し訳なさからもう少し残そうとしたのかもしれない。もしそうなら「宿代」ではなく「迷惑料」とでも書きそうなものだが、少なくともいまは「普通ならそうだから」という考え方はしないと決めたのだ。

多分そうだろうという推量では駄目だ。これが本当の遺書であれば間違いなく書き手はこの人だ、と見極めなくてはならない。

だが、そんなことができるのだろうか？

いつしか外は夕闇に沈んでいる。昼の暑さは夏と変わりないが、日暮れの早さはもう秋のものだ。電灯の明かりの下、私は遺書を見つめる。

文中には、「今日で二年になる」と書かれている。

それを見ているうちに、やはりこれは佐和子の遺書なのではないかという気がしてきた。佐和子が職場で酷い目に遭い、姿を消したのが二年前のことだったからだ。ただ、それは冬の話だった。空気が乾ききって風邪を引き、それでも山積みの仕事に連日かかり切りになっていた頃、佐和子の友人から「あの子の行方を知らないか」と電話がかかってきたのだ。あの日から数日の狂乱は、寒さと共にはっきり憶えている。だから正確に今日で二年というわけではない。……いやそれとも、佐和子にとってはこの九月某日が重要な日だということもあるのだろうか。

少し考えて、やはりそれはないと排除する。この遺書の書き手が佐和子であり、本心から書かれたものだと信じた場合、拾ったものだとして佐和子が私に相談したのは何だということになる。どんなことでもあり得ると考えるとしても、佐和子がそこまでまわりくどいことをするのなら、私にできることは多分もうないのだ。

そうではなくやはり三人の客の中に遺書の書き手がいるとすると、二年前に何があったのだろう。厳密さから離れ、推量を始める。

金を借りたんだろうな、と思う。「恩を仇で返すことになり」という言葉からすると、他人に保証人になってもらった上で踏み倒したのではないか。仕事柄、そうやって逃げた人間は何人も知っている。それを苦にしながらも歳月を忍び、ようやく二年が経ったので……。

そこまで考えて、私の推量は止まった。

二年が経ったから何だというのか。なぜ二年経ったら「身を処する」ことができるのか。

それにそもそも、ひとつ読み違いをしていた。書き手が苦しんでいたのは二年ではない。宿でもてなしを受け、「ここ数年で唯一」穏やかな時間を過ごしたとある。穏やかな時間がまったくない、「生き地獄」が数年に亘《わた》って続いていたのだとすると、二年というのは何だ。なぜこれまでは死ねず、二年経ったら死ねるというのか。

見れば、書き手は死ぬ日をひどく気にしている。「今日で二年」。「命日を訊かれることがあるかも」。前々から死にたかった、でも二年経っていないから死ぬに死ねなかった。

それはどうしてか？

「……ああ、そうか」

適切な答えは、適切な問いによってもたらされる。二年という日数と自殺とがどう関わるのかと考えたとき、すっと霧が晴れたような気がした。

いまや、理由はあまりにも明白だ。私は呟いた。

「保険だ」

生命保険は、加入者が死亡したときに指定の人物に金が払われる。だが加入してすぐに自殺した場合まで払っていては、保険が成立しない。加入から一定期間は免責期間として、自殺では保険金が給付されないのが一般的だ。

その際の免責期間は契約によって様々だ。一年のこともあれば、三年のこともある。そして無論、二年のことも。

書き手は、自殺に対する免責期間である二年が経過するのを待ち、今日でようやくその日が来たので保険金で借金を返すために自殺し、数年間の生き地獄を終わらせようとしている。

だが、単に自殺した場合、保険金が下りない場合も考えられる。死体発見はその日だが死亡日はもっと前だった、と判定されれば免責期間に該当してしまう。書き手にとって、それだけは絶対に避けたいはずだ。だから証言者がいる。この人は何月何日までは生きていました、と。だから「死んだのは今日だと証言していただければ、思い残すことはありません」……。

当て推量といえば、これも当て推量である。何か特別な信仰で、ある日から二年間は自殺を禁じる風習があるのかもしれない。命日にこだわっているのも、単にそういう家庭に育ったというだけかもしれない。だがこの当て推量は、音や鞄や金についてのそれとは違い、厳密な結論に繋がりうる。

私は身を乗り出さんばかりにして、遺書を覗きこむ。

そうだ。この遺書には決定的に欠けているものがある。

名前と日付。

この文章では、誰が死んだのか、今日というのが何日のことなのかわからない。書き手にとって免責期間が重要だったのなら、死亡日である「今日」が何日なのかも極めて重要なはずだ。なぜそれが欠けているのか。

決まっている。遺書はこれ一枚ではないからだ。

前か後ろに、あるいはその両方に文が続いている。手紙の場合、日付と宛名、自分の名前は最後に書く。そしてこの便箋は最後の行まで使い切られている。だから恐らく、後ろに続く文章があるはずだ。

数枚の遺書のうち一枚が見つかったのだとしたら、残りはどうなったのか。

「書き損じたのか」

遺書は、事前に自宅などで書かれたものではない。この宿で書かれたものだ。でなければ、宿のもてなしへの礼を書くわけがない。

そして、この遺書の字は、あまりに丁寧すぎる。書き手は字の巧拙《こうせつ》にこだわっていると考えても、当てずっぽうではないだろう。人生の最期に書き損じのある書面を遺したくないと思うのは自然だ。

宿の一室で、遺書を書く。一枚は万全に出来上がった。しかし別の一枚ないし数枚には気に入らない点があった。そうなれば当然、書き直すことになる。失敗した便箋は、捨てることになる。

自室なら、書き損じは丸めてごみ箱に放り込めばそれで済む。ところが、ここは宿だ。ごみ箱に捨てても、翌日には仲居が回収に来てしまう。もし遺書の書き損じは誰にも見られたくないと思うなら、たとえば焼けば完全だ。火でなければ、水か。

私は立ち上がった。スリッパも履かずに廊下に飛び出した。

幸運なことに、佐和子はすぐ近くにいた。香ばしい岩魚の塩焼きを始め、山の幸を盛った膳を運んでいるところをつかまえた。彼女は私を見てもいい顔はしなかった。

しかしいま、そんなことはどうでもよかった。

三人の客のうち誰が遺書の書き手なのか。当て推量ではなく、狭量な常識で断じるのでもなく、もっとも確実に知る方法は署名を見ることに尽きる。捨てた場所さえ見当がつけば、それを手に入れられる可能性は皆無ではない。私は佐和子に向け、ほとんど叫ぶように言った。

「梁だ。川に捨てた書き損じに署名があったかもしれない」

佐和子は目を丸くするばかりで、何とも答えなかった。

五

後から考えても、なぜあれほどの力が出たのかわからない。日の高い昼間に恐る恐る進んだ山道を、暗闇の中でアクセルを踏み込み、走り抜けた。行きは果てしない道程だと思えた宿と梁の距離は、目と鼻の先と言っていいほどに近く感じた。

梁の主人には佐和子から連絡が行っていた。

「はあ、人助けだって？　流れに足ぃ取られんようにな」

呆れるような言葉を背に、私は梁に足を突っ込んだ。山から出れば月夜であり、梁の主人は観光用の投光器も使ってくれた。探し物は、私自身があっけなく思ったほどあっさりと見つかった。白い便箋の切れ端が、落ち鮎を獲る梁に引っかかっていた。

日照りのせいか、梁は現在の川幅をほとんどいっぱいに塞いでいる。流れてくる物があれば高確率で堰き止められるという読みが当たった。

遺書の書き手は、書き損じを細かく破り、川に流したのだ。わざわざ河原に下りずとも、露天風呂から流せば落ちていく。自分が露天風呂に入ったとき、湯船の縁に紙切れが引っかかっているのを見ていた。あの時はただのゴミだとしか思わなかったが、書き損じは風呂から捨てただろうと考えついて、あれがそうだったのだと直感した。湯船にまだ他の切れ端が残っているとは考えにくい。もしそういうものがあれば、清掃に入った佐和子が気がついたに違いない。書き損じの大部分は誤たず流れていったのだ。そして、川に流したものがどうなるか考え、ほとんど即座に梁のことを思い出した。

紙片のひとつに、名前らしきものが書いてあった。水に滲んではいるが、読み取れないほどではない。「丸田《まるた》」という苗字を見つけた私は、その場で佐和子に電話した。

「客の中に丸田という名前は？」

電話の向こうで佐和子が息を呑むのがわかった。

「木蓮の間のお客様が、丸田さんよ」

「そいつだ。今夜中にやるつもりだ。いま戻るから、目を離すな」

木蓮の間の客こと丸田祐司《ゆうじ》は、部屋を空けている間に人に見られることを怖れて持ち出した遺書を、どこかに置き忘れたことに気づいていた。彼は死なねばならぬという強迫観念と、落とした遺書がどうなったかという不安感で追い詰められていた。私と佐和子が白い封筒を持って木蓮の間を訪ねると、彼は落ちくぼんだ目に涙を溜め、何故か私たちに謝った。

「ごめんなさい、ごめんなさい……」

彼が本当に謝罪したかったのが誰なのか、それはわからない。ただ彼は、私たちが遺書を持っていったとき、明らかにほっとした表情を見せた。誰かが止めに来るのを待っていたのではないかと思うが、これもまた、常識からの当て推量に過ぎない。

翌朝。浴衣姿で朝食を食べる私を、佐和子が部屋に訪ねてきた。彼女は食事の途中に邪魔をしたと恐縮したが、食事はほとんど終わっていて後は茶を呑むばかりだった。成り行きが知りたくて、私から訊いた。

「丸田さんはどうした?」

「帰ったわ。ありがとうと伝えてほしいって」

私は、彼に感謝されるようなことをしたのだろうか。彼を救いたいわけではなかった。初めは佐和子に対し、自分が変わったことを証明しようとしていただけだった。

最後の方は何に突き動かされていたのだろう。自分でもわからない。だが今朝晴れやかな気分でいることだけは確かだ。

「嬉しかった」

「え？」

「嬉しかった。それを言いたくて来たの。昨夜は言えなかったから」

作務衣姿で正座して、佐和子は俯き気味にそう言った。

「ああ。止められてよかった」

「ううん。そうじゃない」

顔を上げ、佐和子は私を見つめる。その目は潤んでいた。

「あなたが何も訊かなかったから」

「何も？　いろいろと訊いた」

「いえ。ごめんなさい、訊かなかったことがあったから、と言った方がよかった。……あなたは訊かなかったわ。どうして、自分から死のうとしている人を止めなきゃいけないのか、って」

ああ、と声が漏れる。

確かにそれは訊かなかった。言われてみればもっともだ。私は丸田の人生を救おうとしたのではない。彼が金に困っているのだとしても、財布から千円たりとも出しはしなかっただろう。昨日は止められたが、彼に原因が残っている限り、またいつ死のうとするかわからない。それまでをも止めに行く気はない。

だが昨夜は、あの遺書が本物であれば自殺を止めようと考えていた。あれが本物でも自分には関係ないとは、つゆほども思わなかった。

「不思議だな」

すると佐和子は言った。

「やっぱり、あなたもこの二年で少し変わったのよ」

「そうかもしれない」

障子窓の外から何か聞こえてくる。今朝は葉擦れではない。どうやら人の声らしい。何を言っているのかはわからないが、力強い声だ。私は声の方に顔を向ける。

「朝から元気がいいな」

佐和子は答えない。

意識を向けると、声が少しずつ聞き取れる。どうも一人ではなさそうだ。男の声ばかり、何人か。新しい客が着いたのだろうか。

そんなことを思っていたら、ひときわ高い叫び声が耳に届いた。

「馬鹿野郎、とにかく上げるんだよ！　またガスが出たら俺たちもやられちまうんだぞ！」

その声に、私は佐和子をはっと振り返る。

佐和子はゆっくりと言った。

「どうにもできなかったのよ。たいていは、そう」

「……」

「胡桃の間のお客様が死んだわ。遺書には、恋人の後を追うんだって」

いまや、外からの声はどれも怒声になっている。

「そうっとだ、そうっとやれ！」

「生きてるのか？　おい、まだ息があるのか！」

「知るもんか。救急車はまだか！」

佐和子が言う。

「助かるとは思えない。一晩たっぷり、窒息していたはずだもの」

「そんな」

言葉を失い、窓に駆け寄る。障子を開き、窓に手を掛ける。山の初秋の、澄み切った空気が部屋に入り込んでくる。

ちょうど眼下を、担架が運び上げられていくところだった。紫の髪、そして……。

「ああ！」

叫びが喉を突く。身じろぎもしない彼女は、浴衣を着ていた。白地に、ほんの僅かに桜があしらわれた浴衣を。

この宿の部屋に備え付けられた浴衣は、紺地に流水模様だ。それなのにどうして、彼女の部屋にだけ、別の浴衣があったのか。

気づかなかった。気づいてもよかったはずなのに。

「あれは、死装束だったんだ。最期にあれを着るために、彼女は……」

私の背中に手が置かれる。温かく、柔らかい手が。

「いいえ。誰にも、どうにもできなかったのよ」

秋風が吹く。

男たちの一人が毒づいた一言が、やけにはっきりと耳に届いた。

「ちくしょう、死人宿め。これでまた、さぞや繁盛するだろうよ」

# 柘榴

## 一・さおり

両親はどちらも人目を引くような顔立ちではなかったが、母方の祖母が若いころ、小町娘として新聞に載るほどの美女だったという。幼い私を見て、多くの親戚が祖母に似ていると言ってくれ、そして私は美しく育った。人は私の顔かたちを褒めてくれたし、私自身もそれを誇り、自らを磨くことを怠らなかった。

中学生になると誰もが、整った容姿の強みに気づき始める。私は注目を集めた。私が何かを言う前からその意を汲もうとする女子生徒は、常に三、四人はいた。男子生徒たちが時に熱く、時に粘っこい視線を向けてくるのも自覚していた。最初のうちは存分に虚栄心を楽しんでいたけれど、その危うさに気づくことができたのは幸いだ。私の取り巻きまでもが傲慢に振る舞い始めるのを見て、私は自分を戒めた。それで高校では、美人だけどそれを鼻にかけない子、という評判を得ることができた。

佐原成海《さはらなるみ》とは大学のゼミで出会った。彼は美男子ではなく、着ているものも上等ではなかった。けれど言葉を交せば、耳に心地よい声の響きや気を逸らさぬ話しぶりが妙に異性を魅了する。誰もが彼を好きにならずにはいられない。私もまた、彼の言葉の不思議な抑揚に搦《から》め捕られた。

　ゼミでは彼を巡って暗闘が繰り返された。噂話と陰口が敵を蹴落とす手段で、誰もが抜け駆けと誘惑を狙っている。敗者は貶《おとし》められ、神経を病んで大学を去った子さえいた。研究室の雰囲気はぎすぎすして、関係のない男たちには気の毒なぐらいだった。

　私には自信があった。他の女と男を争うことは初めてではないし、それに負けたことは一度もなかったからだ。まず、私は明らかに競争者たちより美しかった。加えて、注意深く罠を避け、逆にこちらから仕掛ける知恵もあった。大学で同性に嫌われることは、高校や中学でそうなるよりも遥かに傷が浅い。私以外の選択肢を全て潰すことで、在学中に成海と婚約した。

　母は結婚に賛成だった。もともと私のやることにはあまり反対しない人だったけれど、成海を連れて行くと、母もまた成海の信奉者になってしまったのだ。

「いい人じゃない」

　と母は言った。

「あなたは絶対、いい男を捕まえて幸せになると思っていたわ。卒業を待つなんて言わずに、すぐにでも籍を入れなさいな」

けれど、父の反応は正反対だった。普段はあまり長い話をしないのに、あのときはぽつりぽつりと、何時間でも私を説得し続けた。

「あれはだめだ。考え直しなさい」

私は父の反対を、これが娘の結婚に反対する父というものなのかという程度にしか考えていなかった。成海を良く思わない男は父が初めてではなかった。ほとんど全ての男が成海を嫌っていたと言ってもいい。それに気づいていたけれど、当然、嫉妬だと思っていた。他のどの男も成海ほどには魅力的にはなれない、その裏返しだ。父もまた例外ではなかったというだけのことだと。

佐原成海は私のトロフィーなのだ。この私があれだけの競争の果てに手にした栄誉が、最高のものでないはずがない。父に反論しようとは思わなかった。精一杯の熱意を込めた忠告は、すべて私を素通りしていった。私の胎内に子供がいることを知るまで、父は諦めようとしなかった。

結婚式はつつがなく終わった。父はめでたい席にまでわだかまりを持ち込みはしなかったし、式に水を差しそうな知人には、最初から招待状を送らなかった。私は妊娠六ヶ月に差しかかっていたけれど、式の準備から新婚旅行まで、特に体調を崩すようなことはなかった。

最初の娘を産んだ後、病室から見えた夕焼けの鮮烈な赤を憶えている。夫にはあんがい古風なところもあった。今風の名前を付けたがる私を、あの甘やかな声で、

「こんなに綺麗な空を最初の思い出にしない手はないよ」

と諭したのだ。それで娘の名前は夕子《ゆうこ》になった。

その二年後に二人目が産まれた。産気づいたのは夜更けのことで、家には二歳の夕子と私しかいなかった。なんとか病院に辿り着いたが難産で、落ち着いたころには夜が明けかけていた。病室から見えた空は白んでいたけれど、満月がまだ冴え冴えと浮かんでいた。二人目も娘で、月子《つきこ》と名付けた。

一人きりのお産は不安だった。家に置いてきた夕子のことも心配でたまらなかった。だが成海は姿を見せなかった。

成海と暮らす人生に疑問を覚えたのは、その朝が初めてだったのだと思う。

二人の娘を得て、私は自分の別の顔に気づくことになる。

容貌を頼りに誰をも手玉に取り、恋多き女を気取っていた過去が信じられないほど、私は娘たちを愛した。水門が開いて堰き止められていた水があふれ出るように、いと

おしい気持ちは止まることがなかった。

数を減らしていた友人たちはその変わり様を笑った。

「本当のことを言うと、あんたに愛情があるなんて思ってなかった」

そんな言葉も、笑って受け流すことができた。私も同じ思いだったからだ。

もちろん、娘たちを愛玩動物のように扱ったわけではない。叱るときは厳しく叱ったし、手を上げたことも一度や二度ではない。また、私も人間であり、体調と機嫌には波がある。子育てと生活の両立に疲れ果て、娘たちに八つ当たりしてしまったこともある。

あのときは、二人ともまだ保育園児だったと思う。夕飯に、メニューは忘れたけれど人参を出した。夕子は好き嫌いを口にすることはなかったけれど、食べ方を見ていればそれが苦手なことははっきりしていた。

当時、私は不動産管理会社の事務員として働いていた。職場はいくつか経験しているけれど、あれほど居心地の悪かったところはない。ファンデーションをこれでもかと塗りたくったパートの女が、とにかく嫌みに振る舞うのだ。その日私は、ハイヒールが少し高かったからといって「子持ちのくせに慎みがない。どうせ子供をほったらかして、夜も遊び歩いているんだろう」と言われた。悔しくて悔しくて、家に帰ってからも手が震えるほどだった。

夕子は悪くなかったのだ。嫌いなものは嫌いで仕方がないし、私だって他に食べるものがあれば、好きこのんで人参を食べはしない。しかも夕子は顔をしかめただけで、文句も言わずに食べていた。それなのに、私はつい当たってしまった。

「そんな顔して、気に入らないなら二度と食べるな！」

皿がはね上がるほど強くテーブルを叩いてそう怒鳴り、寝室に閉じこもってしまったのだ。

親子三人の布団が敷きっぱなしにされた部屋で、明かりもつけずに私は泣いた。職場で言われたことは頭から消えていた。ただ、ほんの些細なことが我慢できなかった自分が情けなかった。最低の母親だと思った。子供のように膝を抱え俯いていると、暗い部屋にすっと光が差し込んできた。背中で襖が開いたのだ。

「お母さん」

夕子の声だった。

「お母さん」

まだ舌っ足らずな月子の声もした。

私は振り向けなかった。あんな理不尽なことを言われて、娘はどう思っただろう。

あきれて、嫌われてしまったのではないか。顔も上げられなかった。そうして自分のことばかり考えていたから、娘たちの泣きじゃくるような声にも気づかなかったのだ。返事もせずにいたら、あの小さな体のどこから出たのかと思うような大声で夕子が叫んだ。

「おいしかったです！」

驚いて振り返ると、涙と洟《はな》で顔をぐしゃぐしゃにした夕子が棒のようにまっすぐ立っていた。襖を開けたのに敷居からこちらには入ろうとせず、ただ声を張り上げた。

「おいしかったです！　お母さんのご飯、おいしかったです！　また食べたいです！」

非のない娘たちをあれほど怯えさせたことは、何年経っても忘れられない。いまでも胸が締めつけられるようだ。

ただ、こうした思い出のひとつひとつに必ず教訓がある。

私は娘たちと共に育った、ということだ。

私の結婚について両親の意見は分かれた。結果としては、父が正しく母は間違っていたと言わざるを得ない。

もちろん、夫がいなければ私は夕子にも月子にも出会えていない。だから結婚そのものを悔いているわけではない。けれど、佐原成海は家族として良い人間とは言えなかった。

夫は大学卒業後、決まった職に就かなかった。それについて彼が自己正当化めいたことを言ったことはない。あてのない夢を語ったこともない。彼は「どうも不甲斐なくて君には心配をかけるね」と言っていた。「でも、生活費ぐらいは大丈夫だよ」とも。間近に座った夫があの不思議な抑揚で将来を約束するとき、私は学生時代に戻って恋を思い出した。彼と二人でいるだけで幸せだった。

彼が胡散臭い連中と付き合っても、どうしてそれでお金が儲かるのかわからない「副業」に手を出しても、三週間ごとにアルバイトをやめても、彼が大丈夫と言うのなら大丈夫だと思えた。彼がたまにくれる生活費ですら彼が稼いだものではなく、私の知らない女たちに貢がせたものなのだと気づいたときでさえ、私は成海を責め立てたりはしなかった。

週に一日、二日と家に戻らない日が増えていき、やがて月に数日顔を見せるかどうかというほどになっても、その数度の「ただいま」という言葉を聞ければ平気だと思えたのだ。

けれど、永遠に効く魔法はない。

魔法を解いてくれたのはもちろん、二人の娘だ。夕子と月子は無事に育ってくれた。夕子は賢く美しく。月子は優しく可愛らしく。どちらも健康でいてくれる。

しかしこの先もそうとは限らない。もし大きな怪我をしたら。もし、重い病気にかかったら。幸いそうしたことが何もなくても、大学に行きたいと言うなら行かせてあげたい、留学したいと言うならさせてあげたい。収入の当ては私の月給しかない。成海はときどき気まぐれのように数万円を置いていくが、それよりも小遣いをせびることの方が遥かに多い。父は成海のことを「あれはだめだ」と評した。まさに、成海はだめだったのだ。

将来を考えるなら、成海と一緒にいてはいけない。彼は、娘たちを育てるための資金と時間を食い潰してしまう。私に三人を支えることはできない。子供たちが中学校に上がる前から、私は薄々そのことに気づいていた。

だが、彼に悪気はないのだ。私を嫌っているわけでも、娘たちを嫌っているわけでもない。むしろ愛してくれている。それが生活という言葉に結びつかないだけなのだ。

それがわかっているから、私の決断は遅れた。不在が長くなり、今度こそはと思いきろうとすると、成海はひょっこり帰ってきて良き父親を演じる。

あれは、夕子が六年生の夏だった。

七月の始め、雑司ヶ谷の鬼子母神堂に小さな市が立つ。市とはいっても、少し気の早い夏祭りのようなものだ。小さな境内にたこ焼き屋やお好み焼き屋、射的屋なんかが店を出す。子供たちの遊びは私の頃とずいぶん変わってしまったけれど、夜店の賑わいに心が騒ぐのはいまの子も同じらしく、娘たちも毎年楽しみにしていた。

中学生になったら浴衣を買ってあげると約束していたのに、夏が近づくと夕子が駄々をこねだした。やっぱり今年から着ていきたいというのだ。

「さっちゃんたちなんか去年から着てるのに」

と友達を引き合いに出して言い張る。だが、中学に入ったらという約束を破れば、月子がどうして姉だけと嫌な思いをするだろう。娘二人にいっぺんに買ってあげる余裕はなく、それに二人ともまだまだこれから大きくなるので、本当はもう少し待ちたかった。

ただ、夕子がいつになく駄々をこねるので、普段は手のかからない子だけに何とかしてやりたくなった。それとなく月子に探りを入れると、本心はともかく「まだいい」と言う。ちゃんと勉強するならと条件をつけて買うことにした。

我が家の家計に余裕があった時期はない。ポリエステルの安物しか与えてやれない

のが情けなかったが、それでも夕子は大はしゃぎだった。どこからかデパートのカタログを手に入れてきてあれこれ見比べ、

「お母さん、どれが似合うと思う」

と訊いてくる。六畳間の畳にカタログを置いて月子と三人で囲み、時間も忘れて選んだものだ。

そうして買った浴衣は藤色の花模様で、本人は大いに満足していたけれど、私は少し大人びすぎているのではと心配した。それが、着つけてみると思ったより似合っている。知らないあいだにこんな色を着こなせるようになっていたのか、自分に合うものを自分で選べる年頃になっていたのかと、そんな些細なことで嬉しくなった。

市の日は雨こそ降らなかったが、夏らしく朝からじっとりと暑い日だった。賑わいは例年夜遅くまで続くので、涼しくなってから行けばいいと思い着つけも急いでいなかった。それが良かったのか悪かったのか。そろそろ行こうかという段になって、夫が帰ってきた。何日も家を空けていたのに、ちょっと煙草を買ってきたとでもいうように、悪びれもせずに。よく糊が効いた白いシャツを着ていた。どこで誰がアイロンをかけたのか考えるのが嫌で、私は目を背けた。

「やあ、何だか騒がしいな」

けれど娘たちは二人とも、あの頃はまだ父親を慕っていた。久しぶりの帰宅を無邪気に迎え、

「見て、お父さん。新しいの買ってもらった」

と夕子が浴衣の袖を振った。

「良かったじゃないか。よく似合ってるよ。夕子はお姉さんになったなあ」

そう言うと、夫は夕子の頭を撫でた。髪を梳《す》くようないつもの手つきで。そして私に微笑みかける。

「祭りに行くのか」

笑うとき夫の眼差しは優しげで、裏表のない子供のようになる。それについ、心がほだされてしまうのだ。

「いいところに帰ってきたな。僕も一緒に行こう」

私は行かないつもりだった。小学校も六年生にもなれば、祭りぐらいは子供たちだけで楽しませてあげたい。私自身が連日の仕事で疲れてもいた。けれど月子がいつになく嬉しそうに、

「じゃあ、みんなで行くのね」

と期待を込めた目で見上げてくるのを、無下にはできなかった。思えば月子は、子

供らしい勘であの頃から何かを感じていたのかもしれない。

鬼子母神堂までは歩いて行った。

街路灯が目の前でちょうど点灯した。住宅街の路上には、娘と同じように浴衣を着た姿がちらほら見えた。普段なら日が暮れれば静まりかえる道なのに、人の姿が多いのはやはりお祭りならではだったろう。待った甲斐があって風は少し涼しくなっていた。ブロック塀に挟まれた道の幅は狭かったけれど、月子が黙って手を差し出して、夫がその小さな手を握った。

夫は夕子にも、

「ほら。おいで」

と手を伸ばしたが、夕子はそっぽを向いてしまった。

「やだよ恥ずかしい」

そして妹に向け、思いがけずきっぱりと言う。

「月子も、いつまでも甘えてるんじゃないよ。四年生でしょ?」

「えっ、うん」

口ごもりながらも、月子は繋いだ手を離そうとはしない。家族四人の一番後ろを歩いていた私には、それがよく見えた。

幸せな夕暮れだった。

しかしやはり、私たちは手を繋いだままではいられなかった。夕子が高校受験を控えた年、私はようやく決断した。

離婚には夫も同意している。

## 二・夕子

両親が離婚を進めていることは知っていた。だから、打ち明けられても衝撃は受けなかった。

仕方のないことだ。母はほとんど一人でわたしたち姉妹を育ててくれた。四十歳に近づいても全然衰えない若々しい容色には、自分の母親ながらちょっと化物じみたものを感じるけれど、最近はさすがに顔に疲れが滲んでいる。離婚さえしてしまえば、母ならばどんなにいい男でも捕まえられるだろう。いや、本当は離婚しなくても男ぐらい作れると思うけれど、母は道理を通そうとしている。きっと、わたしたちのためなのだろう。

父は離婚に同意したそうだ。だから離婚そのものはもうすぐ成立するか、もしかしたらもう済んでいるのかもしれない。けれどそれで全部終わりではなかった。

「親権が欲しいって言ってるわ」

溜め息をついて母はそう言った。

父。お父さん。物心ついたころから、ほとんど家にはいなかった。母は「お父さんは仕事で忙しいのよ」と言っていて、わたしもしばらくはそれを信じていた。たぶんサンタクロースを信じるぐらいのあいだは信じていたと思う。いつごろからか、わたしは事実に気づいていた。父はまともに働いていない。あれは自分を律することのできない、だめな大人なのだ。

親権と言われてもよくわからなかった。どちらも親だし、それは離婚しても変わらない。気持ちの上ですぐにそう割り切れるか自信はないけれど、いずれ落ち着くと思う。月子だってそうだろう。だからどちらか片方が親権者になるというのがぴんと来なかったけれど、

「一緒に住んで、ご飯を食べさせて、学校を出してあげるのがどっちか決めるのよ」

と説明されて、あんがい大変なことだとわかった。学校の帰りに本屋に寄って、「家庭の法律」のコーナーで離婚の本を探した。本当は買おうと思っていたのだけど、

思ったより高くて立ち読みするしかなかった。店主の目も気になったけれどそれ以上に、そんな本を読んでいるところを学校の知り合いに見られるのはとてもまずい。月子に見張らせて手早く読んで、だいたいのことはわかった。

父と母は親権について、どちらも譲るつもりがないらしい。そうなると、裁判所が決めることになる。裁判所というからてっきり裁判をするのだと思ったけれど、まず調停という手続きで話し合って、それで決まらなければ審判という方法もあると書いてあった。どちらを親権者にすると子供のためになるか、調査官が調べる。そんなのどうやって調べるのかと思ったら、基本的に裁判所に呼んで聞き取り調査をするのだそうだ。

審判に持ち込まれて、母は少なからず驚いたようだ。父がそうまでしてわたしたちの面倒を見ようとするとは、思っていなかったのだろう。

「時間ばかりかかるわね」

そうぼやいていた。

時間がかかるし、もしかしたらお金もかかるのかもしれない。けれど母は、審判の結果そのものには不安を感じていないらしい。

それはそうだと思う。立ち読みした限りだと、親権争いはお金がある方が有利らしい。それと、実際に子供と住んでいる方が有利。こうなると父に勝ち目はない。父は母にお金をねだるばかりだったし、家にはほとんど帰ってこない。

これだけでも勝負は決まったようなものなのに、さらに決定的なことがある。父親と母親で親権を争った場合、母親側によほどの問題がなければ、だいたい母親が勝つことに決まっているらしいのだ。正確な文章は忘れたけれど、立ち読みした本には「父親も諦めなければ可能性がないわけではないと言えなくもないから、がんばってね」といったようなことが書いてあった。

あとは、兄弟姉妹は離ればなれにならないように配慮されるとも書いてあった。いずれにせよ月子とは一緒にいられるということだ。

放課後の教室に、残っている生徒はもうわたしだけ。

ふと気づくと、窓の外が真っ赤に染まっている。恐ろしいぐらいの夕焼けだ。夕子というわたしの名前は、生まれた日の夕焼けが綺麗だったから、父が付けてくれたのだという。きっとこんな日だったのだろう。

来週、わたしと月子は裁判所に行かなくてはならない。子供はどう考えているか聞くのだという。法律では十五歳以上の子供には訊かなくてはいけないと決まっているけれど、だからといって十四歳以下の子供には訊かなくてもいいということにはならないらしい。わたしは母が好きだし、父も好きだ。どちらがということはない。二人とも、それぞれ別の意味で好きだ。裁判所でうまく話せるように準備が必要だった。そのために月子と相談することがある。そう思って教室に呼んだのだけれど、まだ来ない。待つのに飽きて、わたしは机に置いた本に手を伸ばす。

本を読むのは好きだ。なんといっても、映画や音楽よりも安い。どうやらクラスでは「夕子は綺麗だから家はお金持ちだろう」みたいな、なんの脈絡もないことを思われているらしい。とんでもない勘違いだ。図書室の本を借りるのも、読書家だからというよりお金がないからという理由の方が大きい。ただ、机の上の本はわたしのものだ。もう何度となく読み込んで、小口がすり切れている。

ただ、わたしは本を開かなかった。いまは赤い光が強すぎて目に痛い。一番読みたかった物語は憶えてしまって、いつでも思い出せる。柘榴《ざくろ》のお話だ。

柘榴。わたしはその木を見たことがある。

あれは小学六年の夏だった。珍しく父が帰ってきて、鬼子母神堂のお祭りに家族四人で揃って行った。ねだって買ってもらった浴衣が誇らしかったけれど、少しだけ後ろめたくもあった。母が無理をしてくれたことはわかっていたし、月子は普段着だったから。

普段は静かな境内には夜店がぎっしりと並んで、たこ焼きに焼きそば、焼き鳥なんかを売っていた。どれも、そんなにおいしくはないとわかっているのだ。もっとおいしく、もっと安く食べられるお店は商店街にいくらでもある。けれどわたしは、夜店の商品は食べ物ではなくお祭りの雰囲気なのだと理解していた。日が暮れて、丸い電球があちこちで灯っていて、和やかなざわめきが絶えなかった。

月子がベビーカステラを欲しがった。母がそれを買うあいだ、父とわたしは鬼子母神堂にお参りした。夜店にはどれも数人が並んでいるのにお堂に上る人は少なくて、蠟燭を模したほの明かりに照らされた仏像が間近に見えた。お賽銭は投げなかったけれど、手を合わせて願い事を口の中で呟いた。どうかお父さんと暮らせますように。ふと見ると父はいい加減に手を合わせるだけで、いつものぼうっとした顔をしていた。

拝殿の隅で何かを売っているようだった。

「ちょっと見てみよう」

と言うのについていくと、絵馬にお守り、お神籤《みくじ》、それと土鈴《どれい》が並んでいる。白い素焼きの土鈴で、持ち手には荒縄が結んであり、軽く押し潰したように歪んでいる。木べらで真っ直ぐに切り込みが入れてあった。

父は土鈴の一つを手にとって、愉快そうに眼を細めた。

「見てごらん、夕子。この鈴は柘榴に似せてある」

「柘榴って」

そのときのわたしは柘榴の話を知らなかった。

「ケーキに使う木の実でしょう。どうしてお寺にあるの」

「それはね」

土鈴を置くと、父は話してくれた。鬼子母神のお話を。

鬼子母神は夜になると街に出てきて、子供をさらって食べてしまう悪い鬼。それを懲らしめようと、お釈迦さまが鬼子母神の子供を隠してしまう。悲しむ鬼子母神にお釈迦さまは説教をした。

——親が子を思う気持ちは誰しも同じ。子を失う苦しみがわかったなら、これからは人の子を食べてはいけない。

わたしは納得できなかった。

「でも、鬼はそういう生き物なんでしょう。食べてはいけないだなんて、そんなの死ねと言っているのと同じじゃない」

父は苦笑いしていた。

「夕子は利口になったね。確かにそうだ。でも、諭されて鬼子母神は人の子を食べることをやめた。やめられたんだから、好きで食べていただけだったんだろう」

「なんだ」

「それから鬼子母神は子育てと安産の神さまとして、柘榴を持った姿で描かれるようになった。柘榴は種が多いから、子沢山を意味している」

「種が多いの」

「そうだよ。夕子は柘榴を見たことがないんだね」

頷くと、父はわたしの背に合わせて身をかがめ、少し秘密めかして甘やかに言った。

「じゃあ秋になったら二人で出かけよう。柘榴の木に実がなっているところを一緒に見よう。熟《う》れていたら、もいで食べよう」

「ほんと？」

「本当だ。約束するよ。夕子が忘れてなかったらね」

わたしは口をとがらせた。

「違うよ。お父さんが忘れてなかったら、だよ」

父はわたしの頭に、優しく手を載せた。

「大丈夫。夕子にとっては秋は遠い先かもしれないけれど、大人にとっては明日の話みたいなものさ」

わたしは父の話を聞くのが大好きだった。父が言った通りわたしにとって秋はずっと未来の話だったけれど、父と約束をしたのが嬉しくてたまらなかった。秋というのはいつのことなんだろう、九月になったら秋なのだろうか。十月まで待たないといけないのだろうか。待つ時間は長い。その夏はいつまでも終わらないような気さえした。

そして秋、わたしは柘榴を食べた。

父とふたりきり、誰も来ない山中で。


「お姉ちゃん」

思い出に耽っていたわたしに、遠慮がちな声がかけられる。

横開きのドアを開け、いつの間にか月子が立っていた。

表情は頼りなさげに曇り、肩は怯えるように縮んでいる。俯いた顔から上目遣いにわたしを見ている。セーラー服の白いタイが、夕焼けの赤に染まっていた。やはり月子は可愛い。わたしは母の美しさを受け継いだ。月子はそれに加えて、時に強く抱きしめたくなるような弱さを備えている。

「ごめんね。待ったでしょう」

わたしは微笑んだ。

「あまり早くても困るわ」

学校にあまり人が残っていては、大事な話ができない。母は夕食の支度に間に合うように帰ってくるので、家でも話せない。二人きりになれるのは放課後ぐらいしかなかった。

ゆっくりと席を立つ。わたしたちはお互いに歩み寄る。間近で月子の顔を見ながら、わたしは訊いた。

「それで、心は決まった？」

さまよう視線に、絡んだ指に、躊躇いがはっきりと表われている。決まってなどいないのだ。けれど月子は、

「うん」

と言った。

「わかった。それなら、わたしも覚悟を決める」

はっと顔を上げ、傷ついたような目で月子がわたしを見る。迷いを察してくれると期待していたのかもしれない。けれどここはわたしが決めて、月子を引っ張っていかなければいけない。ポケットから錠剤シートを出す。

「なあに、それ」

月子が訊いてくる。

「お母さんの薬。寝つけないときに飲んでるやつ」

「ああ……」

見覚えがあるようで頷いたけれど、すぐに怪訝《けげん》そうに眉を寄せる。

「それをどうするの？」

「眠くなるんなら、痛みとかもあんまり感じずにすむんじゃないかなって思って。もし怖かったら飲むといいよ」

いい考えだと思ったのだけれど。月子は首を横に振った。

「いらない。わたしはいいの」

「そう」

できれば飲んでほしかったけれど、本人がいらないと言うなら仕方がない。わたしは教室を見まわした。

「ここでも、誰も来ないとは思うんだけど」

閉門時間が近い。もしこれからこの教室に来るとしたら、見まわりの先生だろう。

けれど月子は思いがけず強い言葉で拒絶した。

「いや。ここはいや」

「……そうね。大丈夫、空き教室を見つけてあるから」

そう言って、わたしは鞄を持った。

そしてわたしたちは廊下に出て、無言で歩いた。わたしが先に立って、一度も月子を振り返ることはなかった。目を合わせてしまえば、月子が心変わりしてしまうかもしれない。それ以上に、わたしが挫けてしまう恐れがある。顔では平静を装っているけれど、足元はふわふわと覚束ない。

目をつけていた教室は校舎の隅で、人の気配はない。三年生になって初めて見つけた部屋だ。本当は、学校でも家でもない、どこでもない場所があれば一番よかった。でもそれはありえないこと。ドアに鍵はついているけれど、かかっていない。

音を殺してドアを開け、先に入る。がらんとしている。机がないのだ。古い教卓だけが埃をかぶって打ち捨てられている。夕焼けの時間は過ぎ、窓の外は夜へと変わりつつある。間もなく手元も見えなくなるだろう。その方が好都合かもしれない。月子が明かりのスイッチに近づくのを、

「暗くしておいて」

と止めた。

教卓に鞄を置き、月子に背中を向けたままで言う。

「わたしが先に打たれるわ」

「お姉ちゃん」

小声で言いかけるのを、聞こえなかったふりをする。鞄に入れておいたものを引き出し、手に持って振り返る。

「さあ」

靴べらだ。鈍い金色の真鍮《しんちゅう》製。ずっと前から家の玄関にあったけれど、使われるところを見たことがない。わたしもまさか、こんな使い道をするとは思っていなかった。

月子は、それが焼けた棒でもあるかのようにおずおずと手を伸ばし、目を逸らして消え入りそうな声で呟く。

「本当にやるの……？」

優しい子だ。どうしてわたしの妹がこんなに優しく育ったのかと思うと、ときどき自分を呪いたくなる。でもいまはやると決めたことを貫くだけ。月子を真正面から見据え、告げる。

「お父さんのことを考えて。もう、これしかないのよ」

それが月子を殺す文句だということを、わたしは知っている。

「お父さん」

小さな声だけれど、靴べらを握る手に力が入るのがわかる。大丈夫。これで月子はやるだろう。

「準備するね」

そう告げて月子に背を向け、わたしはセーラー服に手をかけた。自分の指がふるえていることに気づく。情けない。ぎゅっと目をつむる。月子にとってそうであるように、わたしも父のためなら頑張れる。それに相手は月子ではないか。

服を脱ぎ、下着も外す。スカートまで脱ぐ必要はない。上半身だけで充分だ。セーラー服は教卓に置こうと思ったけれど、見るからに埃が積もっていて嫌だった。仕方がないので、不安定だけれど鞄の上に置いた。

肩越しに振り返り、無理に笑う。

「さあ、やって」

月子は頷いた。靴べらを振りかぶる。

わたしは窓の外を見ていた。空に淡い満月が出ている。月子が産まれたのはこんな夜だったのだろうか。最初の一振りがわたしの裸身に振り下ろされ、乾いた小気味のいい音を立てた。

## 三・さおり

家庭裁判所の廊下で、にこやかな二人連れとすれ違った。楽しげな会話の断片が聞くともなしに耳に届く。

「うちの柘榴も花が咲いて」

それで、ああ夏が来るのだとしみじみ思った。

離婚自体は合意に達しているのに親権争いだけで何ヶ月もかかって、とうとう柘榴の花が咲く季節になってしまった。子供たちにもずいぶん負担をかけている。家族と子供のことを決めるのに、家庭裁判所は平日の昼間しか開いていない。親を交えずに話を聞く必要があると言われて、子供たちは学校を早退しなければいけなかった。私にも覚えがあるけれど、家庭にいざこざがあると学校の友達に知られるのはつらいことだ。夕子と月子は、どう言って学校を出てきたのだろう。

子供たちの前で弱気なところは見せたくなかった。けれど、さすがに私も最近は少し弱ってきているようだ。明け方まで眠れない日が続いたり、逆にいつの間にか気を失うように眠ってしまう日もあった。聞き取りのたびに仕事を休むのは職場でも評判がよくない。それももう終わりだ。今日、審判の結果が出る。

通された部屋はいつもと同じだった。パイプ椅子と組み立て式のテーブル。裁判所というのはもっと権威づけをするものかと思っていたけれど、最後の日まで素っ気ないほどにシンプルだ。三人が並んで座っている。両端に座っている初老の男女が調査官で、彼らは調停手続きのころから私の件を担当してくれている。これまでの経緯では、やはり女性の調査官の方が私に同情的だったように思う。

真ん中にはスーツの着こなしも折り目正しい若い男が座っている。これが審判官だろう。いかめしい彼がいるせいか、部屋の雰囲気はいつもより張り詰めている。心なしか調査官の二人も険しい顔をしていた。

「どうぞお座り下さい」

審判官の声に従い、彼らと向かい合う席に座る。私の隣にはもう一つ椅子が空いている。夫であった成海の席だ。彼とはもうあまり顔を合わせたくなかったけれど、こればかりは仕方がないだろう。

「皆川《みながわ》さおりさんですね」

書類の束から顔も上げず、わざとらしいまでに事務的な声で訊いてくる。「はい」と答えると、審判官は腕時計に目をやった。

「あと二分あります。お待ち下さい」

時間には余裕を持って来たつもりだったけれど、ぎりぎりだったらしい。たぶん私の時計が遅れていたのだろう。間に合ってほっとする一方、そんな時間になっても成海が来ていないことに胸がざわついた。

これから何か訊かれて、それで審判の内容が変わるとは思えない。もう結果は出ていて、今日はそれを伝えるだけなのだろう。成海もそう考えて、来るのをやめたに違いない。なにしろ結論は見えているのだ。

親権は間違いなく私のものになる。裕福とは言えないが定職に就き、子供たちを大事に育ててきた。成海は調停と審判の中で、自分も自分なりに娘たちを愛していたと訴えた。それが嘘だとは言わない。恨みもない。しかし行動で示してこなかった以上、やはり彼は父親として不充分なのだ。それは裁判所もわかってくれているはず。……そう自分に言い聞かせるけれど、やはり、その二分間は息が詰まった。

「時間ですね」

素っ気なく言って、審判官が顔を上げる。

「では、佐原成海さんは欠席ということで」

彼は私と目を合わせようとはしなかった。視線を逃がすように書類を見つめる。

「審判の結果を伝えます」

「お願いします」

「夕子、月子の二人につき、親権は佐原成海に属するものとします」

えっ、と声が出かけて、喉の奥で凍りつく。

私は法律のことをよく知らない。審判というのも初めてのことだ。だから、何かその先に別のことを言うのだと思って黙っていた。確かに審判官は言葉を続けた。けれどその内容は、

「なお、皆川さおりの面接交渉は妨げないものとします」

というだけだった。つまり、私が娘たちと会うことを裁判所は禁止しないということだ。

それは本来、成海に下される結論だったはずだ。親権は私に。成海が子供たちと会う機会は出来るだけ作る。そうなるはずだったのに。

「ど」

言葉がうまく出てこない。

「どうしてですか。調査官の方たちには伝えたはずです。佐原はこの数年、家にさえ
……」

　これまでの調査が上手く伝わっていないのか。それとも何か、信じられないような行き違いがあったのか。審判官はこれまで一度も調査に立ち会っていない。何かを間違えているはずだ。そう思って、すがるように左右の調査官を見る。

けれど彼らは、それまでしばしば見せていた人間的な表情をすっぽりと落としてしまったように冷然と私を見ている。それを見るだけで、下された審判は予定通りのものなのだとはっきりわかる。

　でもどうして！

「何が悪かったんですか。なんで、私が娘たちを奪われるんですか」

　ふるえる声で、何とかそれだけを言う。心あたりはなかった。誰かがとんでもない嘘の噂を流したか、それともあの底の知れない佐原成海が裏で手を回したか。そんなありえないことしか思いつかなかった。

　ほんの短いものだったけれど、審判官が溜め息をつくのを私は見逃さなかった。彼は目だけを私に向け、

「異議申し立てですか」

　と言った。

「いえ、とにかく、わけを教えて下さい。佐原は生活能力のない男です。あれに任せ

たら、子供たちは……」

　先が続かない。そもそも成海に決まった住所があるのか、それすら疑わしい。あの恐ろしい魅力で女たちの下を転々としているのではないか。もしそうだとしたら、娘たちはどうなるのだ。

「皆川さん。確かにねえ」

　そう調査官の男の方が口を挟む。慰めるというのではなく、説得するというのでもない。手に負えない困った客をあしらうような言い方だった。

「確かに佐原さんには生活力がない。それは私たちも認めますよ。でもねえ、これは娘さんたちのご意思なんですよ」

「ちょっと！」

　女の調査官があわてたように、鋭い声でたしなめる。それで、これは私には伝えないはずのことだったとわかった。

「いいんですよ。これは教えなきゃ収まりがつかんでしょう」

　どこか面倒そうに男の方が返す。私は勢い込む。

「子供たちがそう言ったんですね」

「ええ、まあ、ねえ」

あの子たちにどちらかを選べと迫れば、必ず私を選ぶとは言いきれない。どれほどだめな男でも、成海はあの子たちの親なのだ。しかし、それが子供のためになるのだろうか。必死に訴える。

「優しい子たちです。父親がいい加減な暮らしをしていると思えば、同情するでしょう。助けてやりたいと思って一時の感情でものを言うかもしれません。でも考えてもみて下さい。あの子たちはまだ中学生です。働きもしない親を支えさせるなんて、むごいとは思いませんか」

「あのねえ、皆川さん」

今度は審判官が遮った。

「調査官。理由の説明は私から」

「はあ」

男の調査官はむっつりと口を閉じる。審判官はそれまで見ていた書類を一枚めくった。うんざりしていることを隠そうともしない。

「調査報告書によれば、夕子さんと月子さんの両名が父親との同居を望んだ理由は、あなたがおっしゃった通りです。生活力がないとはいえ父親だから支えてあげたい、と言っています。ただ、裁判所は子供の福祉を最優先に考えなければいけませんから、これは参考程度に留めています」

「それなら」

「ですがね。二人はもう一つ、別のことも訴えているんですよ」

下を向いたまま、審判官の目だけがぎろりと私を見た。

「二人は、あなたから暴力を受けていると主張しています」

暴力。

確かに、娘たちに手を上げたことはあった。人の物を盗もうとしたとき。嘘をついて失敗を人のせいにしようとしたとき。親として見過ごせないとき、平手で打つしか方法を思いつかなかったことはあった。

「あの子たち、そんなに……」

そんなに傷ついていたのだろうか。

「でも、ほんの子供のうちだけです。物心もつかないうちに」

「報告書にはですね」

私の言い分には耳も貸さず、審判官は先を続けた。

「あなたが最近情緒不安定で、酒や医師から処方された薬物を濫用していると書いてあります。そして心神耗弱の状態で……、つまり酔っぱらっているか薬で朦朧としているとき、暴力を振るわれたという主張が記載されているんですよ」

私はお酒を飲まない。付き合い程度にしか飲めないのだ。家には料理酒しか置いていない。だからそれは間違いだ。

けれど薬は飲んでいる。離婚に絡む調停の気苦労で睡眠が不規則になり、医者に精神安定剤を出してもらったのだ。どうしても気分が昂ぶって眠れない夜、一錠飲めばだいたい朝まで目が醒めない。それが濫用だろうか。

いや、そもそも、暴力を振るった記憶などないのだ。

「覚えがありません」

「心神耗弱と書かれています」

「娘たちがそんな言葉を使ったんですか」

「いや、これはこちらでまとめたものです」

審判官は、今度ははっきりとわかるように溜め息をついた。

「お子さんたちは、暴力の跡を見せるため、女性の調査官に体を見てもらいました。調査書にはその状況が記載されていますが、まあ、本人に聞いた方がいいでしょう」

そして女の調査官の方をちらりと見る。彼女は審判官を、噛みつきそうな目で睨んでいた。

「わたしは秘密を守るとあの子たちに約束したんですよ」

「そうですか。それは書かれていませんでしたが」

「口頭でお伝えしたはずです！」

審判官は眉一つ動かさず、それきり彼女を無視した。調査書に視線を戻し、読み上げる。

「両名とも背中におびただしい内出血の痕が認められる。月子にはそれに加え、肩口から十五センチ程度の外傷がある。主張によれば、あなたは真鍮製の靴べらで娘たちを殴るとあります」

何も言えなかった。調査官が見たというなら、傷はあったのだろう。

私の沈黙は、罪を認めた証拠と受け止められたらしい。審判官の声がねっとりとしたものに変わる。

「お子さんたちはね。これは離婚のストレスで一時的にそうなっていることで、いつもは優しい母親だとあなたを庇っています。こうやって親を庇うケースというのは珍しくないんですよ。ただ今回は子供たちの栄養状態や精神状態、学校の出席状況、それに所感などを総合して、緊急性は低いと判断しました。本来なら児童相談所に通報するところですが、説諭ということにしておきましょう。ただ、不安だからといって金属の棒で子供を殴ったというのは、裁判所として重く受け止めざるを得ません」

審判官は書類をまとめ、テーブルの上で叩いて角を揃えた。

「では、審判に異議のある場合は二週間以内に手続きをしてください。お疲れさまでした」

彼は結局、最後まで私の顔を正面から見ようとはしなかった。

つまるところ私は娘たちの気持ちをわかっていなかったのだ。

もちろん、私は子供たちを殴ったりなどしていない。手で打つことさえぞっとするのに、真鍮の棒でなんて考えられない。だいたい、その靴べらがまだ家にあったことさえ忘れていた。あれは成海が革靴を履くのに使っていたものだが、彼が家にほとんど帰らなくなってからは、もう何年も玄関で埃をかぶっていたはずだ。

つまり、娘たちの傷は自作自演以外にはあり得ない。

薬で前後不覚に眠っているあいだのことにしてしまえば、私が自分の仕業と思い込むと考えたのだろうか。私の薬は精神安定剤であって、興奮剤ではない。朦朧として棒を振りまわしただなんて、利口な夕子らしくもない筋立てだ。お酒というキーワードを入れておかなかったら、いくら家庭裁判所が多忙だからといっても、子供たちの言い分を信じたりはしなかっただろう。

ただ、そうでもしなければ……。つまり私を暴力を振るう母親に仕立て上げなければ父親に勝ち目はないと考えたのは、正しかったと思う。きっと調停や審判について勉強したのだろう。我が子が中学生のうちから法律を学ぶ機会を得たというのは、寂しい反面で少しだけ嬉しくもある。やはり法律は知っておかないといけない。

子供たちの策は見事に当たって、親権は成海に渡ってしまった。けれど私は、異議申し立てをしないつもりだ。

私が間違っていたのだ。娘たちの幸せのため、成海と別れるのが一番いいと思っていた。本当はもっと子供たちの意見を聞くべきだったのだと思う。あの子たちがそれほどに、自分たちの体を傷つけて嘘をつくほどに父親を心配しているとはまったく知らなかった。

思えば、私一人で娘二人と夫を支えることはできないというのが、そもそもの離婚の理由だった。しかし私と成海を切り離せばどうなるだろう。「お母さんは大丈夫。でも、お父さんは一人で生きていけるのかな」。娘たちがそう考えるのは、むしろ当然だったかもしれない。

夫はもともと他人だ。結婚で結びついたに過ぎない。けれど父親は最初から、どうしようもなく肉親なのだ。私が成海を見る目と、娘が成海を見る目は違う。それに気づかなかったことが私の罪なのだろう。

不安はある。あの子たちがいつまで父親を見捨てずにいられるのか。地に足のつかない遊び人の暮らしに巻き込まれてしまうのではないか。そうしてあの子たちは自分の幸せを磨り減らしてしまうのではないか。そんなことを考え始めれば切りがない。けれど、いまはあの子たちの選択を認めてやりたい。面接交渉は認められているのだ。外からでも、あの子たちを支えてあげられる方法はあるはずだ。

家庭裁判所を出ると、初夏の日差しが目を刺した。思わず手庇を作る。家に帰れば、確か冷蔵庫が空のはずだ。途中で買い物に寄らなくては。女の子とはいえ成長期、このところ食材の減りが早くなった。

「ああ、でも！」

呟きが漏れる。

でももうすぐ、買い物は一人分だけで済むようになるのか。

強がりはあっさりと突き崩される。手庇を作っていた右手は、嗚咽がこみ上げる口元に当てられる。いつかあの子たちが恋をして愛を知る年頃になれば、別れはいずれ来るとわかっていた。それが母親の役目だと覚悟していた。

けれどあまりに早過ぎて、心の準備が間に合わない。

## 四・夕子

放課後の図書室で本を読んでいた。

図書室の蔵書ではない。わたしの本だ。だから別に図書室に来なくてもよかったのだけど、人づてに手紙を貰っていたのだ。「今日の放課後、教室にいて下さい」。クラスメートの男子の名前が添えてあった。用件は見当がつく。確かサッカー部でそこそこ知られた子だったと思うけれど、同学年の男子たちは誰も彼も未成熟な幼児のようで、見ているだけでうんざりする。二人で会ってお話する気なんてなかったから、わたしは図書室にいる。

小口がすり切れた本の、わたしの好きな物語を開く。ページに癖がついていて、探さなくてもすぐに見つかる。柘榴の話。

農耕の女神デメテルには、ペルセポネという美しい娘がいた。けれどある日、ペルセポネは冥界の王ハデスに攫《さら》われてしまう。ペルセポネはそこで、柘榴の実を差し出された。彼女はそれを口にしてしまう。冥界で食事をした者は、もうこの世に戻ってくることはできない。女神である母親が迎えに来ても、その掟を曲げることは出来なかった。

ペルセポネが食べたのは柘榴の実の三分の一だけだった。だから彼女は一年のうち三分の二は、この世に戻ってくることを許された。

けれどわたしは違う。

秋になったら二人で出かけよう。柘榴の木に実がなっているところを一緒に見よう。熟れていたら、もいで食べよう。鬼子母神堂で交した約束をわたしは忘れなかった。

秋になると母の目を盗んで、わたしは父と会った。

「夕子は本当に大きくなったね。じゃあ、行こうか」

約束は果たされた。わたしは車に乗せられ、木々が紅葉に色づく山の奥へと連れて行かれた。

柘榴はまだ熟し切るには早かったけれど、早過ぎはしなかった。わたしと父は一日中、それを存分に貪った。わたしの汚れたくちびるは、父のつややかなくちびるで清められた。

ペルセポネとは違う。わたしは二度と戻って来られなくなったのだ。……わたしはまだまだ成長する。もっと美しくなるはずだ。だから、佐原成海にわたし以外は必要ない。

　母が離婚を考えた理由はわかっている。ほとんど一人でわたしと月子を育ててくれた母には、どう感謝を伝えていいのかわからない。けれどあの人は美しすぎるのだ。かつて父を射止めた容色は、生活にくたびれたいまもなお衰えているとは思えない。そんな人が自ら成海から身を引こうとするなんて、奇跡的な好機だった。

　幸い、離婚そのものはすぐに成立しそうだった。あとはわたしが成海のところに行くだけ。けれど成海は生活破綻者なので、裁判所がまっとうな判断を下せば親権は母のものになる。それでは寂しい。わたしは必死に考えた。

　もちろん、母を陥れることは気が進まなかった。父へのそれとは色合いが違うけれど、わたしは母を愛している。だから家庭裁判所の思ったより狭い部屋で、あの何かも面倒そうに進めるお爺さんの調査官に出ていってもらった後、女の調査官に背中を見せるときにはくどいぐらいに強調した。

「お母さんは優しい人なんです。普段は絶対にこんなことしないんです。ただ最近、離婚とか親権とかのことで疲れているだけなんです。お願いです、お母さんを悪者にしないで下さい」

　全て本当のことだ。普段はあんなことをしない。より正確に言えば、一度もしたことがない。いくら成海を手に入れるためとはいえ、母が警察に捕まるようなことがあってはさすがに後ろめたい。強調しすぎてちょっと不自然かなと冷や汗をかいたけれど、全てはうまくいってくれた。

そしていま、わたしは成海のそばにいる。心の奥底をざわつかせる、あの不思議に柔らかい声は、毎日わたしに向けられている。

佐原成海はわたしのトロフィーなのだ。


まともに本を読んでいるのは一握りだけれど、図書室にはあんがい生徒の数が多い。そのせいで、月子はしばらく戸惑い気味にきょろきょろするばかりだった。わたしの方がかえって先に見つけて、軽く手を挙げてあげるまで気づかなかったようだ。

胸元で小さく手を振って、図書室らしくゆっくりと、月子が近づいてくる。わたしの隣は空いていたので、椅子に浅く腰かけた。

「やっぱりここにいた」

「よくわかったね」

すると月子は微笑んだ。

「教室に行ったら、待ちぼうけの男子がいたから。きっとあれなんだろうなって思って」

男子からの意味ありげな手紙は、月に二、三通は届く。さっさと帰ってしまうこともあるけれど、たいていはここでやり過ごす。月子には憶えられてしまったらしい。それにしても、その男子は恰好悪いところを見られたものだ。少しだけ興味を覚えて、訊いてみる。

「人気ある子みたいだけど、月子から見てどう思った?」

月子は首を傾げ、

「ううん、こんなこと言ったら悪い気がするけど」

と前置きして言った。

「ちょっと子供っぽすぎるかな」

「だよね」

そして、くすくすと笑いあう。わたしは本を閉じた。

「それで、何か用?」

「うん。一緒に帰ろうと思って」

「いつもの友達はいいの?」

「家の方向が違っちゃったから」

親権者になって、父は新しく部屋を借りた。わたしたち三人が暮らせる部屋だ。幸い、元の家からさほど離れていない場所にいい物件が見つかった。おかげで転校はせずに済んだけれど、多少の影響は仕方がない。

　本を鞄に入れて席を立つ。

「それで、部屋のカーテンは決まったの」

　そう訊いてみる。月子は恥ずかしそうに小さくかぶりを振った。

「まだ……」

「そんなの、さっさと決めちゃえばいいのに」

「そうはいかないよ」

　新しい子供部屋につけるカーテンの柄は、月子が選ぶことになった。ところが月子はあれこれと悩むばかりでなかなか決められない。いまは最初から部屋にあった薄いカーテンで凌いでいるけれど、毎日朝日が眩しくてたいへんなのだ。

　こだわる月子を父が笑っていた。「ふうん。月子もませてきたもんだ」と。

「じゃあ、帰りにデパートに寄っていこうよ。実物を見たらイメージも湧くかもしれないし」

　月子の表情がぱっと輝いた。

「そうしてくれる？　ありがとう、お姉ちゃん！　じゃあ、校門で待ってるね」

くるりと踵を返して背中を向ける。ふわりとシャンプーの香りが漂ってくる。

その背中を見ながら、わたしは思う。

母は身を引いてくれた。だからいま、わたしの他に成海のそばにいる美しいひとは月子だけ。

「お父さんと一緒に暮らすために、お母さんを陥れよう」

そう話したとき、月子は迷いながらも頷いた。無邪気に父親を慕う娘というだけでは受け入れられない提案だったはずなのに。それで彼女に巣くう欲望は透けて見えた。

所詮は姉妹ということだろう。

月子の容貌はまだ幼い。まだわたしの相手にはならない。……まだ。

わたしは母の美しさを受け継いだ。月子にはそれに加えて、可愛らしさと弱さがある。どちらとも天性の魅力になり得る。つまり認めたくはないけれど、妹はわたしにない魅力を持つかもしれない。それは許せないことだった。

あの夜、学校の片隅の使われていない教室に入り込み、わたしたちはお互いの裸身を鞭打った。先に靴べらを振るったのは月子。最初のうちこそ手に力がこもっていたものの、やはり月子には厳しすぎる注文だった。打ちのめすように振るわれた真鍮の棒に込められた力は次第に弱々しくなり、押し殺した嗚咽が聞こえてくる。わたしがやらせたことなのに、最後は靴べらを落としてわたしの背にすがりつき、

「ごめんね。お姉ちゃん、こんなことしてごめんね」

と繰り返した。

わたしはもちろん彼女を許した。焼けるような痛みを感じながら振り返り、妹を抱きしめた。

「いいの。ありがとう」

そして靴べらを拾い、微笑んでみせた。

「それじゃあ、次は月子の番ね」

怯えても逃げられない。何故なら、月子が先にわたしを打ったのだから。

柘榴のお話には、続きがある。

ペルセポネは柘榴を食べ、一年の三分の一はハデスの妻となった。しかしハデスはあるとき美しい妖精に恋をしてしまう。

自分を略奪したハデスが他の女に心を移すことを、ペルセポネは許さなかった。妖精を踏みつけ、呪い、雑草へと変えてしまったという。

親権を父に持たせるだけならば、あんなことはしなかった。法律の本には、子供の希望は比較的叶えられやすいと書いてあった。それなのに背を打った理由は、一つしかない。

――美しくなる前に傷を。わたしよりも美しくなるかもしれない背中に、いまのうちに、たとえ小さくとも、一生残る傷を。

わたしが振り下ろした一撃は、月子の肌を醜く引き裂いた。

あの夜に見た白い裸身は、冴えた月のように美しかった。誰もがきっと、くちびるを寄せたくなるほどに。

けれどもいまは、それほどでもない。

# 万灯

一

私は裁かれている。

これまで、どれほど困難な情勢の中でも最善を尽くしてきた。決断の早さが全てを制すると固く信じ、幾度も敵の機先を制してきた。必要な措置を講ずるのに躊躇はせず、必要でない措置にいつまでも固執することもしなかった。正しいリスク分析と、いざとなればリスクを負うことを恐れない勇気は、私の決断をいつも力強く支えてくれた。あいつは拙速だと陰口を叩く連中を黙らせ、慎重な検討を要するとだけ繰り返した上司を僻地に追いやった。私は大きな成果を上げた。その成果は会社の利益となるだけでなく、多くの人々の生活を豊かにするはずだ。

アラムを殺したのも、森下《もりした》を殺したのも、全て必要なことだったのだ。

露見しないはずだった。不愉快な仕事は片づいて、元の有意義な仕事に胸を張って戻っていけるはずだった。

だがいま、私は裁かれつつある。思いも寄らなかった存在によって。

二

私が井桁《いげた》商事に入社したのは十五年前、昭和四十一年のことだった。千葉の館山に生まれ育ち、東京で大学に通い、強い希望が叶って井桁商事への入社が決まった。同期のほとんどが国内勤務を望む中、私は最初から海外勤務を志向していた。実家では三男であり、兄は二人とも公務員で収入が安定している。国内に残って親の面倒を見なくてもいいという気楽さはあった。だがそれ以上に、私には新米社会人なりの使命感があった。日本の国内市場の行き詰まりは明白である、活路は海外にしかないが、そのための尖兵はいまだ充分ではない。そう信じていたのだ。

入社三年目の春、私はインドネシア支社に派遣された。当時、我が社は東南アジアで巨大プロジェクトに着手していた。――資源開発である。

我が社の狙いは天然ガスだ。インドネシアの天然ガス埋蔵量は七十兆立方フィートを超すと言われ、極めて有望である。エネルギー資源の確保に携われる。そう思うと、武者震いが止まらなかったことを憶えている。

スハルト政権下、インドネシア政府の官僚たちに話を通す最も確実な方法は、賄賂だった。出遅れが否《いな》めない井桁商事が開発権を得るためには、それこそ湯水のようにアンダーマネーをばらまかねばならなかった。先輩たちの後をついてまわり、先輩が頭を下げれば私も下げ、先輩が笑えば私も笑って、交渉術を学んでいった。とにかく、誰に金を渡すべきかを常に考えていなければならなかった。昨日まで我が社に有利な決定が下る見込みだったのに、ライバル会社がたった一人の高官に一晩接触しただけで全てが覆る、そんな煮え湯を何度も飲まされたものだ。

危ない目にも、何度も遭遇してきた。開発に反対する住民は、しばしば棒や刃物、悪い時は銃を持ち出してきた。私は伝手《つて》を辿って防弾チョッキを買い求め、都市部を離れるときはいつも身につけていた。

利権や腐敗のでこぼこ道をコネとカネで平らに均《なら》し、他社の妨害や地元の反発という障害物を丹念に排除し、鉄と油でガス田までの道を開く。それが私の仕事だった。口先ばかりで腹芸の一つも備えていなかった若造も、十年後にはガス田開発チームのサブリーダーになっていた。その間、日本にはほとんど帰らなかった。帰った時も空港と、本社がある大手町以外に行くことは稀だった。実家に帰ったことすら、父の葬儀の際に一度だけ。そして、それをつらいとも思っていなかったのだ。

だから、新たな辞令を通達する時、本社の人間がさも気の毒そうな顔をしていたのが不思議なぐらいだ。彼はこう言った。

「君にはガスのエキスパートとして、バングラデシュに向かってもらいたい。肩書きは開発室長だが、部長待遇だ。開発の目処《めど》が立ったら、今度こそ国内に戻すと約束しよう」

私は喜んで拝命した。インドネシアでの開発は概ね軌道に乗り、プロジェクトは縮小が見込まれていた。一方バングラデシュは、南アジア屈指のガス埋蔵量を有すると目されているが、現地調査すらまだ不充分だ。大手町で辞令を受け取った翌日には、ジャカルタで引き継ぎを始めていた。

二年前のことである。

バングラデシュは厳しい場所だ。

ダカの支社には、私の部下になる日本人スタッフが一人先遣されていた。高野《たかの》という男で、私よりも四期下になる。福々しい顔でどこか頼りないが、歴戦の営業マンである証《あかし》に全身真っ黒に日焼けしている。出身を聞けば、新潟の燕《つばめ》市だと言った。彼はダカの空港で私を出迎えてくれた。トヨタ車に乗って仮設の事務所に到着するとほどなく、エアコンもワープロも止まってしまった。停電である。

時期は折しも雨季に入ったばかり。事務所はたちまち、やりきれない蒸し暑さに覆われた。停電では文句を言っても仕方がないと思ったが、ふと窓の外を見ると、信号が普通に作動しているし、近くの路上では扇風機を地面に置いて男が涼んでいる。ベンガル語のハンドブックを団扇《うちわ》代わりにして顔を扇ぎながら、私は常になく苛立って叫んだ。

「どうなってるんだ。このビルだけ停電なのか？」

高野は既に、ある程度現地の事情に通じていた。彼は笑みを含んで言った。

「さっそくやられましたね」

「やられた？」

「電気を止められたんですよ」

「ビルのオーナーか」

「いえ。たぶん電力会社でしょう。連中、きょう室長が着任するって知ってたんだ」

さすがに言葉が出なかった。

「まさか。何のために」

「そりゃあ、決まってるじゃないですか」

そう言うと、部下は親指と人差し指で円を作った。

私も賄賂文化にはかなり慣れたつもりでいた。大家が店子《たなこ》に嫌がらせをして小銭を巻き上げるぐらいのことなら、珍しくもない。だが、インフラ会社がインフラを停めてまで小遣いを稼ぐというのは初めて聞いた。これはとんでもない国に来てしまったぞ、と思ったものだ。

「抗議しても無駄だろうな」

「故障だと言われるだけですね。放っておけば一ヶ月はそのままです」

「仕方ない。ご苦労だが、いくらか持っていってくれ」

高野は疲れた笑顔で「わかりました」と言った。その笑みには、厳しい異境に乗り込んできた上司への、偽らぬ同情が現われていた。

電気が停まったことはその一度だけだったが、他のインフラは「故障」を繰り返した。いきなり電話が通じなくなる。水が出なくなる。ガスも来なくなる。その度に高野や、現地で雇ったバングラデシュ人スタッフが関係部署に付け届けをした。「故障」の全てが賄賂目的に仕組まれたとは思わない。本当の故障も多分に含まれていただろう。バングラデシュ最大の都市ダカでも、インフラはいまだ完全とは言い難かったからだ。

気候や風土も、予想を超える難物だった。

資材搬入のルートを確認するため港町チッタゴンを訪れた時、サイクロンの直撃を受けたことがある。バングラデシュのサイクロンは強烈だという話は聞いていたが、日本の台風と大して変わりはないだろうと高をくくっていた。実際、風速は毎秒三十メートル前後で、その程度の風台風であれば子供の頃から何度も経験している。だがサイクロンの脅威は、風力や雨量だけではなかった。

サイクロンが去った後、街の中に生えていた灌木が無惨に枯れ始めた。現地スタッフがそれを指さし、無邪気に笑った。

「あれ、熱にやられた」

「熱に？」

「サイクロンは熱い。事務所の中にいたから、わからなかったんだ」

確かにサイクロンが接近している間、私たちは事務所に避難していた。その時、やけに暑いとは思っていたが、またいつものようにエアコンが故障したのだろうと思っていた。まさか、あの吹き荒れる風が熱風だったとは。

「サイクロンはそんなに熱いのか」

「そうね。五十度ぐらい。これに吹かれたら木も枯れる。ボスも気をつけて。もし外でサイクロンを浴びたら、失明するよ」
そして何と言っても、洪水である。毎年雨季になるとバングラデシュは洪水に襲われ、国土の四分の一程度が水没する……。情報としては知っていたことだが、実際に見ると衝撃が大きかった。見渡す限りの平原が、ほんの一週間もしないうちに濁った水面に変わるのだ。人々は小舟を出して往来する。あたかも、最初から水上生活を営んでいたかのように平然と。だが私は暗然たる気持ちだった。こんな土地でトラックを走らせ、資材を運び、鋼材を組み上げることなど出来るのだろうか。入社して以来、あの水没地を見た時ほど弱気になったことはない。

バングラデシュの天然ガス資源は二十世紀初頭からその存在が知られている。それだけに、浅いところ、掘りやすいところにあるガス田は既にどこかが押さえている。ベンガル湾の海底ガス田は埋蔵量も豊富で後発組が入り込む余地もあったが、残念なことに当時のプロジェクト規模では、あの猛烈なサイクロンに耐える海上プラントは用意できなかった。

そこで目をつけたのが北東部の低地帯だ。インドとの国境付近には、まだ未開発の地域が残っている。パキスタン統治時代に行われた調査で採掘可能な大規模ガス田はないとされていたからだが、その頃からボーリング技術もずいぶん進歩した。かつて掘削不可能だった大深度の資源にも、いまなら手を出せるかもしれない。私は高野に調査班の編成を命じた。

「個人的感触ですが、かなり有望ですね。データで見る限り、充分採算ベースに乗ると思われます。いい知らせを待っていて下さい」

高野はそう言って、意気揚々と北東部へと向かって行った。

――冷静になって考えれば、仕事の進め方が大きく間違っていたわけではない。全ては不慮の事故だったのだ。だがそれでも、もたらされた結果の重さは私の胸に重くのしかかっている。

高野が出張に出て七日後、真夜中に電話が鳴った。調査班の一人、地質学の専門家として雇ったバングラデシュ人からだった。音質の悪い電話回線の向こうで、彼は声を震わせていた。

「ボス、トラブルです」

調査班を乗せたライトバンが、雨上がりのぬかるみにタイヤを取られ、横転しながら緩斜面を転落したという。同乗していた技術班は全員軽傷で済んだが、助手席に座っていた高野と、最後部にいたバングラデシュ人スタッフはそれほど幸運ではなかった。高野は横倒しになった車体にたっぷり半日は挟まれていて、その結果、壊死《えし》した左腕を失うことになった。ムハマド・ジャラルというバングラデシュ人スタッフは折れた肋骨が内臓を傷つけ、失血死した。

高野の腕もムハマドの命も、早いうちに救助が行われれば助かっていたかもしれない。もし情報が素早く得られていたら、何か手は打てた。だが実際には、ダカの支社にいた私に一報がもたらされたのは、事故後六時間が経ってからだった。

シレット市の病院に収容された高野を見舞うまでには、さらに一日かかった。切断手術は既に終わっていて、高野は麻酔で昏睡《こんすい》していた。外は激しい雨が降っていて、薄汚れたガラス戸ががたがたと震えていた。パイプベッドに寝かされた高野は、何事もなかったように眠っていた。私は、高野の残された右手を固く握った。

「高野、すまん。俺が間違っていた。仕事の順番を間違えていた！」

開発目標である北東部低地帯は、ダカからは遠すぎる。シレット市からでも車で四、五時間走らねばならず、道路状況次第では倍以上の時間がかかることも想定されていた。何かあった時に即応できないという問題は、とうに把握していた。ヒトとモノと情報を集める集積拠点が必要になるとは思っていたのだ。

だが私は、拠点を置くのは基本的な調査が済んでからでもいいだろうと後まわしにしていた。もし事故を見越して早期に拠点を設置し、そこに一人でも医療スタッフを置いておけば、これほど大きな事故にはならなかったかもしれない。日が暮れ、狭い病室が薄暗がりに沈み込むまで、私は声を殺して泣いた。

一ヶ月後、高野は日本に戻されることになった。片腕を失ったショックはまだ抜けきっていないようだったが、ダカの空港で彼は笑顔を見せた。

「これで家族の元に帰れると思えば、悪いことばかりじゃないですよ」

「結婚していたんだったな」

「ええ。息子が生まれて、三日後にシンガポール行きの辞令でした。一日でも早く帰りたかったですが、こんな形になるとは思いませんでしたよ。まあ、日本にいたって交通事故に遭うことはあるんですから、仕事が悪いなんて思ってません。星の巡り合わせですよ」

彼は私の罪悪感を見抜いていたのだろう。慰めが必要なのは高野の方なのに、彼は私を気遣って去っていった。

ムハマド・ジャラルの葬儀には、参列することすら許されなかった。私が異教徒だからである。

そして、支社の予算規模では、彼の遺族に充分な手当をしてやることもできなかったのだ。

高野が去り、新しい部下が補充された。開発は止まらない。調査のスピードを落とすわけにはいかなかったが、物資集積拠点の設置にも労力を振り向けることにした。高野とムハマドへの痛恨の思いは消えなかったが、悲しみを引きずっている場合ではなかった。

しばらくは、地図を睨んで唸る日々が続いた。

集積拠点は、当然のことながら、雨季にも水没しない地域でなくてはならない。ダカへの経路は一時的に遮断されても構わないが、開発予定地域と拠点を繋ぐ道は常時通行出来る必要がある。また、無事天然ガスの採掘が始まれば、搬出港であるチッタゴン近辺までパイプラインを引くことになる。メンテナンスを考えれば、そのルートも沈まないことが求められる。

また、政治的に安定していることも必要だ。インドネシアに宗教対立があったように、バングラデシュも少数民族問題を抱えている。自治権を要求する武装組織の活動はこのところ下火だと言うが、今後もそうだとは限らない。少数民族の村は避けたい。だがいくつもの条件を考えながら、バングラデシュの地図を舐めるように見ていく。

地図だけでは、雨季に地形がどう変わるか確信が持てない。そこで北東部出身の役人に報酬を渡し、現地の情報を教えてもらった。

その男はむっつりと黙って私の話を聞いた。全ての条件を話すと、彼はしばらく考えた末、地図上の一点を指さした。

「ここしかないだろう」

地図には小さい字で、ボイシャクと書かれていた。ボイシャク村。

方針は決まった。

高野の代わりに送られて来た部下は斎藤《さいとう》といって、高野と同期という若さでありながら、随分と中年太りが進んでいた。一見すると鈍い印象を受けたが、話してみるとバングラデシュの現状から開発上の問題まで打てば響くように答える切れ者だ。長崎の出身で、同期だけあって高野を知っているという。

「高野はいいやつです。奥さんも綺麗でね。気の毒でしたが、あいつは命があっただけラッキーだったのかもしれません」

真面目な顔で、斎藤はそんなことを言った。

「同期には死んだやつもいますからね。ウランバートルに送られたら水が合わなくて、ちょっと熱が出たと思ったら、あっという間だったそうです。室長も健康診断だけはきっちり受けた方がいいですよ」

貴重な日本人スタッフである斎藤をどう使うか。地質調査にまわすか集積拠点設営にまわすかは、難しい判断だった。だが本人の意見を聞くと、答えは明快だった。

「ボイシャク村に行かせて下さい。地質調査の方は技術的問題ですから、自分が常時つく必要はないと思います」

「わかった。行ってくれ」

「ただ、農村部となると英語はあまり通じないでしょう。ベンガル語の通訳を付けてください」

「手配しよう」

後で知ったことだが、斎藤はこうした交渉には経験があった。インドネシアで私がガス田開発に携わっていた時、彼は同じインドネシアの違う島でエビを買いつけていた。当初は日本向けの出荷に消極的だった漁村に乗り込み、粘り腰に少々の二枚舌を加えて、二ヶ月で新しいエビ供給ルートを確立したという。

だから恐らく、斎藤はボイシャクでもこれといったミスは犯さなかっただろうと思う。他の誰が行っても同じ結果になったに違いない。

バングラデシュは厳しい土地だ。役人は賄賂なしでは動かず、雨季になれば国土の四分の一が水没し、五十度の熱風が嵐となって吹き荒れる。だが、一億数千万の人間が住むバングラデシュが、住むに住めない不毛の土地であるわけがない。文化や気候や風土には慣れることが出来る。慣れてしまえば、住めば都だ。

本当に開発の障壁になるのは、世界中どこでも同じ。――地元の反対である。

一週間の出張から帰ってきた斎藤は、体中に痣《あざ》を作っていた。頰には大きな絆創膏《ばんそうこう》を貼り、片手には添え木が当ててある。目を丸くする私に、彼は言った。

「室長、駄目です。あの村は外国人を嫌ってる。……殺されるところでした」

三

斎藤の話によれば、ボイシャク村の人々は最初、斎藤たちを温かく迎えてくれたという。外国人が珍しいのか家々から子供が駆けだしてきて、歓声を上げてトヨタ車を幾重にも取り囲んだ。大人たちも友好的で、どこから来たのかと質問攻めにあったそうだ。

「日本の企業だと伝え、マタボールたちに会わせてもらえないかと頼みました。そこまでは上手くいったんです」

マタボールというのは、村の長老に近い存在だ。バングラデシュの村々では、一人の村長に権限が集中することはない。大事なことは複数のマタボールが集まって決める。長老という言葉とはイメージが違う点もあり、たとえば、彼らは年長者だとは限らない。七十歳を超えたマタボールがいる一方で、三十代のマタボールも珍しくない。

「アラム・アベッドというマタボールの家に招かれました。五十歳ぐらいだったと思います。威厳のある口髭を生やしていて、白いシャツを着ていました。体つきのがっしりした、いかにも精悍な男です。通訳にベンガル語で挨拶をしてもらおうとすると、アラムの方から『ウェルカム』と話しかけてきました。その後は通訳を介さず、英語で話しました。アラムの英語はイギリス英語で、訛《なま》りは強いものの、私のアメリカ英語で充分通じました」

かつてイギリスの統治下にあったバングラデシュでは、部分的にではあるが英語が通用する。上級裁判所が使う言語は英語だし、高等教育も多くが英語で施される。アラムというマタボールが英語を使ったということは、知識人階層だと考えていい。

「初めのうちはアラムも友好的で、お茶を出してくれました。ダカにいた時期もあったそうで、ダカのいまの様子を訊かれましたよ。料理屋の話や、新しいビルの話なんか……。いろいろ話すと、懐かしそうにしていました。ところが、我々の目的を話すと雲行きが変わりました」

「どこまで話したんだ」

「我々が日本の井桁商事だということ、天然ガスの開発を計画していること、そのために集落の敷地内に人が休める場所がほしいということです」

ボイシャクに前線基地を設ければ、当然、村の交通量は増すことになる。開発が本格化すればトラックがひっきりなしに通うこともあるだろう。騒音の問題は避けられないし、交通事故も不可避だ。しかし斎藤は、まずはそのあたりをぼかしたらしい。

「補償のことは」

「訊かれれば答えようと思っていました」

私は頷いた。特に間違っているとは思わない。

「なら、金額で決裂したわけじゃないんだな」

「違います。アラムは……」

斎藤は記憶を辿るように口を閉じ、やがて慎重に言った。

「我々が開発に来たと知って、態度を翻したようです」

溜め息が出た。いずれはこういう事態も起こりうると思っていた。地元の反対は、規模の大小こそあれ、必ず発生する問題だ。だが、こんな出だしから躓《つまず》くとは思わなかった。

「帰れと言われたところ、何とか交渉を継続しようと無理に粘ったのがまずかった。アラムがベンガル語で何か叫ぶと、男たちが部屋に入ってきました。後はもう、リンチです。通訳はすぐに逃げ出してしまい、男たちには英語が通じず弁明も出来ませんでした。アラムが制止しなかったら本当に殺されていたかもしれません」

その言葉とは裏腹に、斎藤の口ぶりは冷静だった。私も危険な目には幾度も遭ってきたが、全身に痣が残るほど殴られて、これほど落ち着いていられるかは自信がない。それだけでも斎藤の交渉役としての資質は窺い知れる。

しかしその斎藤をもってしても、アラム・アベッドには話が通じなかった。これは厄介だ。

「わかった。ご苦労だった。今日はいいから、病院でちゃんと診てもらってこい。そんな添え木じゃ、治るものも治らんぞ」

斎藤を帰らせると、私は天井を仰いで「くそっ」と毒づいた。長年資源開発に携わった自分の勘が、このトラブルは長引くと告げていた。

こういう時、私の勘は外れたことがない。

ボイシャク村は完全に交渉を拒絶し、日本人であれバングラデシュ人であれ、井桁商事の人間が村に近づくことを決して許さなかった。村人たちは武装していないと報告を受けたが、怪しいものだ。これほど態度を硬化されている以上、迂闊《うかつ》に接触しても怪我人が増えるだけだ。

ボイシャク村以外に拠点を築けないか、再度候補地を探してもみた。しかし検討すればするほど、他の選択肢は消えていく。前線基地を作るだけなら他の場所でもいいのだが、いずれ開発が本格化すれば、輸送ルートはボイシャク村を通らざるを得ない。遅かれ早かれ、あの村はどうしても懐柔しなければならないのだ。

夜中、デスクに向かいながら、つい呟いたことがある。

「これがインドネシアだったら……」

インドネシアでは、政府が開発を強力にバックアップしてくれた。賄賂は必要だったが、地元の反対は警察が、時には軍が押さえ込んでくれたものだ。バングラデシュはそういう状況にない。我が社で何とかするしかないが、向こうが聞く耳持たないのでは打つ手がない。

悪いことは重なるもので、ある日、斎藤が辞表を出してきた。

「何故だ。いま君に抜けられては困る」

「申し訳ありません」

折れた片腕を吊った姿で、斎藤は頭を下げた。

「理由を言ってくれ。問題があるなら、私の方でも対処する」

だが斎藤の顔からは、以前のふてぶてしさが消えていた。どんよりとした目は下ばかりを向いている。タフな交渉に耐える顔ではなかった。

「実は昨日、強盗に遭いまして」

「何だと」

「怪我人だから狙われたんでしょう。ボイシャク村でも酷い目に遭った。これ以上は勘弁して下さい。私にも家族がいるんです」

「そのために仕事を投げ出すのか」

「室長」

斎藤は顔を上げ、私をまともに見た。怒りと怯えが入り交じった視線に、私は言葉を呑み込む。彼は言った。

「高野の二の舞はごめんです。私は日本に帰ります」

ダカは、特に目立って治安が悪い場所ではない。良くもないが、発展途上国でそれはどこも大同小異だ。斎藤は運が悪かっただけだ。だが気力をなくした彼を慰留することはできなかった。以前なら、最近の若手は覚悟が足りないと憤懣《ふんまん》をぶちまけていただろう。ビジネスマンたる者、職場に出たら親の死に目にも会えないと思え、と。しかし高野の名前を出されては、何も言えなかった。

斎藤の代わりは、すぐには補充されなかった。いかに本社がバングラデシュ開発に期待を寄せていても、右から左に人材を注ぎ込めるわけではない。開発が停滞している現状ではなおさらのことだ。

それで解決するのなら私自身がボイシャク村に乗り込み、土下座でもなんでもしたかった。だが室長の肩書きを持つ私が、何の成算もない状態でダカを長期間留守にすることは出来ない。ボイシャク村との折衝は現地スタッフに任せるしかなかったが、彼らはボイシャク村に入ることさえ許されず、ただ時間を空費していく。

「駄目ね、ボス。交渉にならない。あのマタボール、本当にお金はいらないと思っているよ」

バングラデシュ人スタッフはそう言って、信じられないというように肩をすくめた。

私は元々、酒も煙草もほとんどやらない。イスラム教国であるバングラデシュでは、おおっぴらに酒を飲むことは出来ず、またほとんど売られてもいない。だが私は、外国人用のホテルのバーに足を向けるようになった。溺れるほどに飲みはしない。ただ、何か気を紛らわせるものが欲しかったのだ。

ある夜、バーのトイレで用を足し、手を洗った。ふと上げた顔が鏡に映り、私は愕《がく》然《ぜん》とした。そこには疲れた男の顔があった。……若さの残っていない顔が。

私は結婚していない。日本にいる知り合いも、さほど仲の良くない兄弟や、もう十何年も会っていない学友ぐらいだ。ひたすら仕事のみに時間を費やし、趣味もなければ遊びも知らない。私はそれを不幸なことだとは思っていなかった。世界に散らばる井桁商事の社員の中で、私ほど重大な仕事を任されている者がいるだろうか？　私が確保したガスは日本に運ばれ、電力となる。一国を動かす産業の血になるのだ。そのために私は若さを捧げた。悔いはない。

その私が、ちっぽけな村一つにこうも手こずるとは。悔しさと歯がゆさで、鏡に映る顔は険しく歪んでいた。

そんな状況が変わったのは、寒さが忍び寄る十一月十四日のことだった。

暗く沈み込む開発室に、一通の手紙が届けられた。宛先はベンガル語だったが、宛名はたどたどしいアルファベットで、「TO IGETA CO.」と書かれていた。差出人の部分にはベンガル文字が並んでいる。しばらく首を傾げたが、はっと気づく。開発室の壁に貼った地図に駆け寄って見比べる。間違いない。それはボイシャク村からの手紙だった。

鋏《はさみ》を探す手間ももどかしく、封を破る。手紙の文面もまた、いかにも不慣れな英語で書かれていた。

「COME ALONE DAY15. IMPORTANT CONFERENCE.」

十五日に、一人で来い。重要な協議。

とうとうボイシャク村から接触してきたのだ。斎藤がリンチに遭ってから、彼らは我々が村に入ることさえ拒んできた。だがこちらの誠意は、バングラデシュ人スタッフがたびたび電話で伝えてきた。誠意というのはもちろん、バングラデシュの物価からすれば青天井にも等しい補償金を積み上げることも含んでいる。どうやら効き目が出てきたらしい。指定された日は、明日。郵便事情のせいで手紙の到着が遅れたのか、余裕はない。とはいえ充分に間に合うだろう。

一応、偽《にせ》手紙ではないかと疑ってみる。この手紙を書いたのは、ボイシャク村のマタボール、アラム・アベッドではないだろう。アラムは斎藤と英語で会話をしている。不自由なく会話が出来るのに筆記はこれほど不慣れというのは、考えにくいことだ。だがバングラデシュの習慣ではマタボールが一人ということはない。アラム以外の、さほど英語が得意ではないマタボールか、あるいは役つきでない一般の村民が送ってきたものかもしれない。辞書と首っ引きなら英語で手紙を書くぐらいは出来るが、電話口で話すことは出来ない、ということは考えられる。

もっとも、たとえ偽手紙の可能性があったとしても、行かないという選択肢はあり得ないのだ。

実のところ、タイミングは悪かった。いくつか問題がある。なかなかアポイントメントの取れないエネルギー省の高官と、今日の午後に会うことになっていた。それに十五日は健康診断がある。だがエネルギー省の高官はキーマンではあれど最重要人物というほどではなく、換えが利く。健康診断は、まあ、この際どうでもいい。

一人で来いというのも困った。私はベンガル語がほとんどわからない。ただ、ベンガル語ハンドブックがあれば多少の会話はできるし、斎藤はアラム・アベッドが英語を話せると言っていた。

「……どれもクリアできないほどの難題ではない」

そう呟くと、私は即座に行動に移った。決断と行動の早さはこの十五年で鍛え抜かれている。支社に残るスタッフに後事を託し、ジュラルミンケースに高額紙幣を唸るほど詰め込む。念のため、インドネシアでよく着込んでいた防弾チョッキも持っていく。ガソリンを満タンにしたワゴンに飛び乗って、手紙を受け取って一時間後には一路ボイシャク村へと向かっていた。

雨季の道路状況を知っている身としては、ボイシャク村までの道程はさぞ大変だろうと覚悟していた。だが霜季と呼ばれるこの季節、道中は思いがけず快適だった。暑くもなく寒くもなく、道はぬかるみ一つなく乾いているが、土埃《つちぼこり》が視界を遮るほど乾ききってもいない。

また、この時期は米の収穫期でもあった。途中幾つもの村を通り過ぎたが、子供から大人まで忙しく働く村があれば、収穫を終えて喜びに満ちている村もあった。黄金色の田園で稲穂が揺れる風景を車窓から眺めながら、私は初めて、この国を美しいと思ったのである。

その日の晩はシレット市に宿を取り、ダカから手配した案内人と合流した。手紙には一人で来いと書いてあり、その条件を破るつもりは毛頭なかった。ここが誠意の見せ所だとわかっていたからだ。しかし実際問題として私は、シレット市から先の道にはまるで不案内だ。ボイシャク村の地図上の位置は頭に深く焼きついているが、迷わず辿り着くには道案内が必要だった。村の手前で帰せば、要求を違《たが》えたことにはならないだろう。

インドネシアでの勤務を経て、私はいくつかの特技を身につけた。何を食べても平気という鉄の胃が一つ。そして、どんな場所でも眠れるというのも特技である。ホテルはベッドが硬くお世辞にも快適とは言えなかったが、朝までぐっすりと眠った。

翌朝は、まだ明け切らぬうちにシレット市を出る。私の車は私物のワゴンだが、案内人の車は見るからに型の古いスズキ車だ。残念なことに馬力が違う。少しでもアクセルを踏むと先行する案内人に追突しそうになるので、かえって神経を使い疲れる運転になった。低地帯のなだらかに起伏する大地の向こうに、ぽつりぽつりと茶色の人工物が見えてきたのが午前十時。先を行く案内人がゆっくりと車を停めて、ワゴンを降りた私に「あれがボイシャク村」と言った。

「君はここまででいい」

案内人は頷いたが、ふと、人の良さそうな顔を曇らせた。

「ミスター、気をつけて。あの村はいま、危ない」

「何か知っているのか？」

ボイシャク村の内情については、ほとんど情報がない。一刻も早く村に入りたい気持ちをぐっと堪《こら》え、私は案内人に尋ねた。だが案内人は、込み入った話を英語で話すことは出来ないようだ。しばらくもどかしそうにベンガル語を呟いていたが、やがて何か思いついたように、右手で拳を作った。

「アラム・アベッド」

左手でも拳を作る。

「マタボールたち」

そして案内人は、二つの拳をごつごつとぶつけ合った。それだけで全てがわかった。

斎藤をリンチしたアラムは、確かに有力なマタボールなのだろう。しかしボイシャク村は一枚岩ではない。アラムに反対する者たちもいて、潜在的なものか顕在化しているかはわからないが、そこには争いがある……。そういうことだろう。抗争に巻き込まれては危険だ。だが同時に、それは付け入る隙にもなる。

「ありがとう。とても助かる」

そう伝え、事前の約束よりも多めに紙幣を握らせる。シレット市へと戻っていくスズキ車を見送って、私は自分の頰を張り、気合いを入れた。千載一遇の機会だ。これをものにしないうちは、日本はおろか、ダカにも戻らない覚悟だった。

ボイシャク村の様相は、バングラデシュの他の村に比べて特に変わっているわけではなかった。屋根は茅《かや》のような植物を束ねたもので葺かれており、壁材には竹が目立つ。葉の大きい木々が村のすぐ近くまで迫り、風に揺られている。戸口の陰や壁の脇に子供たちの目があって、ワゴン車を降りた私をじっと見ていた。斎藤は子供たちが大騒ぎで迎えてくれたと言った。それがいまは遠巻きにして、不安そうに見つめるばかり。あの日本人に関わるなと言われているのだろう。

やがて、三人の男が近づいてきた。真っ黒に日焼けした彼らは皆一様に厳しい表情で、歓迎しているわけではないことをはっきり示している。ただ、武装は見当たらなかった。私は少なからず安堵する。いきなり銃を突きつけられて人質に取られる可能性も、皆無ではないと思っていたからだ。「来い」というベンガル語は、辛うじて聞き取れた。

彼らは私を、村の中でも特に小さな家に案内した。手振りで入れと示すと、無言で立ち去ってしまう。空き家らしく、家具は何もなくがらんとしている。床材はない。剝き出しになった土の上に絨毯が敷かれていて、壁の隙間から差してきた日の光が幾筋か落ちている。そして私は、思いがけない先客を見た。

ネクタイを締めたスーツ姿がそこにあった。振り向いた顔にはすぐに微笑みが浮かんだが、その表情は訓練されたものだとすぐにわかる。随分と細身で髪は黒く、レンズの大きな眼鏡をかけている。言葉を交す前から、もしかしてと察しがついた。彼は日本人ではないか。

「どうも」

そう声を掛ける。相手は立ち上がった。

「どうも。ＯＧＯインド、新規開発課の森下と申します。井桁商事の伊丹《いたみ》さんですね」

情けないことに、言葉を返すのが遅れた。

ＯＧＯと言えば、フランスのエネルギー企業である。そのＯＧＯの人間がボイシャク村にいる。これはまったく予期していなかった。ＯＧＯはインドに支社を置いているが、バングラデシュにはまだ組織がなかったはずだ。

また、森下は明らかに日本人だ。挨拶のイントネーションは完全に日本語ネイティブのものであり、どこのものかはわからないが方言のような訛りさえある。ＯＧＯがバングラデシュに日本人スタッフを送り込んでいるというのは予想外だ。

さらに、その森下が私を井桁商事の人間だと見抜いたことも、小さくないショックだった。こちらは相手のことを知らなかったのに、相手はこちらのことを知っている。

不覚にも驚きが顔に出てしまったらしい。森下がほんの一瞬だけ、しかし明らかに侮蔑的に笑うのを、私は見逃さなかった。

彼は言った。

「驚くのもごもっともです。伊丹さんというお名前は、この村の人から聞いたんですよ。今日は私ともう一人、井桁商事の伊丹さんを呼んでいると」

「ああ、そうでしたか」

声を出せば、すぐに落ち着きが戻ってくる。相手を観察する余裕も出てきた。森下という男、随分落ち着いて構えているが、若い。

「ＯＧＯインドの森下さん。ＯＧＯはベンガル湾に注力すると聞いていましたが」

「さすがですね。ご存じでしたか」

「ええ。インドネシアにいた頃、よく噂を聞きました。しかし噂でしかなかったようです。あなたがここにいるということは、当然……」

森下が言葉を引き取る。

「陸上ガス田にも興味がある、ということです。井桁商事さんがこちらに目をつけていることは承知していましたが、どうもかなり有望そうなので、私が送られました。こんな場所で初対面になるとは思いませんでしたが、どうぞ、今後ともよろしくお願いいたします」

北東部の開発は遅れているが、我が社で独占できるとは思っていなかった。いずれは他社の参入もあるだろうと思っていたが、既に動いているのを察知できなかったのは大問題だ。隣国インドから開発の手を伸ばす企業があることは気づくべきだった。ダカに戻ったら、情報収集の態勢を見直す必要があるだろう。

森下がボイシャク村にいる理由は、訊くまでもない。ＯＧＯもまた、ボイシャク村が開発上の要地だと気づいているのだろう。そしてアプローチして、撥ねつけられた。

「ここには手紙で？」

一人で来いと書かれた手紙に呼ばれたのか、という意味を込めて、短く訊く。森下は頷いた。

「そうです」

ライバル企業を同時に呼びつけて何をするつもりか。狙いは読めないが、あまりいい感じはしない。森下も同じように思っているのか、ゆっくりと絨毯に腰を下ろすと、後は何も言わなかった。

それほど長くは待たされなかった。数分で、さっき私をこの小屋に案内した男たちが戻って来る。先頭の男が何か喋ったが、アラム、マタボールという単語しかわからない。ちらりと森下に目をやる。彼は、私がベンガル語を解さないことをすぐに悟ったようだ。

「マタボールのアラムがこれから来る、と言っています」

ＯＧＯはベンガル語が話せる人間を、単なる通訳としてではなくネゴシエーターとして用いている。人材確保という面でも、我が社は一歩後れていると言わざるを得ないだろう。

だがＯＧＯへの対処は後のことだ。男が入ってきた。

斎藤はアラムのことを、精悍な男だと言っていた。私はもう少し違う表現をする。彫りの深い眼窩の奥に、苛烈さと理性が若々しく両立している。こういう人物は他でも見たことがある。ボイシャク村のマタボール、アラム・アベッドは、戦士を思わせる男だった。

彼が我々を歓迎していないことは明らかだ。しかしそれでも、彼はまず、英語でこう言った。

「ようこそ。楽にして欲しい」

そして、あぐらを組んで座る。

彼は私と森下を順々に見た。森下が気圧《けお》されるのが、隣にいてもわかった。

「私がこの村のマタボール、アラム・アベッドだ。ミスター・イタミ。ミスター・モリシタ。こうして、あなた方をこの村に迎えることになるとは思わなかった。他のマタボールから頼まれなければ、こうして会うことはなかっただろう」

アラムの声もまた、深みのある落ち着いたものだった。訛りのある英語でもこうなのだ。ベンガル語を喋らせれば、さぞ説得力があるだろう。彼はふと私に顔を向けた。

「ミスター・サイトウの怪我はどうだ」

自然と頭が下がった。

「はい。腕の骨は折れていましたが、治るようです」

「そうか。追い出せとは命じたが、叩きのめせとは言わなかった。私の指示に言葉が足りなかったようだ。済まない」

「いえ……」

「だが」

と、アラムは語気を強める。

「彼の負傷を、単に不幸な出来事だとは思ってはいけない。警告と受け止めるべきだ。今日、私から伝えたいことはそれだけだ」

「わかっています」

私はそう答えた。そして、唾を呑む。少なくとも会話は成立している。ここからが交渉である。

「しかし、斎藤の報告では、貴方《あなた》がなぜそれほど我々を拒むのかわからない。我々は貴方たちから、何かを奪おうとしているのではありません。我々の目的は、ここから更に何時間も車を走らせた先の、無人の地の地下深くにあるものです」

アラムは頷いた。

「天然ガスのことは知っている」

「そう、天然ガスです。過去にパキスタン政府が行った調査では、採掘可能な深度にガスはないとされていました。だが我々ならば何とかできる。それを探すためには燃料がいるんです。安定した電気と電話回線もいる。食料と水も。医薬品も必要だ。そうでなければ安心して仕事が出来ないのです。

我々は、それらの物資を貴方たちに要求しているわけではありません。それらを置く場所として、この村の近辺のどこか空いた土地を貸してくれないかとお願いしているのです。もちろん、無料でとは考えていません。しかるべき補償金を払います。斎藤はこのことを、あなたに伝えたでしょうか？」

「ミスター・イタミ」

低い声で、アラムが私の言葉を遮る。有無を言わさぬ、力のこもった声だ。

「金の問題ではない」

森下が言う。

「では、土地がご心配ですか。かつてイギリスがこの国を支配したように、我々が土地を奪うとお考えなら、それは考えすぎです。全てはっきりと契約書に記し、何年と期間を区切り、それが過ぎれば全てを元通りにしてお返しします」

アラムの目がぎろりと動いた。

「それは嘘だ」

その一言で、森下は痺れたように口を閉じる。

「なるほど、物資集積拠点は返ってくるかもしれん。だがお前たちは、天然ガスを掘ろうとしているのだろう。掘ったガスをお前たちの国に持ち帰るためには、港までパイプラインを引かねばならん。そうなれば土地の返還など容易な話ではなくなる。違うかな？」

森下は答えない。ということは、ＯＧＯはパイプライン輸送について見通しが甘いということだ。ここで押す。

「井桁商事は、ガス発見時のパイプライン敷設の際、誠意をもってボイシャク村を迂回することをお約束します」

迂回すれば設置費も維持費も高くつき、洪水のリスクもシビアになるが、ここは妥協できると判断した。だがアラムは首を横に振った。パイプラインを迂回させれば良い、などとは思わないで欲しい」

「ミスター・モリシタの嘘を指摘しただけだ。パイプラインはご迷惑にならない形で……」

「いえ、我が社ももちろん、パイプラインはご迷惑にならない形で……」


取り繕うように森下が言うが、アラムはもうそれには取り合わない。

この僅かな会話で、私はアラム・アベッドという人物を計った。彼に一種のカリスマ性があることは間違いない。見識もある。村のマタボールよりも政治的なリーダーの方が似合うのではないかとさえ思える。また、彼は軽々しい人物ではないだろう。だがその一方で、こうと決めたら人の話を耳にも入れないような偏屈な人間だとも思えなかった。

彼が井桁商事もOGOも撥ねつけるのには、きっと筋の通った理由があるはずだ。それを聞き出さなくてはならない。心なし前のめりになる。

「金のことはお尋ねにならない。土地だけが問題というわけでもないのでしょう。しかし私も、駄目だと言われてそのまま帰るわけにはいかないのです。何か問題があるならお聞かせ頂きたい。この村に特殊な事情があるのですか」

「伝えたいのは警告だけだと言ったはずだ」

「マタボール・アラム。私はこの村に、勝手に押しかけたわけではない。来いという手紙を受け取って駆けつけたのです。それはあなたの本意ではなかったかもしれないが、この村の名前で手紙が送られてきた事実は変わりません。それなのに、私のささやかな質問に答えようともしないのは不誠実ではありませんか」

アラムは初めて目を伏せた。私はなおも言い募る。

「解決できる問題なら全力を尽くします。解決できない問題があるとわかったら、やむを得ません。お願いは取り下げて、今後二度とこの村には近づかないと約束しましょう」

後はもう、返答を待つしかない。アラムは目を閉じた。まるで瞑想《めいそう》でもしているようだ。

長い間だったと思う。ゆっくりと目を開けると、アラムは言った。

「わかった。ならば話そう」

彼は訥々《とつとつ》と語った。

「私はかつて、イギリスにいたことがある。出世のためだ。教育を身につけようと思った。そのための金を稼ぐのは楽ではなかった。この村の人々にも、ずいぶんと助けられたものだ。イギリスに渡って、私は自分の国の貧しさを知った。土に恵みをもたらす冠水と恵みを流し去る洪水の狭間で翻弄されながら、医療も社会保障も受けられず死んでいくことは貧しい事だと知ったのだ。

四年の後、私はダカにいた。役人として出世して、バングラデシュを富める国にするため力を尽くすつもりだった。しかし残念なことに、私は中央での戦いを続けられなかった。なぜだかわかるかね？」

私は答えた。

「いいえ、マタボール」

「君も経験しているはずのことだ。私には理想があった。だが、理想ばかりを見ていたのかもしれない。若い私は、この国の習慣を軽視しすぎた。この国の役人であれば、賄賂は避けて通れない。受け取るにしても、渡すにしても。

私は、全てのバングラデシュ人行政官が頭の先まで汚職に浸かっているとは思わない。この国の中枢にも清廉《せいれん》な人間はいるはずだ。だが私を取り巻いた環境はそうではなかった。言葉と学説だけでは乗り越えられない壁がある。それに気づいた時には、私は行き場を無くしていたのだ」

彼が、隠すように小さく溜め息をついたのに、私は気づいた。

「ダカに残っていれば、ただの下級官僚として一生を豊かに過ごせたと思う。だが私は、この村に戻ってきた。自分の知識を生かし、この村だけでも幸せにするために。やがて私はマタボールに推された。光栄なことだ。……しかし、過去の全てを忘れてはいない。この国を豊かにと願った日のことを、忘れたわけではないのだ」

俯いていたアラムが、ぎろりと上目遣いに睨《ね》めつけてくる。

「ミスター・イタミ。ミスター・モリシタ。私は、この村の北方に眠る天然ガスのことを知っている。その埋蔵量は計り知れない。ひとたび掘り当てた場合の恩恵もだ。いまのバングラデシュの技術力、経済力では、残念ながら手を出せない。だが……。この国はいずれ、あの天然ガスを必要とする。一億何千万というバングラデシュ人が豊かになるためには、エネルギー資源は必ず天井知らずに必要になる。あの資源は、いずれ私たちの子孫が明かりを点け、食べ物を冷やし、地下水を汲み上げるために使うべきものだ。井桁商事、OGO。日本にもフランスにも渡すわけにはいかない！」

許されるならば舌打ちしたかった。土地が奪われることを素朴に忌避する、ただの農村の抵抗と考えていたのが甘かった。まさかボイシャク村に、このような人物がいようとは。

森下が必死に反論する。

「し、しかしマタボール！　我々は、掘り出した天然ガスを全て持っていこうとしているのではありません。それは誤解です。もちろんプロダクション・シェアリング方式での契約を考えています！」

灯「確かにPS方式であれば、生産量の一部はバングラデシュに割り当てられることになる」

「そうです。あなたもおっしゃったではありませんか。バングラデシュには技術も資金もない。それでは、どれほど膨大な資源でも存在しないのと同じではないですか。OGOはこの国に欠けているものを提供できます。それと引き替えに、生産されたガスの一部を得る。これはまったく公平な取引です！」

もし森下が私の部下であれば、怒鳴りつけていたかもしれない。そういう問題ではないのだ。アラム・アベッドはそんなことを主張しているのではない。

アラムの目が凶暴な気配を帯びる。

万「……何もわかっていないようだな。いいか、よく聞くがいい」

それはほとんど脅しであった。宣戦布告ですらあったかもしれない。

「ここより北に眠る天然ガスは、全て明日のバングラデシュのもの。今日フランスに譲って、分け前を受け取るなど論外だ。他国には一立方フィートとて渡さん。一人で来た勇気に敬意を払い、今日は無事に帰してやろう。だが次に来ることがあったら、お前を迎えるのは村のマタボールではないと知れ。バングラデシュは平和な国だが、ライフルはどこにでもあるぞ」

四

「くそっ。顔役風情《ふぜい》が」

太陽の光に顔をしかめながら、森下がそう毒づいた。

確かにアラムはただの顔役、マタボールに過ぎない。いくら教育を身につけ思想を抱いていても、村の外では何の力もない。そのことはアラム自身も充分に知っているはずだ。それでも彼は、あれだけの啖呵《たんか》を切った。はったりだろうか？　そうではないだろう。

彼はマタボールを退く覚悟を決めている。数は不明だが、斎藤をリンチしたシンパもいる。遠くない将来、アラムは良くて反対運動の指導者、悪ければ武装勢力の指揮官として我々の前に現われることになるだろう。

私は、ほとんど茫然としていた。バングラデシュ政府の支持さえ固まっていない現状で武力を伴う強固な反対運動が発生した時、本社は開発の続行を許すだろうか。まだ開発は緒に就いたばかり。いま引き返せば傷は浅いという判断が現実的だろう。少なくとも、北東部は諦めて別の地域を探せという命令が下るに違いない。インドネシアでの成功。開発室長への抜擢。振り捨ててきた故郷。寄せられた期待。傷つき、去っていった仲間たち。そうした事々が脈絡もなく脳裏をよぎっていく。

「社に報告しなくては。これで失礼します」

苛立ちも露わに言うと、森下は踵を返す。私は迷っていた。ここから立ち去れば、次に戻って来られるのは何年後になるかわからない。まだ何か出来ることがあるのではないか……。

　立ち尽くす私に、小さな人影が近づいてくる。

「ミスター・イタミ」

　ジープに乗り込もうとする森下にも呼びかける。

「ミスター・モリシタ」

　その人物は、小柄な老人だった。杖をついて、腰も大きく曲がっている。真っ黒に焼けた顔には深い皺が刻まれていた。彼は、アラムよりもずっとたどたどしい英語で言った。

「待って下さい。マタボールたちが、会いたいと言ってる。来て下さい……」

私と森下は顔を見合わせた。

老人は我々を狭い路地に案内した。建物と建物の間、木と壁の間を縫って歩く。やがて辿り着いたのは、素材こそ他の民家と変わらないものの、ひときわ大きな一軒の家だった。

「こちらから、どうぞ」

勝手口か裏口か、とにかく普段は使われていないらしい出入り口から中に入る。案内されるままに廊下を進むが、次第に不安が募ってくる。これだけの建物なら十人は楽に住めるだろうし、煮炊きの匂いや壁の傷跡に生活の気配は色濃いのに、誰も姿を現さない。こういう時は、シャツの内側の防弾チョッキが心強かった。

「さあ……。入って」

ある部屋の前で立ち止まり、老人が頭を下げた。彼が示した部屋にはドアがなかったが、日の光が射していないらしく、真っ暗で中を窺うことは出来ない。ただ煙草の煙が漂ってきて、誰かがいることは察せられた。

「嫌な予感がしますよ」

怯えが滲んだ声で森下が言う。率直に言って、私も同感だった。アラム・アベッドは無事に帰すと言っていたが、アラムの手下たちも同じ考えだとは限らない。この老人がアラムに心酔しているとは思えないが、とにかくいい気はしない。

ためらっていると、中から声が掛けられた。ベンガル語のようだ。森下を見る。

「何だって？」

私に頼られて、森下は気持ちに余裕が出来たようだ。強張っていた表情が少し緩む。

「心配はない。歓迎する、と」

その言葉を信じたわけではない。だが声はどこかいがらっぽく、年齢を感じさせるものだった。案内人といい声の主といい、少なくとも若者ではない。それに、リンチするつもりならわざわざこんなところまで呼び出さず、往来でも出来たはずだ。私は一つ息を吸った。意を決し身をかがめて、暗い部屋へと踏み込む。

そこは異様な空間だった。暗がりの中で男たちが車座になっている。目で数えると、六人いた。煙草の匂いにまじって、かすかに老人の臭気が鼻をつく。煙草の明かりに照らされて、いずれも深い皺を刻んだ顔が見える。幾人かは白髭を伸ばし、全員がイスラム帽をかぶっていた。

その中の一人が、英語で言った。

「さあ。もっと奥へ。座りなさい。さあ」

私に続き森下も入ってきていた。車座に加わるわけにもいかず、また立ったままでもいられず、男たちの輪の真ん中に座るしかない。四方八方から視線を向けられる。だがそれは、アラム・アベッド一人の視線より恐ろしいということはなかった。私は背を伸ばし、堂々と座った。

英語を話した老人が、ゆっくりと話し出す。

「ようこそ、日本の方、それにフランスの方。いや、あなたはフランス人ではないのかな？」

答えやすい質問に、森下は素直に頷いた。

「はい。フランスの企業のために働いていますが、日本人です」

「そうか、そうか。私はシャハ・ジンナー。マタボールに就いている。ここにいる者はみな、この村のマタボールだ」

シャハの英語は聞き取りにくく、発音も訛りが強かったが、会話には支障なかった。このぐらいの年齢だと、イギリス植民地時代には既に成人していたはずだ。英語を話すことは不思議ではない。

「とにかく少し休みなさい。喉が渇かないかね？」

その問いかけに答える間もなく、私たちの前にコップが置かれる。道案内をしてくれた老人が、いつの間にかトレイを持って立っていた。コップからは紅茶の香りと、甘い匂いが立ち上っている。チャイだろう。

もてなしを断るのは失礼である。私は神妙に言った。

「ありがとうございます。頂きます」

チャイはぬるく、舌がおかしくなりそうなほどに甘かった。砂糖を惜しまないのも歓待の証なのだろう。森下もコップに口を付けるが、ほんの一瞬はっきり顔を歪めたのを私は見ていた。甘い物は苦手らしい。

私たちの手が止まるのを待って、シャハがおもむろに言った。

「ところで、お二人。遠いところから来てくれてありがとう。あんたらに手紙を出したのは、この私だ」

「そうでしたか」

アラムからの手紙でないことはわかっていた。

「では、マタボール・アラムに我々と会うよう勧めたのも、あなたですか」

「そう。あやつは最後まで渋っていたがね」

からからと笑い、ぐっと上半身を乗り出す。

「それで、どうだね。あれは妥協したか。あやつが何を言ったか、教えてはもらえまいか」

　ようやくわかってきた。

　シレット市からの案内人が、ボイシャク村ではアラム派と反アラム派が対立しているというようなことを言っていた。この老人たち、いやマタボールの集まりが、アラムに反対している人々なのだろう。アラムとの交渉は決裂した。今後の交渉も不可能に近いだろう。であれば、井桁商事が接近するべきはこの人々だ。

　ここは森下が早かった。

「もちろんです、マタボール・シャハ。何でもお尋ね下さい」

「頼むよ」

「アラム・アベッドは我々を拒絶しました。天然ガスは一立方フィートたりとも渡さない、と。もしフランスが開発することになっても、掘り出された資源はバングラデシュと分け合うと説明したのですが」

「……ふむ。やっぱりか」

　そう呟くと、シャハの顔から笑みが消えた。薄暗がりの中で目を伏せて、白い顎鬚《あごひげ》をゆっくりと撫でている。シャハの隣の男が、小声で何か問いかける。シャハがベンガル語で答えると、車座になったマタボールたちの間にざわめきと、失望の表情が広がっていく。

少し水を向けてみる。

「もしや、皆さんはアラム・アベッドとは違う意見をお持ちなのですか」

答えは溜め息と共に返ってきた。

「アラムの言うことはわからん。ここにいる者は、みなそう思っている」

「わからない、とは」

シャハは私をじっと見る。そして、おもむろに言った。

「アラムは、我々は貧しいのだと言う。外国で学んでそれを知ったのだと。確かに私らの生活は、何もかもが行き届いているわけではない。ダカに比べれば足りぬものも多いし、イギリスに比べればなおのことだろう。だが貧しさとは、豊かさを見て初めて気づくものなのか。豊かさに比べて足りぬということが貧しいのか。私らの暮らしには不幸もある。やりきれぬこともある。だが私らは、自分たちが貧しく惨めだとは思っておらん」

バングラデシュの国民総生産は低い。数字的にはアジア最貧国と言っていい。しかし都市部のスラムはともかく、農村部に出てしまえば、貧しさゆえの悲愴感を感じることはほとんどない。彼らは自分たちの生活を、そういうものだと受け入れているからだ。

「とはいえ、豊かになろうと言われて、誰も反対などせん。それにアラムは確かに賢い男だ。マタボールとして申し分のない仕事をしてくれていた。若者たちが彼を好きになるのもわかる。……だが、あんたらへの対応はおかしい。多くの者がそう思っておる。

日本の方、フランスの方。あんたらがこの村に来るというのなら、電気は安定するだろうね？」

間髪を容れず答える。

「はい。もちろん」

「水が足りなくなるかもしれん。となれば、井戸を掘るね？」

「当然、そうなるでしょう」

「病人や怪我人が出るだろう。それに備えて医者も置くのではないか？」

「もちろん、それも視野に入っています」

シャハは、私の後ろに視線を動かした。振り返ると、そこにはチャイを持って来てくれた老人がまだ立っていた。

「彼の孫はいま、病気で苦しんでいる。可愛い子供だったのに、目が落ち窪み頬がこけ、顔はまるで老人のようになっている。呪術師が祈っているが、弱っていくばかり。もう、長くはあるまい。とても不幸なことだが、私らの暮らしの中では避けられないことだと思っていた。しかし、いまここにそれを避ける術《すべ》がある。あんたらに余っている土地を貸し、私らが見たこともない土地で何だかを掘るのに協力すれば、電気も水も医者も来る。いまこの村に医者がいれば、彼の孫は助かるかもしれん。それはアラムが主張してきた豊かさではないのか？

　だがアラムは、バングラデシュの未来と比べればボイシャク村は問題にならぬと言う。あるいはそうなのかもしれん。あれの言うことにも理があるのかもしれん。だが村のことを問題にしない男を、村のマタボールにはしておけん。やつは村の若者を集めて威勢のいいことを言っている。私らは争いを恐れたりはしない。独立戦争の時は多くの若者が銃を取ったし、私も戦った。戦うだけの価値があると思ったからだ。だがあんたらを相手取ることにそれだけの価値があるとは、どうしても思えん。なにより、仮にアラムがあんたらを撃てば、私らの敵になるのはバングラデシュ国軍ではないか。アラムは危険だ。この村を破滅に導こうとしている……」

　そしてシャハは口を閉じた。

　暗い部屋に重い沈黙が下りる。私も森下も、何も言わない。シャハたちを味方につければ、開発は大きく進むだろう。だが、私はこの話の行き着く先を予想していた。それは決して快いものではない。

果たして、シャハが訊いてくる。

「日本の方、フランスの方。あんたらは、この村に拠点を作りたいかね」

これには二人とも即答する。

「はい」

「どうしても？」

「はい」

「何をしてでもかね？」

私は躊躇した。しかし森下はこれにも「はい」と答えた。

ならば、私も決断しなければならない。

「……はい。何をしてでも」

「よろしい」

シャハはひときわ大きな声でそう言った。そして、一つの判決のようにこう告げたのである。

「アラム・アベッドを殺せ。それを果たせば、ボイシャク村は喜んで土地を提供するだろう」

知らず、私は左右に視線を走らせていた。車座のマタボールたちは沈黙を守り、しわぶきひとつしない。彼らは英語を解さないかもしれない。しかし彼らの一様に暗い目は、彼らもまたこの提案を承知していると雄弁に語っている。

私は理解した。処刑の判決はすでに下っていた。残る問題は、我々が刑吏を務めるかどうかだけだったのだ、と。

五

日が暮れるまでの間、私たちは森下の車で時間をやり過ごした。

私は一日に三本も吸えば多い方という軽度の喫煙者だが、森下はヘビースモーカーだった。あるいは、緊張の余り吸わずにはいられなかったのかもしれない。次から次へと煙草に火を点け、灰皿はたちまち山盛りになっていく。

――あの薄暗い部屋で、シャハの提案に私はこう答えた。

「官憲に逮捕されては仕事を続けられない。それでは意味がありません」

「もちろんそうだ」

「では、何か計画があるのですか」

それは既にして、提案を受け入れるという意味だった。森下は異を唱えなかった。私がそうだったように、彼もまた即座に覚悟を決めていたのだろう。

シャハは言った。

「ある」

「聞きましょう」

「この先ははっきりした返事を聞いてからだ。アラム・アベッドを殺すのか？」

バングラデシュでは、頷く仕草は肯定を意味しない。しかし私は、自分自身の覚悟を確かめる意味を込め、強く頷いた。

「仕事のためです。やむを得ない」

シャハは目を森下に移す。

「あなたは？」

森下は仕草を伴わず、低い声で答えた。

「……やりましょう」

そこからの対話は奇妙なものになった。過ごしやすい季節とはいえ、風も通らぬ部屋に八人が座っていた。真ん中に座る私と森下を、六人のマタボールが囲む。そのうちの五人は口も開かないが、それが責任だとでもいうように全てを見つめ続けている。じっとりと汗が滲み、振る舞われたチャイはいつの間にか飲み乾《ほ》している。常に誰かが煙草に火を点けて、暗い部屋から煙が消えることはなかった。そこで話されたのは一人の人間をどう殺すかということであり、その殺人を遂行するのはフランス企業OGOに奉職する森下か、井桁商事バングラデシュ開発室長の私か、その二人ともなのだ。頭のどこかで、これは異常だ、いますぐに立ち上がり、後ろも振り向かずに逃げるべきだと考えていた。しかしその考えはひどく弱々しいもので、全般として私は、まるで企画を吟味するようにシャハの語る計画を聞いていた。

彼はこう言った。

「私らはこれから、村はずれの土地を見に行く。農地の境界について争いがあり、マタボールの判断が待たれている。これには全てのマタボールが立ち会わなくてはならない。アラム・アベッドもだ。帰りは夕方になるだろう。まわりは薄暗く、遠くからでは人の姿も見えない。私らは足元が悪いのを嫌って、道路を歩くことになる。

そこに一台の車が来て、不幸なアラムを轢《ひ》き殺して走り去ってしまう。悲しいことだが、よくあることでもある。事故を見ていたのは私らマタボールだが、皆、年を取っている。アラムを轢いた車の特徴を話すことは出来ない。警察はいつものように、慰めの言葉を一つ残して事故を終わらせてしまうだろう。

もしアラムに息があったら私らは助けようとするだろうが、なにぶん手当には慣れていないから、かえって怪我を酷くしてしまうに違いない」

単純な手口だ。日本でこれをやれば、交通鑑識に看破されるおそれが大きい。だがバングラデシュの警察は、いまのところ、鑑識技術において日本と肩を並べるほどではない。作戦はわかりやすいものほど突発事態に強い。この計画は悪くないと思った。

森下が訊く。

「しかし、アラムの信奉者たちはどうなりますか。アラムを失えば、かえって頑《かたく》なになったりはしないでしょうか」

「それは心配いらぬ。アラムに共感する者の中にマタボールはおらん。彼らが何を思おうが、村の方針を変えることはできん。それに、アラムを失ってその志を継げるほど、彼らがアラムの言うことを理解しているとは思えん」

手法はよし、禍根も心配いらない。だが実行する時のことを想像してみると、細かな点で問題があるのがわかる。

「しかしマタボール。私は、日が落ちた中であなた方一人一人を見分ける自信がありません。誰かをアラムと間違えてしまうかもしれない」

「アラムは一番若い。歩き方でわからないだろうか」

「『事故』が起きるためには、車は高速で走っている必要があります。その中から人を見分けるのは難しい」

「……そういうものか」

シャハは黙り込んでしまった。一つ間違えば自分の身が危ういのだから、これはなおざりにはできない。

解決案を提示したのは森下だった。

「私の車に、夜間緊急用のケミカルライトが積んであります。これをアラムに身につけさせて、目印にするのはどうでしょう」

「ケミカルライト？」

聞き慣れない単語に、シャハが怪訝そうに訊く。

「見た目にはただのプラスティックの棒です。しかし折り曲げると光り出す。直前に使用すればいいんです」

「そんなものがあるのか。……だが、それをアラムに持たせることは難しいかもしれない」

「では、アラム以外の全員が身につけるのはどうでしょう。人数分はあるはずです」

シャハは頷いた。

「それはいい」

私は森下の提案に、非常な頼もしさを感じていた。

提案の内容にではない。ケミカルライトがあったのはもっけの幸いだが、なければないで別の方法を考え出しただろう。頼もしいというのは、これで彼もこの計画に荷担したことになるからだ。井桁商事とOGO、所属する陣営は違えども、森下もまた必要とあらば犠牲を惜しまない果断の人だとわかった。私は彼に、仲間としての意識を抱き始めていた。

他に考えるべきことと言えば、「事故」にはどちらの車を使うかということぐらいだった。私が乗ってきた車はワゴンで、前面にグリルガードがないため、人にぶつかれば目立つ損傷を受けてしまう。森下の車はジープだった。「事故」はこちらのジープが起こした方がいい。せめてもの負担として、ハンドルは私が握る。森下には助手席に座ってもらうということで、話は手早くまとまった。

後はさして考えるべきこともない。村を出て行くふりをしてあらかじめ教わったポイントに車を隠し、日暮れとアラムを待つだけだ。葉の大きい木の陰に隠れた車の中で、森下はほとんど義務的に、いつまでも煙草を吸い続けた。

バングラデシュは北半球にある。十一月であれば昼は短い。だが、日暮れまでがこれほど長く感じられたこともなかった。

ようやく周囲の景色が朱に染まりだした頃、とうとう森下の煙草が尽きた。空き箱をくしゃっと丸め、後部座席に投げる。フランスの煙草かと思っていたが、ちらりと見えた空き箱はセブンスターのようだった。

これまでの数時間、私と森下は口をきいていなかった。反発があったわけではない。この十五年で修羅場はいくつもくぐり抜けてきたが、殺人のための時間潰しはさすがに初めてである。あまりお喋りをする気になれなかったのだ。森下も多分、似たような心境だったのだろう。だが煙草が切れて、沈黙に耐えられなくなったのだろう、森下は妙な話を始めた。

「伊丹さん。見ましたか、マタボールたち。ケミカルライトを腰から下げてましたよ。あれが光れば、ずいぶんと変に見えるでしょう」

「ああ……。そうかもしれません」

「ずっと考えていたんですよ。どこかでこういう話を聞いたことがある気がしてね。

腰に下げたライトが目印で、つけてない人間を狙おうっていう話です。どうです、何か知りませんか」

　私は少し考えた。

「旗指物なんかは、そのためじゃなかったですかね。敵と味方を区別する。いまなら電波で出すのかもしれませんが」

　すると森下は、乾いた笑い声を上げた。

「旗指物、なるほど。するとここは戦場ですね」

　私は答えなかった。森下は気にする素振りもなく、作ったような快活さで言った。

「僕は、少し違うものを考えていましたよ。出身が岡山なんです。備後国風土記《びんごのくにふどき》というのがありましてね。そこに似た話が伝わってる。

　ある日、村に異邦人がやって来る。村には貧乏な兄と金持ちの弟が住んでいた。弟は異邦人を泊めることを断ったが、貧しい兄はこころよく宿を貸し、食事を出してもてなした。実はこの異邦人というのは、疫病を司る神なんです」

「ふむ」

「後に神は戻って来た。宿を貸さなかった金持ちと、その一族を疫病で皆殺しにするために。でも、金持ちには貧乏人から一人、娘が嫁いでいた」

「おかしな話ですね。弟の家に兄の家から嫁に行くなんて」

「何も弟の妻になったとは限りませんよ。弟の家には使用人が大勢いたでしょうから。とにかく、兄の方に借りがあった神は、災いを逃れる方法を教えたんです。……茅で作った輪を腰につけること。それをつけている者は兄の身内と認めて助けよう、とね。弟の一族は一人残らず殺されたけれど、約束通り茅《ち》の輪《わ》をつけていた女は助かった」

　その続きは、私が引き取った。

「それ以来『貧乏な兄』の子孫だと表明すれば、疫病にかからないと言われるようになった。茅の輪はいつの頃からか大きくなり、いまじゃ見上げるような輪をくぐることになっている」

　森下は苦笑した。

「なんだ。知っていたんですか」

「聞いていて思い出しましたよ。蘇民将来《そみんしょうらい》ですね」

　ハンドルに手を置き、次第に暮れていくバングラデシュの平原を見つめる。

「茅の輪ならぬ、ケミカルライトの棒か。すると我々が疫神の役というわけですか」

「……いえ。それは私たちじゃないでしょう」

「ああ、それはそうかもしれない」

宿を貸す村人に恵みを、貸さぬ村人に死を与えようとしている異邦の神は、私や森下という個人ではない。

神の名前はきっと、「資源」なのだ。これから起きることは、決して止まらぬ神の歩みの一部に過ぎない。私はその神の尖兵に過ぎない。アラムは私が殺すのではない。神が殺すのだろう。

いったん口を開いてしまえば、軽口はとめどもない。

「ところで、備後国風土記とおっしゃいましたが、それはちょっと不正確でしょう。確か、逸文にあった話だと思いますが」

へえ、と感嘆の声が聞こえる。

「総合商社の人ってのは、そんなことまで知ってるものなんですね」

「まあ、いろんな人と話す機会が多いので、つまらん話も憶えます。……私としてはむしろ、森下さんが蘇民将来なんて知っていたことが意外でした」

「そうですかね？」

「気に障ったらすみません。ただ、フランス企業で働いてベンガル語を使うとなると、あんまり日本にいなかった方なのかと思ってしまって」

外資系企業で働く日本人が増えているのは知っている。だが周囲には、外資に行った人間は日本企業で務まらなかったはぐれ者だと見る者が多い。私自身も、そうした偏見から逃れられているとは言い難い。

「ああ」

プライベートな話だったが、森下には気を悪くした様子もなかった。

「そうでもないですよ。大学までは日本です。東洋哲学なんてことを勉強したのが運の尽きで、気がついたら南アジアを旅してました。その時にベンガル語を覚えたので、せっかくならこれを生かせる職業に就きたいと思ったんですが、案外受けが悪くって。そうそう、井桁商事さんも受けました。ベンガル語というのはどこの言葉か、なんて訊かれましたよ」

確かに、バングラデシュ開発に乗り出したいまならともかく、本社の人事が過去にベンガル語能力を高く評価したとは思えない。だがもし森下が私の部下だったら、ずいぶん仕事はやりやすかっただろう。

「それで国内は見切りをつけて、友達のツテでＯＧＯを紹介してもらいました。それでも二ヶ月に一度は日本に帰ってます」

「そうでしたか」

それだけ頻繁に帰国するのは、ただ郷愁などが理由ではあるまい。おそらく自分の家族か、恋人がいるのだろう。

「日本か。私はあまり帰っていませんね」

「いまごろは秋、紅葉の季節だ。いい季節ですよ」

森下はそう笑った。

「茅の輪くぐりも見たことがありますよ。あれは、夏だったなあ。近所の神社の境内に、大きな輪を作って。あんまり人が並んでいるんで、嫌気が差して途中で列を出てきました。花より団子のたちでして、たこ焼きが何より楽しみでした」

どこか陶然と語られる光景は、私も見たことがあるような気がした。茅の輪はともかく、縁日の喧噪と高揚感は、日本を離れて十数年という私の胸にも鮮やかに甦る。輝く電灯、鉄板を焼く火。子供たちは人混みの合間を縫って駆けまわるだろう。その特別な日でも、街はいつもと変わらず明かりに満たされている。

ふと、言葉が口を衝いて出る。

「……このプロジェクト、実はもうかなり犠牲が出ていましてね。怪我人で済めばまだましで、死んだやつも出ています。彼らのためにも、私は引き下がるわけにはいかんのです。……OGOさんには悪いですが、ガスはうちで頂きます。そのガスは日本で、夜店のライトとたこ焼きを焼く火と、街の明かりになるんです」

森下はゆっくりとかぶりを振った。

「あいにくですが、クリスマスにも電飾はいるんですよ。フランスのためとは言いませんが、エネルギーが欲しいのはどこも同じです」

その時、腕時計にセットしたアラームが鳴った。予定の時間だ。

夕焼けが過ぎ宵闇が迫る中、平原の向こうへと目を凝らす。遥か遠くに、豆粒のような人影が見える。数はわからない。だが、間違いないだろう。

私はジープのエンジンをかけた。ハンドルを握り直す。

震えるだろうと思っていたし、怯えるだろうとも思っていた。しかし私は、自分が思っているよりも度胸のある人間だったらしい。冷静だった。度胸というのがおかしければ、殺人に適した、とでも言おうか。ありがたくもないことだ。

「さあ、やろうか」

そう呟くと森下の返事も待たず、私はアクセルを踏み込んだ。

## 六

夕闇の中で景色が加速していく。ジープの加速は悪かったが、ギアを上げるに従って馬力が全身に伝わってくる。

のっぺりした土地では速度がわかりにくい。いまどれぐらいだろうとメーターにちらりと目をやれば、時速百キロはとうに超えている。

行く先には人影が、ずらりと横に並んで歩いている。前後一列に並べば安全だが、往来の多くない道路のことである。窮屈を嫌って左右に広がっているのだろう。それとも、これもマタボールたちの策略なのか。

危惧した通り、太陽の明かりはいまにも消えようとしており、並ぶ人影のどれがアラム・アベッドなのかとてもわからない。そもそもジープは彼らの後ろから迫っていくのである。だがケミカルライトは実にいい思いつきだった。彼らの腰に光る黄色い棒は見間違えない。ハンドルにかじりつき、念には念を入れて私は訊いた。

「森下さん、一番右の男だな」

だが返事はない。時速は百二十キロを超える。もう一度、早口に訊く。

「一番右の男がアラムだな」

人影は見る間に迫ってくる。横一列だったものが、ばらっと散らばっていく。マタボールたちは車が来ることを知っているのだ。老いてはいても反応が早い。私は叫ぶ。

「右だな、右の男に間違いないな！」

人が迫ってくる。暗がりの中、かろうじて人の姿に見えていたものが、ヘッドライトに照らされて色彩を取り戻す。男は振り返った。まだ顔が見えるほど近くはない。私は腰ばかりを見ている。確かにその男だけ、腰にライトをつけていない。

助手席で、耐えかねたような声が上がった。

「そうだ、そいつだ。そいつをやれ！」

ぐんとアクセルを踏み込む。ようやく男の顔が見える。ぽかんとしていた。間抜けな顔だと思った。

次の瞬間、時速百四十キロのジープはアラム・アベッドの肉体にぶち当たる。目の前でアラムの体が折れ、頭がボンネットに叩きつけられる。跳ね上がり、飛び上がり、まるで曲芸のような恰好でジープに乗り上げる。間抜けな顔と目が合った。痛いとも怖いとも思っていないような顔だった。たぶん、あのときには絶命していたのではないか。一瞬のことだが、首の向きがおかしいのがはっきりと見えたのでそう思う。

昔、学生時代、車を借りて北海道を旅行した。そのとき、不運にも道路に飛び出してきたエゾシカを轢いたことがある。あれはものすごい衝撃だった。車が潰れたのではと思ったものだ。いま、ジープはレンタカーよりも頑丈で、アラム・アベッドはエゾシカよりも軽い。だから衝撃は、なんだこんなものかと思うほど小さかった。

男の体はジープの屋根に乗り上げて、視界から消えた。自分でも不思議だったのだが、たったいま人を轢いたのに、私は「路面が悪いうえにスピードが出ているから、急ブレーキを踏むと危ないな」と思っていた。それでゆっくりブレーキを踏んでいった。

ジープが止まる。少し待って、言う。

「……すみません、森下さん。確かめてきてもらえませんか」

「えっ」

「手がハンドルから離れないんです。確かに死んだか、見てきてください」

そして私は、隣に座る森下を見た。

彼の顔からは血の気が引いていた。血の気だけでなく、理性も意志も何もかも吹き飛んだ、ひどい顔をしていた。

背中を冷たいものが伝う。

この男は駄目だ。とても信じるに値しない。とんでもない男と大事を共にしてしまった。

この刹那の森下の泣き顔は、それほどに幼かったのである。

# 七

シレット市で一泊し、ダカには十七日の昼に戻って来た。

ボイシャク村の協力を取りつけ、物資集積拠点設置の目処は立った。ここからは大車輪で開発が進むだろう。十ヶ月で試掘まで漕ぎ着けたい。

だが新たな問題も持ち上がった。ＯＧＯの参入だ。部下にＯＧＯインドの動向を探るよう命じると共に、共同開発の可能性も検討しなくてはならない。帰社当日、こなすべき仕事に順番をつけるだけでもおおわらわだった。

だが多忙な中にもぽっかりと時間が空くことはあるものだ。書類を倉庫から持って来るよう部下に命じ、それが届くまでの間、手が空いた。そこで電話に手を伸ばし、手帳を開いた。ダイアルしたのは、ＯＧＯインド法人の番号である。

ＯＧＯはフランス企業だが、私はフランス語が使えない。電話口でフランス語を使われたら困るところだったが、そこは元イギリス植民地である。こちらがハローと言うと、たちまち英語に切り替わった。

「はい、こちらはＯＧＯです」

ここで私は、井桁商事と名乗ることを躊躇った。我が社が正式にOGOインドと接触したことはない。いきなり電話を掛けるのではなく、何かしかるべき手順で挨拶をしてからがいいのではないか。それが表向きの理由だった。……だがその後のことを考えると、私はこの時点で既に会話の先を予感していたのかもしれない。

「ボイシャクのシャハと申します。新規開発課の森下さんをお願いします」

ボイシャク村の人間ならベンガル語を話して当然だが、電話口の人物は不審にも思わなかったようだ。それはそうだろう、知らなければ「ボイシャク」が村の名前だともわからないのだから。

電話は問題なく新規開発課にまわされた。そこで聞いた話は、私があの夜心配していた事、そのままだった。

森下の上司だという男は、フランス訛りが強い英語で電話口でこう言った。

「森下ですか。彼は昨日、退職しました」

「退職？」

「はい」

私の声は上擦った。

「そ、それでいまはインドにいるんですか」

「いや……。日本に帰ると言っていました」

ずんと気が重くなった。次いで、腹の底で暗い火が燃え上がったような気がした。つまり森下は耐えられなかったのである。口ではずいぶん上等なことを言っていて、覚悟も決まっているように装っていた。だがそれは全部嘘か、自分のことをよく知りもせずに適当に言った出任せだったのだ。国境を越えてＯＧＯインド支社に帰る道すがら、仕事を辞めることばかり考えていたのだろう。

一昨日、森下は保《も》たないかもしれないと思った。やはりそうだった。彼は逃げてしまった。

逃がすわけにはいかない。

私は言った。

「そうですか。しかし、森下さんにお伝えしなければならないことがあります。彼の連絡先を教えてもらえませんか」

「伝言なら、私が承ります」

「いえ、森下さんにお話しする約束になっていました」

「しかし」

相手は言葉を濁した。

元社員とはいえプライバシーに関わることである。相手の口が重いのも当然だろう。だが、そこは話術である。社員が引き継ぎもせずに突然消えて、いつ連絡できるかわからないようでは困る。本来ならＯＧＯが尻拭いするのが道理だが、国際電話で済むことなら不問にしてやろうというのだ。それなのに連絡先すら教えないとは、いささか無責任が過ぎるのではないか。こうしたことを、それとなく伝えた。

ＯＧＯは、それほど抵抗しなかった。

「わかりました。メモしてください」

そうして聞き出した連絡先は、新宿のシティホテル、イルミナホテル東京だった。実家に帰るのではと思ったが、人を殺して親に泣きつく気はなかったらしい。ホテルで落ち着いて、これからの身の振り方を考えるつもりだろう。

すでに決意は固まっていた。

森下を殺さねばならない。

自ら手を下したわけでもないのに怯えきって、昨日の今日で日本へ逃げ帰るとは。よほど罪の意識に苛まれているのだろう。それは人間としては正しいのかもしれないが、こちらにとっては大いに困る。

個人的にアラム・アベッドの菩提を弔うぐらいなら構わない。むしろ献花料を出してやりたいぐらいだ。だが、まかりまちがって事を表沙汰にされたら……破滅だ。私だけではない、始まったばかりのバングラデシュ開発そのものが物見高い国民の目に晒され、頓挫しかねない。

臆病者は何をするかわからない。信用できない人間と秘密を共有した私のミスだ。自分の手で埋め合わせをするしかない。幸い、私は室長だ。出張の予定なら、自分の裁量でコントロール出来る。

OGOインドとの電話を切って、時計を見る。日本とバングラデシュの時差は三時間。いま、日本は午後五時だ。

開発が本格化していないとはいえ、日本で打ち合わせを設定するとなれば材料には事欠かない。手帳を繰って、適当な連絡先を探す。大田区に、脱硫装置の改良に成功した会社がある。いずれは接触しなければと思っていた。隠れ蓑にはちょうどいい。すぐに電話をする。電話回線もしばしば故障を繰り返してきたが、天の助けか、この日はスムーズだった。ほどなく受話器から、野太い声で日本語が聞こえてくる。

「はい、もしもし。吉田《よしだ》工業です」

「もしもし。お忙しいところ申し訳ありません。わたくし、井桁商事の伊丹と申します。実は御社の脱硫装置について、お尋ねしたいことがありまして。よろしければ、一度お目にかかってお話ししたいのですが……」

「あ、はい。担当者に替わります」

井桁商事の名前は強い。あっという間に、明後日の打ち合わせが決まる。電話を切ると、近くにいたバングラデシュ人スタッフにこう伝えた。

「戻ってきたばかりで悪いが、出張する。遅くとも五日で戻るから後はよろしく。何かあったら、本社のいつもの番号に連絡してくれ。受け取れるようにしておく」

即断即決は私の長所であり、現地スタッフにもその姿勢は浸透していた。急な話にもかかわらず、彼は疑う様子もなく、

「はいボス」

と答えた。

三十分後には、空港へと向かうタクシーに乗り込んでいた。ビジネスのあらゆる局面と同じ、スピードが命だった。

バングラデシュから日本へは、直通の空路がない。念のためタクシーの中で航空時刻表を繰ったが、やはりいつも使っているクアラルンプール経由が最も早そうだ。

ダカからシレット市、シレット市からボイシャク村、そこで大きな仕事を片付けて

ダカに戻り、マレーシア経由で日本へ。機内で仮眠を取るつもりだったが、そこで少々つまずきがあった。

悪い夢を見たのだろうと思う。見ても当然だ。つい三日前に人を殺し、これからもう一人殺すために日本に向かっているのだから。しかしそれがどんな夢だったのか、本当に悪い夢だったのかさえ、思い出すことは出来なかった。

気がつくと、帽子をかぶった女が私の顔を覗き込んでいた。状況を把握するまでに少し時間がかかった。

「お客さま、大丈夫ですか？」

と訊かれ、低く唸り続けるエンジン音に気づいて、ようやく理解する。ここは日本に向かう飛行機の中で、彼女はスチュワーデスだ。大丈夫かと言われるぐらいだから、よほどうなされていたのだろう。大丈夫だと手を振ろうとして、全身を襲う気怠さに気づく。スチュワーデスが重ねて訊いてきた。

「大丈夫ですか？　ひどい汗ですが」

額に手を当てる。恐ろしい熱さだ。すると、雨の中を歩いてきたかのように、べっとりと滴が手のひらに付いた。

体力には自信があったが、さすがに疲れが出たようだ。たかが熱である。少し休めば、すぐに引く。しかしスチュワーデスは、眉を寄せて言った。

「お客さま。体温計と解熱剤をお持ちします」

大袈裟だと思ったが、いざというときのために体調を整えるのも仕事のうちだ。

「頼む」

と答えた。

結果的にはそれがまずかったらしい。翌朝、飛行機が成田空港に着陸すると、久しぶりの日本の土に感慨を抱く間もなく二人の男が現れた。警官のような服を着ている。私は臑《すね》に傷を持つ身であり、さすがに血の気が引く。しかし彼らは高圧的な態度を取ることもなく、むしろ申し訳なさそうにこう言った。

「すみません、お時間は取らせませんので、ご協力をお願いします。どちらからの帰国ですか」

出入国はパスポートに記録が残る。嘘をつけば、危険が増すだけだ。

「バングラデシュからです」

「なるほど」

男のうち一人が、クリップボードに挟んだ書類にペンを走らせ、もう一人が穏やかに言った。

「心配ないとは思いますが、いちおう検疫にご協力ください」

飛行機には日常的に乗っている私だが、こういう形で止められるのははじめてだった。あまり時間を取られるとまずい。だが、役所の規定で決まっていることならば、抵抗すればかえって厄介になりかねない。私は素直に、彼らの後についていくことにした。

幸い、検査は至極簡単なものだった。問診の他は体温測定と検体の採取だけで、三十分もかからなかった。機内でもらった解熱剤が効いたのか、その頃には熱が引いていたのも良かったのだろう。

「二、三日で結果が出ます。連絡先は？」

少し考えて、有楽町の常宿を教えた。

「電話番号を書いてください。何か体調に変化があったら、速やかに医療機関を受診することをお薦めします」

男たちは慇懃《いんぎん》にそう言って、あっさりと私を解放した。賄賂を渡さなくても自由の身になれたことに、新鮮な驚きを感じずにはいられなかった。

それにしても、いつ以来の帰国だろうか？

空港の公衆電話で、鞄を足元に置いたまま電話している人を見た。下に置くなんて盗ってくれと言わんばかりじゃないかと他人事ながら気を揉んでしまう。やはりどうも、日本の感覚とはずれが生じているらしい。苦笑いが浮かんだ。

まずはタクシーに乗って、レンタカー屋に連れて行ってもらう。店先で、

「黒いセダンはありますか」

と訊けば、思っていたような車種がすぐ見つかる。これも感動的だ。

もちろん、車を借りた記録を取られることは殺人にとって大きなリスクである。だが車はどうしても必要なのだし、仕事で日本に来たビジネスマンが移動手段を確保するのは怪しい事ではない。書類には堂々と自分の名前を書いた。

買う物があるので、まずは一般道を走る。成田から新宿までの道筋は記憶が曖昧だが、案内板が見当たらないということもないだろう。ここまで一刻を争って飛んできたが、移動手段を確保して少し気が楽になった。ハンドルを握る自分の腕をふと見れば、上等のスーツを着てきたつもりが、ずいぶんと皺が寄ってしまっている。何しろ強行軍だったからやむを得ない。無理をしているのは私自身も同じだ。疲れたなどとは言っていられないが、まだ少し熱っぽい。そういえば昨日から碌《ろく》に食事もしていない。これから人を殺しに行こうという時にも腹は減るんだな、と当たり前のことを思う。成田市の街中を抜けようかという頃、道路沿いに「カツ」の看板を見つけた。

「カツか。縁起が良いかもしれない」

などと思ったあたり、ずいぶん帰国していないのに縁起担ぎは憶えていたのかと妙に嬉しくなる。そのくせ車を停めて店に入り、座面を縄で編んだ椅子に座ってメニューを見た時、「カツ丼は日本語で何と言ったかな」などと考えてしまった。

僅かに半熟の部分を残した溶き卵も、飴色の玉葱も、肉厚のカツも甘辛い味付けも懐かしいとは思わなかった。……そんな心境ではなかった。だがどういうわけだろう、ほんの一つまみ添えられたきゃらぶきに、胸が詰まった。そういえばこんな食べ物もあったと思いながら噛みしめれば、言い知れぬ思いが胸に浮かんでくる。

まさか、人を殺すために日本に戻ってくることになろうとは。三日前の自分にそう言ってみせても、決して信じはしないだろう。ひどい運命だ。これも仕事だ、資源を手に入れるためのやむを得ない処理なのだと自分に言い聞かせ、萎えようとする心を確かに持ってカツ丼をかき込んでいく。

会計の時、三角巾をかぶった女に訊いた。

「すみません。東京に行く道、何か新しく出来ましたか」

女は笑って答えてくれた。

「湾岸線かね？　まだまだ、来年できるって言ってました」

「じゃあ、京葉道路から行くのが一番ですかね」

「そうなりますねえ」

それなら一度は通ったことがある。

再びレンタカーを走らせる。十一月半ばのことである。日本は秋深く、街路沿いに植えられたイチョウが輝くように色づいている。空にはうろこ雲がたなびき、窓を開ければ涼やかな風が吹き込んでくる。懐かしかった。

国道51号線を千葉市へと走る。焦る心をじっと押さえつけ、スピードを出しすぎないよう気をつける。バングラデシュの平原ではアクセルが床に着くほど踏み込んでも大した問題はなかったが、ここは日本の関東地方である。森下に会う前に交通違反でも取られてはどうしようもない。

途中でホームセンターを見つけた。必要なものは早めに調達しておく。ロープと金槌、スコップと懐中電灯、マスク、包帯、それに黒いカーテンを買った。ロープと金槌は凶器。スコップは森下の死体を埋めるために必要だ。マスクはいささか安直だが、まあ、変装の足しにはなるだろう。時刻は多分夜になるので懐中電灯もいる。カーテンは、死体を包むのに使えるだろう。駐車場で、金槌に包帯を巻き付けておいた。

幸い、これといった渋滞に巻き込まれることもなく都心に入ることができた。浅草橋まで来てしまえば、後は靖国《やすくに》通りに入るだけで迷うこともない。新宿に入ってからイルミナホテルを探すのに少し手間取ったが、京王プラザホテルの隣にあったという記憶のおかげで、ほどなく見つかる。車をホテルの地下駐車場に入れて、フロントロビーに向かった。

「さて、と……」

そう呟く。

ここが一番の問題である。

森下がこのホテルに投宿していることはわかっても、どの部屋にいるかはわからない。フロントで訊けばわかるだろうが、私はこの後、森下を殺害しなければならない。後になって「そういえば森下さんの部屋を訊いてきた男がいましたよ」ということになってはまずい。泥臭い方法だが、ここは張り込みしかない。腕時計を見る。午後三時半。検疫で足止めを食いはしたが、時間的にはまずまず順調である。

ホテルは天井が高く、シャンデリアは光に満ちて、フロアは立ち姿が映るほど磨き上げられている。行き交うホテルマンの立ち居振る舞いは洗練されており、自分が日本にいることを確かめさせてくれる。イルミナホテルに入ったことはなかったが、フロントを見渡せる位置にロビーラウンジがあった。森下を待つならあそこだろう。だがその前に、やるべきことがあった。私は表向き仕事のため帰国したことになっている。その連絡も入れておかなければいけない。公衆電話に百円玉を入れて、本社に電話を掛ける。総務部に話は通していた。

電話口に出た男は、機械のように淡々と受け答えをした。

「バングラデシュ開発室の伊丹ですが、伝言はありませんか」

「伊丹さんですね。いいえ、伝言はありません」

室長が不意の出張でいなくなっても、二、三日なら何とでもなる。何か起きたとしても現地スタッフだけでたいていのことは解決できるし、そのための態勢も整えてきた。それはわかっていたが、やはり少し、寂しさを覚えた。

たとえば私がこのまま東京に溶けて消えてしまっても、せいぜい予定が一年遅れるかどうかというところなのだろう。開発は決して、止まることはない。

しかし今日、東京に消えるのは私ではない。

ロビーラウンジに見晴らしのいい席を占め、新聞を取ってきて、コーヒーを注文する。ここからは根比べだ。

一分一分が、実に長かった。

アラム・アベッドの時とは比較にならない。あのときはマタボールたちが全面的に協力してくれたし、隣のシートには共犯者の森下が座っていた。それにもし殺人が露見しても、相手はまだ充分に組織化されているとはいえないバングラデシュ警察であるという気持ちもどこかにあった。今度は違う。相手は日本警察であり、私は一人だ。じっとりと手に汗が滲んでいく。あまり露骨にフロントばかりを見るわけにはいかない。目のやり場を作るために、私は何杯もコーヒーを注文する。強行軍で疲れた胃に、カフェインが痛むほどに沁みていく。

五分が経ち、三十分が経った。三杯目のコーヒーを可能な限りゆっくり飲み乾し腕時計を見ると、一時間が経っていた。この間、新聞を片手に人待ち顔で時間を潰しているのは私だけではなかった。ラウンジのウェイターは私のことなど気にも留めていないようだ。

とはいえ、ここで待てる時間にも限りがある。せいぜい二時間、それ以降は別の場所に移らなければいけないだろう。

そうして待ち続ける私は、心のどこかで、このまま森下が現れなければいいと思ってはいなかっただろうか。制限時間は限られている。もし明日までに森下と接触することが出来なければ、私は表向きの理由作りのために吉田工業に行かなければならない。時間切れになれば、森下を殺すことは出来ない……。いや、殺さなくても済む、とも言えるのではないか。

この十五年間、綺麗事だけで乗り切れる仕事ではなかった。私の決断ひとつで、顔も見たことがない人間が死んでいくこともあっただろう。それも仕方がないことだと割り切っていた。アラム・アベッドを自らの手で殺したことにも、後悔はない。彼が死ななければ、交通事故で片手を失った高野も、命を失ったムハマド・ジャラルも報われない。だが、既に殺してしまった事実を悔いないからといって、これから殺すことに対して平然としていられるわけではなかった。何杯目かのコーヒーを飲みながら、私はこう思っていた。――もし、今日中に森下に接触できないようなら、それも運命だ。運命には従おう……。

運命！　殺人の経験と数千キロの移動は、やはり私を痛めつけていたのだ。コネとカネで道を均してきた私が、運命を思うとは。運命よりはむしろ、神を思うべきではないか。そう、エネルギーという名の、資源という名の神を。

そしてその神は、よほど冷淡に違いない。張り込みを始めてから、たったの一時間半後。私は、森下の姿を見つけてしまった。

灰色のシャツにジーンズという姿は、やけにしょぼくれて見えた。肩も落ち、どこか前屈みのように背を曲げてフロントに向かっていく。頬はげっそりとこけている。内心がどうあれ、それがあれほど外見に出てしまうとは、やはり弱い男だ。私は、生きている森下の姿を見れば殺意が萎えるのではと思っていた。だがそれは逆だった。迷いはたちどころに消え去った。やはり、彼には死んでもらわなくてはならない。

　森下はボストンバッグを手にしていた。フロントでやりとりしている様子を見ると、どうやらチェックアウトするらしい。その間にコーヒー代を払おうとする。ところがレジ係が手間取った。

「三千二百円になります。はい、すみません、五千円札を切らしておりまして。千円札でもよろしいでしょうか。……あっ」

　小銭をこぼして、床にしゃがみ込んでしまう。

「後で拾ってくれ！」

「は、はい、いまお釣りとレシートをお出ししますのでお待ちください。えっと」

　とても待ってはいられないが、釣り銭も受け取らずに立ち去ったとなれば怪しすぎる。ぐっと堪える。

「こちら、お釣りとレシートでございます」

　踵を返すと、森下はフロントから離れようとしていた。すぐに見失うことはないだろうが、タクシーにでも乗り込まれたら面倒だ。自然、足が早まる。

ホテルを出たところで追いついた。後ろから囁くように声をかける。

「……どうも。ＯＧＯの森下さん……」

森下を連れ出すのは、思ったよりも簡単だった。私はこう言ったのだ。

「そんなに驚いた顔をしないで下さい。元々、今日は日本に来る予定があったんです。実はお話ししたい件があって貴社に電話をかけたんですが、退職されたとのことでたいへん驚きました。日本に行かれたと聞いたものですから、無理を言って、滞在先を教えてもらったんです。近くまで来たものですから覗いたんですが、まさかすぐにお会いできるとは思いませんでしたよ」

「どうして。伝言なら、会社にしていただければ」

「いや、まさか。他言できる話じゃありません。なにしろあの件で、内々にお話ししたくて」

驚きばかりだった表情に、猜疑と恐れが表われる。みっともなく左右に目を走らせ、声を殺す。

「やめて下さい！　こんなところで……」

「確かに、ここではちょっと」

私は少し考えるふりをした。

「じゃあ、ちょっと来て頂けませんか。誰にも聞かれない場所に行きましょう」

森下は、すぐには返事をしなかった。明らかに逡巡している。彼は、バングラデシュに関する全てのことを忘れたがっていたのだろう。私とも、二度と会いたくなかったに違いない。

だが、もう自分には関係ないから話を聞く気もない、と突っぱねるほどの強さは、いまの森下には残っていなかった。最後まで迷いを露わにしながら、

「わかりました。じゃあ」

と言った。

森下をホテルの地下駐車場まで連れて行く。平日ではあるが、さすがに新宿のホテルである。駐車場はほぼ一杯だ。借りた車は、大型のバンの隣に停めてある。もし誰かが通りがかってもバンが目隠しになるだろうと思ってのことだ。

「車の中なら誰にも聞かれないでしょう。でも一応、後部座席の方がいいかな」

そう言って返事も待たず、車に乗り込む。森下はもう、意志のない人形のように私に続いた。ドアを閉める音が車内に響く。

地下駐車場はひどく薄暗かった。車の中はなおのこと暗かった。

この時点で、まだ私は安心していなかった。森下はいつでもドアを開けて飛び出すことができるからだ。だが彼はそうしなかった。気にしているのは窓の外だけ。誰かに見られることを恐れるばかりだ。彼は、私が殺意を持っているとは思わなかったのだろうか？　外を見ている首は頸動脈をさらけ出していて、その無防備さはいっそ哀れなほどだ。

いまこの隙に仕留めてしまおうか、とも思った。だが私は彼を殺したいのではない。殺さなければいけないというだけなのだ。話を聞いて、もし問題がないとわかれば、お互いにとっていいことだ。そう思ううちに、森下がこちらを振り向いた。

「……それで、話とは何ですか。私が来るのを待っていたんでしょう」

「いえ」

「バングラデシュからやって来て、何となくホテルを覗いたら私を見つけたなんて、そんな話は通じませんよ。何か、よほどのことがあるんですよね」

まるで思考が止まってしまっているわけでもないらしい。私は頷いた。

「おわかりでしたか。ええ、そうなんです」

森下の本心を聞き出す道筋は、あらかじめ考えておいた。目を逸らし、声を落とす。

「実は……。あれから社に戻るまでの間、どうしてこんなことになったのかとそればかり考えてしまって。いくらマタボールたちにそそのかされたからといって、何もあんなことまでしなくても、もっといい方法があったんじゃないかと後悔しているんです。何を今更と、森下さんは笑うでしょうね」

そこで森下の顔色を窺う。彼は笑わなかったし、怒る様子もなかった。ただ、沈痛な表情で頷いている。

灯「いえ、笑うなんて。……私も同じことを考えていました。帰り道、道は真っ暗でしたが、あのときフロントガラスにはりついたアラムの顔が浮かんできて……」

顔を覆ってしまう。

「耐えられないんです！　いくら仕事だからって、人を殺すなんてあり得ない！　私はそんなつもりでOGOに入ったんじゃない。でも、どうしても、断れなかった！」

万「じゃあ、会社をお辞めになったのは」

「あんなことをさせられてまで、仕事なんか続けていきたくない。昨日から何度も吐いたりしているんです。何とかして罪を償って、楽になりたい」

なるほど。もう少し水を向けてみる。

「森下さん。相談というのはそれです。罪を償うためには自首するしかない、私はそう思うんです。そうすればボイシャク村の老人たちも罪に問われますが、もともとあいつらが言い出したことだから仕方がない。ただ……。私が自首すれば、あなたも巻き込んでしまう。だから、行動する前に、あなたに相談したかった」

「自首？」

森下はぽかんと口を開けた。どうやらそれは全く考えていなかったようだ。

「ああ、それもいいかもしれない。でも伊丹さん、僕が考えていたのは、少し違います」

「他に償う方法がありますか」

「あります」

彼は言った。

「ボイシャク村であったことを世の中に訴えるんです。日本と、それにフランスで。二度とこんなことを起こさないための教訓になるでしょう。それでこそ、アラムも浮かばれるんじゃないかと思うんです。伊丹さん、賛成してもらえませんか」

ああ！　森下はその言葉で、彼自身の絞首台のレバーを引いたようなものだ。

自首を考えていたなら殺そうと思っていた。だがそれどころではなく、あの殺人を世の中に広く宣伝しようなどと言い出した。やるしかない。そう自分に言い聞かせる。

「森下さん。ボイシャク村のことを、もう誰かに話しましたか」

「いえ……。人には会ったんですが、とても言えなかった。勇気がなくて」

「人？　マスコミですか」

「違います。知人です」

恋人かもしれない、と思った。いずれにしても森下は未婚のはずだ。結婚しているなら、滞在中の連絡先としてホテルを指定するはずがない。森下に子供でもいたなら、私は最後の最後で自分にブレーキをかけられたかもしれない。だがもはや、聞くべきことは何も残っていなかった。運命は極まったのだ。

私は、森下の背中越しに車窓を見た。

「しっ！　誰かこっちを見ている！」

人がいたところで、車の中の会話など聞こえるわけがない。だが森下は覿面にうろたえて、首を巡らせる。

金槌はあらかじめ足下に隠してある。摑み、握り、目の前の頭蓋に振り下ろす。

ずいぶん間の抜けた声だった。

「あっ」

森下は、私が何かしたとは思わなかったらしい。きょとんとした顔をこちらに向ける。動けるじゃないか、効いていないのか。もう一度、今度は真正面から額を殴りつける。

二度目の衝撃で、ようやく森下は何が起きているかわかったようだ。目が、これ以上ないほど大きく見開かれる。信じられないというように。

そこまで私を信用していたのか。いったい、どこに私を信じるような余地があったのだ。OGOほどの大企業でネゴシエーターを務め、バングラデシュでは殺人にまで荷担していながら、なぜ私を警戒しようともしなかったのか。この森下という男は本当に、どこまでも甘い。

「い、伊丹さん、どうして」

側頭部を殴りつける。森下がぐるんと白目を剝く。両手がだらんと垂れ下がる。これで死んでくれたのなら、気の重い作業をせずに済む。そう思って鼻と口に手を当てると、弱々しいながらも呼気が感じられた。気を失っただけだ。

ロープを取り出す。

殺人は二度目だが、車で轢くのと、自分の両手に力を込めて絞め殺すのとでは、まったく感覚が違った。願わくばこれからの人生で、二度とこんなことをせずに済みますように。そう祈りながら、私はいつまでも手に力を入れ続ける。

八

翌十九日の午前十一時、私は大田区の吉田工業を訪ねた。

町工場というには立派な社屋だが、従業員は百人を超えないだろう。日本的な中小企業とはこういうものであった、と懐かしささえ覚える。社長はフレームの太い眼鏡をかけた五十がらみの男で、話し方も笑い方も自信に満ちあふれていた。

表向きの帰国理由を作るための訪問だ。吉田工業の脱硫装置に、本当の意味で興味があったわけではない。いずれは必要なものだが、いまでなくてもいいのだから。だが、製品の仕様を読み、技術者の話を聞くうちに、私はつい引き込まれていく。吉田工業の脱硫装置は、カタログスペック通りに機能するならば、確かに優秀だった。

「一万円でどれだけ脱硫出来るかということを、考えねばいかんのですよ」

と、吉田工業の社長は熱っぽく語った。

「脱硫もね、日々技術が進歩していますから。うちの製品は既存のものに比べて、条件次第ですが大まかに言って十五パーセントのコストダウンになります。ということはですよ。これまで百の投資で百のガスを取っていたところ、百十五のガスを持ってこられるということですよ。もっと言えば、これまでは採算の面でどうかなと思っていたガス田も、掘れるようになるかもしれんということです。ま、脱硫の費用なんて知れているかもしれませんが、あたしらはそう思って仕事しとります」

私は黙って、しかし力強く、頷いた。

お茶汲みの女性社員が、私のお茶を熱いものに交換する。社長はなおも、前のめりにまくしたてる。

「伊丹さん、あたしらはね、伊丹さんのように外国に乗り込んでガス田をぶち建てるなんてことは出来ません。でもね、はばかりながら縁の下の力持ちにはなれる。バングラデシュの天然ガス、どうぞうちにも手伝わせてください。十年先か二十年先か、いつか横浜あたりにガスタンクが並んだとき、あれはうちの技術で脱硫したんだと胸を張れたら、まさに冥利に尽きるというやつですよ」

私は言った。

「万難を排して」

大学を卒業してすぐに海外部門に配属され、エネルギー開発に携わってきた。自分は日本の最前線で戦っていると思っていた。だが最前線はひとつではない。わかっていたつもりだがこうして実際に同志に会うと、頼もしいと同時に身が引き締まる。

社長は、深々とソファーにもたれかかった。茶を一口飲むと、表情をやわらげる。

「それにしても、なんですな。バングラデシュというのは、いろいろリスクもあるでしょう」

「確かに洪水のリスクはありますし、サイクロンも想像以上に厄介です。ただ、地政学的なリスクは大きくない。これがありがたいところです」

「地政学的なリスク？」

「戦争のことです」

社長は曖昧に頷いた。

「ははあ、戦争。あたしはそっちはわからないが……。病気なんかも怖いですな。今朝のニュースは見ましたか。旅行者だったかにうつされて、横浜でペストの患者が出たそうですよ」

「ペストですか」

いまどき、ペストなんて病気の名前を聞くとは思わなかった。が、社長はまた、曖昧な笑い顔になる。

「いや……確か。申し訳ない、朝は急いでいて、うろ覚えです」

「ははあ」

私は頷いたが、内心では、本当に吉田工業の技術を使うつもりなら社長との関わり方は考えなくてはと思っていた。熱意はあるが、同時に軽薄なところもあるのかもしれない。知識の正確さを重んじない人間は警戒するべきだ。ビジネスパートナーは、よく選ばなくてはならない。そのことは改めて思い知ったばかりだ。

「いやいや、お恥ずかしい。ご興味があれば、テレビで見られると思いますが」

「見てみましょう」

「ところで今夜、もしお時間がありましたら、どうです……」

少し身を乗り出し、社長がにこにこと言いかける。

そこにノックが響いた。若い男が入ってくる。

「社長、すみません。下田《しもだ》が帰ってきました」

「何。早かったな」

「それで、その、車の移動を」

ちらりとこちらを見る。どうやら私の車が邪魔になって、社用車が入れないらしい。腰を浮かしかけると、社長が慌てたように言った。

「いや、車でしたら、うちの者に移動させますから。伊丹さんはどうぞ座っていてください」

私はかぶりを振り、時計を見る。

「もう充分にお邪魔してしまいました。たいへん有意義でした。このあたりで失礼いたします。いずれ、具体的な話を持ってご挨拶に伺うこともあると思いますが」

「そうですか？　それはどうも、お構いもいたしませんで」

社長は名残惜しそうだったが、私は挨拶もそこそこに踵を返す。本心を言えば私ももう少し話していたかった。新技術の話はいつでも胸躍る。だが、たとえ駐車場内の移動であっても、あのレンタカーを他人に任せるわけにはいかない理由があった。

死体を積んでいるのだ。

車のトランクには、黒いカーテンに包まれた森下の死体を積んでいる。万が一事故でも起こしたら一巻の終わり。運転は、自ずと慎重になる。

ボイシャク村の外れに停めたジープの中で、森下は日本の秋をいい季節と言った。確かに、いい季節だ。これが夏だったら、死体のにおいが気になって仕方がなかっただろう。屍臭《ししゅう》がどれぐらいで発生するのか私は知らないが、暑いよりは涼しい方が抑制されるに違いない。

車に乗り込む。バックミラーを見れば、見送りに出て深々と頭を下げる社長が映っていた。

吉田工業を離れてから、車の窓を開ける。車内には、酸っぱいような異臭が漂っているようだ。屍臭ではない。

「……まだ残ってるな」

車内で森下を絞殺するまでは問題なかったが、絶命を確認してロープを緩めたところで、森下の口の端から泡と吐瀉物が流れ出た。予想もしていない事態に、多少慌てた。タオルの持ち合わせはなかったので、森下の上着で取りあえず拭き取り、自分が泊まるビジネスホテルに戻ってから本格的に掃除をした。

「いや。気のせいかもしれない」

そう呟く。あのぐらいの吐瀉物で、半日以上においが残るものだろうか。このにおいの元は、精神的なものかもしれない。

バングラデシュには、翌朝の便で向かう。仕事が山積みになっているはずだ。日本で背負った荷物は、今夜のうちに日本で始末しなければならない。心あたりはある。房総の山々には土地鑑があり、あのあたりなら誰にも見られず深く埋められるという場所は、既に候補が決まっている。

今夜、森下は東京に消える。南アジアを放浪後、インドで就職した男が、気まぐれに退職して日本に帰ってきたと思ったら失踪する。実にありそうな話だ。ボヘミアンの失踪を、日本警察がまともに取り合うとは思えない。だがもし、万が一何かの理由で捜査が行われるとしても、警察が私に辿り着くことはない。

　森下の周辺を捜査しても、私には繋がらないからだ。井桁商事バングラデシュ開発室は、OGOインドがバングラデシュ北東部に興味を持っていることを知らない。実際、私は森下を知らなかった。彼と知り合ったのは、ボイシャク村でのことだ。私は森下のことを誰にも話していないし、帰社後すぐに退職した森下にしてもそうだろう。私と森下を結びつけることが出来るのは、ただボイシャク村のマタボールたちだけ。日本警察がいかに優秀でも、この人間関係は絶対に見抜けない。だから私が恐れるのは、ただ現行犯逮捕のみ。何かの事故で埋める前の死体が露見しない限り、私は自分の仕事へと戻っていける。

　一億を超える日本人のほとんどが森下とは何の関わりもないのと同じように、私も彼とは関わりがない。

　私たちの関わりを見抜けるとしたら、それこそ神だけだろう。

# 九

――そしていま、私は裁かれている。

有楽町のビジネスホテルで、テレビはついたまま。セミダブルのベッドの上には夕刊が散乱し、サイドボードにはメモ用紙が投げ出されている。「検疫から連絡　全て問題なし」と走り書きしたメモが。

吉田工業の社長が話した「横浜のペスト」は、その日の夜にはマスメディアの話題を席巻していた。感染者は三十代の女性と、五歳の男児。五歳の子供は症状が重く、一時意識不明に陥ったと報じられた。

そして、病名はペストではなかった。

コレラだった。

伝染病予防法に基づき、感染ルートの調査が行われている。全てのマスメディアが、感染源について繰り返し報じている。いまも、テレビから緊迫した声が流れている。

『最初の感染者だと見られる女性の証言により、感染源は二日前にインドから帰国した男性だと見られています。男性は帰国後、女性と会った後、新宿のホテルに滞在したことは判明していますが、その後の行方はわかっていません。厚生省では、男性がコレラを発症している可能性は非常に高いとして国内の病院に該当患者がいないか情報提供を呼びかけると共に、国民には冷静な対応を呼びかけています……』

しかし現時点で、少なくともマスメディアは冷静ではないようだ。夕刊各紙には、こんな見出しが躍っている。

『横浜　コレラ禍　広がるパニック』

『五歳児　意識不明の重体』

『厚生省「感染爆発はあり得ない」　専門家からは疑問の声』

『コレラ拡大か？　予防のための六つの注意点』

『「コロリ」再び　怯える市民』

『インドからの帰国者いずこ　感染ルート追及続く』

私にはわかっている。行方不明の「感染源」がどこにいるのか。

彼はいま、房総半島某所の山中に埋まっている！

四日前、ボイシャク村で。

マタボール・シャハは言っていた。「彼の孫はいま、病気で苦しんでいる。可愛い子供だったのに、目が落ち窪み頰がこけ、顔はまるで老人のようになっている」。これはコレラの症状だ。警戒すべきだったのだろうか？　私は発展途上国での感染症に完全に無知というわけではなかったのだから。しかし私はあの時、マタボールの一人からチャイを振る舞われ、それに口をつけてしまった。

そして、森下も。

森下は感染したのだ。そして、横浜在住の女性にそれをうつしてしまった。報道によれば重体の男児は、新宿のホテルに家族で滞在中に発症したという。そのホテルというのは、森下が投宿していたイルミナホテルに違いない。イルミナホテルで森下は、「昨日から何度も吐いたりしている」と言っていた。ホテル内の公共トイレで吐いていたなら、菌を撒き散らしたも同然だ。抵抗力の弱い子供に感染してしまったのだろう。

東京に溶けて消えるはずだった森下はいま、日本で最も行方を追及されている。それ自体は私の破滅ではない。いくら森下が時の人になろうとも、それだけで死体が山中から掘り出されるわけではない。

破滅とは、私が失踪前の森下に会っていたことが明らかになってしまうことだ。森下と私には接点がない、正確にはボイシャク村に行かなくては二人の接点を見出し得ないという事実が、私の隠れ蓑だった。その隠れ蓑を失い警察の耳目を引いてしまえば、逃げ切れるとは思えない。

洗面所のボウルに身をかがめ、嘔吐を堪える。夜になって急に吐き気が襲ってきた。全身の血の気が一斉に引いていくような、ひどく不快な感覚がつきまとって離れない。

これはコレラなのか？

まとまらない思考を懸命にたぐり寄せ、私は考える。

この体調不良の原因がコレラではなく、強行軍と人殺しの経験がもたらした体の限界なのであれば、問題はない。明日の飛行機には這ってでも乗り込んで、バングラデシュに戻っていく。

だがもし、この体がコレラに侵されているのだとしたら。それは森下の名前が、我が身に刻み込まれているに等しい。国内でのコレラ発生を受け大車輪で行われたのだろう検疫の結果は、私が入国時には感染していなかったことを証明している。つまり私が感染しているとしたら、感染源は森下だと考えるしかないのだ。殺害時にこぼれた吐瀉物が疑わしい。症状が進み、病院に担ぎ込まれるようなことになれば――。

全てのマスメディアは、「インド帰りの男性に会っていた男性」に、容赦のないスポットライトを浴びせるだろう。

吐心を堪え、カーテンを薄く開けた。ホテルの窓から、東京が見える。夜の中にちりばめられた無数の明かりが見える。

アラムを殺したのも、森下を殺したのも、全て必要なことだ。そう信じていた。しかし……。

私はどこで間違えたのだろう。

やはりチャイに口を付けたことが間違いだったのか？　あのチャイはぬるかった。私が飲まなければ、森下も飲まなかったかもしれない。感染症が蔓延している土地では充分熱を通したものだけを口にするという基本に、どこまでも忠実であるべきだったのか。

森下を日本に帰してしまったことが失敗だったのか？　アラム・アベッドを殺した後、明らかに怖じ気づいたあの顔を見た瞬間に、森下を生かしてはおけないと決断するべきだったのか。

あるいは、それともやはり——。人殺しなどするべきではなかったのか。尊い仕事をしているつもりで、私は決して踏み外してはいけない道を踏み外してしまったのだろうか？

私は自分の仕事を全《まっと》うしたかったのだ。バングラデシュに眠る天然ガスを日本に運び、街の明かりにしたかった。いま目の前で煌《きら》めく灯りに、自分の力で一灯を加えたかった。

その願いは叶うのか。それとも殺人という行為を暴かれて、とうとう灯りを献じることは出来ずに終わるのか。

万灯《まんどう》の前で、私はいま、裁きを待っている。

# 関守

一

エンジンを止めると、歌声も止まる。うんざりさせられる繰り返しが終わったことに身震いするほどの解放感を覚え、それから、聞き飽きたCDを無理に聞き続ける必要はなかったのだと舌打ちした。

とはいえ小田原から三時間、ぼろの中古車で曲がりくねった山道をひたすら辿っていくのに、音楽の一つもなくては耐えられなかった。つくづく、煙草を切らしたのは失敗だった。どこかでは買えるだろうと思っているうち、道が山あいに入り込んで店がなくなった。煙草さえ吸えたら、あんな駄作揃いのアルバムを聞き続けたりはしなかったのに。嚙み続けて味のなくなったガムをティッシュに包み、助手席に投げる。

ドアを開ければ、真夏の風が吹きつけると覚悟していた。熱気と湿気がないまぜになった不快な風が。しかし吹いてきた風は、思いがけずからりとして、涼やかですらある。伊豆半島の天城連山を越える道の一つ、桂谷峠《かつらだにとうげ》。道は悪いが、空気はいい。蟬の声が近かった。

運転席で縮こまっていた体を大きく伸ばす。自分の車を振り返ると、ドライブインの狭い駐車場を斜めに横切っていることに気がついた。駐め直そうかと思ったが、この峠道を走ってきた一時間、前後を行く車も対向車も一台として見なかった。誰の迷惑にもならないだろう。

むしろ心配なのは、ドライブインが店を開けているかどうかだ。これほど通行量が少ない道では儲かるはずがない。トタン屋根と、重そうなガラス扉。扉の向こうに見えるテーブル席には誰もいない。他の車はなかったのだから、客がいないのはわかっている。

道路に向けて、白いブリキの看板が立っていた。ところどころペンキが剝がれ、地金の銀色が見えている。黒い字で書かれた「ドライブイン　コーヒー　タバコ　うどん　そば」の文字はまだ残っているが、別の色で書かれたらしい店の名前は色褪せきって、消えてしまっている。看板の上に取りつけられた黄色の回転灯は、ぴくりとも動かない。電気を通していないのだ。ここまで来て、まさか手ぶらで帰るのではやりきれない。苛立ちまぎれに首をめぐらせると、視界の端を新鮮な色彩がかすめた。

駐車場の片隅に、小さなお堂がある。観音扉もないお堂で、まだ新しい。のぞき込むと地蔵のような石像が据えられていた。俺の気を引いたのは、そのお堂の手前に供えられた花だ。仏花らしい白と黄色の小菊が、牛乳瓶に挿してある。八月の酷暑の中で萎れてもいない。この花が供えられたのは今日だ。つまり、今日ここに誰かが来た。気まぐれにしゃがみ込み、花に手を伸ばす。

「いらっしゃい」

不意にかけられた声に、身が竦む。

振り返ると、さっきまで確かに誰もいなかったのに、ドライブインの入り口に人が立っていた。

片手でも持ち上げられそうな、小さな小さなばあさんだった。

「この季節は車の通りも少なくて」

水の入ったコップを置きながら、ばあさんは言った。

「あんまり出せるものがないんです」

はじめから期待はしていなかった。何か作れると言われても、この埃じみたドライブインで食べる気にはならなかっただろう。何はともあれまずは煙草だ。

「煙草、ありますよね」

不安を込めて訊く。ばあさんは銘柄も聞かず、

「はいはい、煙草ね。これしかないけど」

と一箱持ってきてくれた。地獄に仏だ。さっきまで一本の煙草に飢えていたのに、いつでも吸えると思うと気持ちに余裕が出来て、いますぐ吸わなくてもいいような気がしてきた。とりあえず注文する。

「それと、コーヒーを」

「はいはい」

注文してからメニューを見る。コーヒーは、安かった。冗談のような値段だった。二十年ぐらいは値段を上げていないのではないかと思った。さすがに申し訳なく、付け合わせになりそうなものも頼もうと探したが、甘味はメロンソーダぐらいでどうにもならない。俺が金を落とさないのはメニューが貧弱だからだと自分に言い聞かせると、すっと気が晴れた。

エアコンはなく、代わりに、天井近くに取りつけられた扇風機が回っている。モーターがくたびれているのか、うんうんと重そうな唸りを上げながら首を振っている。

コーヒーは、うまくもまずくもなかった。お盆を持ったまま立っているばあさんに、俺は気軽な声をかけた。

「この季節は車が少ないってことは、多い季節もあるんですか」

「はあ」

ばあさんはにこりと笑った。ひとの良さそうな笑顔だ。さっき真夏の太陽の下で見たときは八十歳ぐらいかと思ったが、こうして建物の中で笑っているところを見ると、六十歳を超えているかどうかも怪しく思えてくる。顔の皺は深く、肌は浅黒い。ドライブインだけで充分な収入があるとは思えない。土地を持っているのかもしれない。

「それは、秋ですなあ。秋には繁盛します」

「へえ。何かあるんですか」

「やっぱり紅葉ですねえ。そりゃあ見事だと、皆さん褒められます」

曖昧に頷き、コーヒーに口をつける。紅葉《もみじ》狩りをするには山が深すぎるし、風情を楽しめる旧跡も見あたらない。繁盛と言ってもたかが知れているだろう。

「お兄さんはどこから来なさったのかね」

「東京です」

「ははあ！」

ばあさんは大袈裟な声を上げた。

「それはそれは遠くから。どこに行きなさる。下田かね」

「いえ、はっきりどこと決まってるわけじゃ……。仕事で、取りあえずあちこちまわっているところです」

「はあ、お仕事。どんなお仕事ですか？」

「記者みたいなもんです。伊豆のことを調べて書いてくれという仕事がありまして」

いい加減な返答だったが、ばあさんは、

「そうですか、そうですか」

と繰り返して頷いた。

出来るだけゆっくりとコーヒーを飲み、その合間に、店内に視線を走らせる。テーブルは四脚。天板は緑色で、脚は細い鉄のフレームで出来ている。椅子は背もたれのない丸椅子で、座面のビニールが裂けてウレタンが見えているものもある。フロアの隅の高い位置に、意外に新しいテレビが据えつけてある。レジカウンターには古びた招き猫。床はコンクリートが剝き出しになっている。照明は、ついていない。昼間から明かりをつけなくてもいいということだろう。確かに窓からは夏の日差しが入ってくるが、それでもやはり薄暗い。ドライブインというよりも、定食屋といった感じがした。

コーヒーカップを持ったまま、何気ないふりをして訊いた。

「このお店は、ひとりでやってるんですか」

「はい。四年前まで亭主とふたりでしたが、いまはひとりです」

「大変ですね」

「なに、たいしたことないです。ほれ、お客さんが来ませんから」

ばあさんはそう言って、驚くほど大きな声で笑った。こちらまでつられてしまうような、明るい笑いだ。どうやら話し好きらしい。こうでなくては、ここまで来た甲斐がない。気分が乗ってくる。

「秋には繁盛すると言ったじゃないですか。するとこのお店は、ご亭主と始められたんですか」

「いいえ、亭主がひとりで。先代から受け継いだ店だから潰せん、と強情はって。儲かりもせん、あたしの稼ぎで食わせたようなもんでした。器用な人で、店が傷んでも釘と接着剤でなんでも直しましたから、店を保《も》たせるにも安上がりでしたが」

懐かしむような感じは少しもなく、ばあさんは他人の噂話を語るように喋った。

「稼ぎというと、他の仕事をしていたんですか」

「病院で、事務をしておりました。言ってはなんですがいい加減な病院で、あたしがいないと薬もなくなるようなところで。経験だけは長いから、ずいぶん重宝されましたねえ。三十年勤め上げて、それからこの店です」

「なるほど。いろいろあったんですね」

「そうですねえ。いろいろありました」

電話が鳴った。ジリリ、という古めかしい音。「ちょっとすいませんね」と断って、ばあさんが電話に向かう。

残り半分になったコーヒーに、形だけ口をつける。これを飲み切ってしまったら、ばあさんと話をする口実が別に必要になる。

電話で話すくぐもった声を聞きながら、俺は取材の目的を思い返していた。メモ帳はジーンズのポケットに入っている。そして胸ポケットの中では、ボイスレコーダーがこの瞬間も録音を続けている。

二

ばあさんには記者と名乗ったが、本当はライターをしている。仕事を隠そうとした訳じゃない。ライターという横文字がわかってもらえないだろうと思ったのだ。

今月に入ってすぐのことだった。知り合いの編集者から、「急ぎの仕事なんだけど、君、都市伝説系は行けるよね」と連絡があった。小さいながらも連載していたコラムが打ち切られ、日々貯金を取り崩していたところだったから、飛びつくようにして引き受けた。

聞けば、都市伝説でムックを作ってコンビニで売るという、何番煎じかわからない企画だった。八月に取材を始めたところで、本になるのはどう急いでも九月下旬。まともな本にしようと少しでも時間をかければ、あっというまに十一月刊行になる。怪談の時期にはとても間に合わず、総じてろくな本にはなりそうもない。しかしもちろん、それは原稿料には関係のないことだ。

数人のライターが関わっていて、俺に任されたのは「交通系都市伝説」のコーナーだった。六ページが四本と、四ページが一本。六ページの記事はネタがあらかじめ決められていて、「ターボ婆ちゃん」だの「首なしライダー」だの、カビが生えたような話を書くことになった。工夫の余地もほとんどなく、たいした取材もいらない。六ページ四本書くのに二日とかからなかった。

「相変わらず速いねえ。優等生だよ、本当に」

と、電話の向こうの編集者は嬉しそうだった。

「この調子で、四ページの方もよろしくね」

だが、快調だったのはここまでだ。

四ページの方にネタの指定はない。「適当に埋められるかな」と言われただけだ。写真も、イメージ写真なら編集部で用意するが、出来れば俺の方でも何枚か撮って欲しいそうだ。ネタを任されること自体は信頼の証で、それは素直に嬉しかった。だが、この四ページが一番のネックになることは、最初から想像がついていた。

俺には手持ちのネタがなかった。ネタを見つけるにはどうしたらいいのか見当もつかなかった。都市伝説にはまるで興味がないからだ。

ライターを職業としてから、七年になる。

スポーツ系が専門のライターになりたかった。中でも、格闘技。ボクシングやレスリングに強みがあり、剣道や柔道などの武道系もひととおりは書けるつもりで仕事を始めた。ゆくゆくは相撲の記事も書いて、名と格を上げていきたかった。

大学で俺をかわいがってくれた先輩が、一足先にライターとして名を成していた。そのひとの紹介でスポーツ雑誌にいくつか記事を書き、二年後には定期的に仕事を持たせてもらえるようになった。

そして、だんだんと気づいていった。自分はスポーツについて詳しいつもりでいたけれど、実は俺程度の知識を持つ人間はありふれているのだ、と。それはあまりショックではなかった。知識の欠如は補えばいい。——だが、より致命的なことに、自分は別にスポーツが好きではないと気づいてしまったのだ。

華やかな世界戦には食いついても、泥くさいノンタイトルマッチや前座戦には気持ちが冷えていく。期待の新人を自分で見つけることを面白がれず、誰かが騒ぎ出してから後追いすることしかできない。要するに、最も得意だと思っていたスポーツの分野でさえ、俺は浮わついた興味しか持っていなかったということだ。

それでも、小器用だから何でも書いてしまう。内心ではくだらないとせせら笑いながら、褒めてくれと言われたものを褒める記事がいくらでも書けてしまう。仕事を回してくれていた先輩は、俺のそんな性格を見抜いていたのだろう。何度も、こう忠告してくれた。

「いいか。何でも屋にはなるなよ。お前は器用だから何でも書ける。だけど本当に何でも書いていたら、先はないぞ」

だが俺は目先の三万円、五万円を追いかけて、まさにその何でも屋になっていった。ここ一年間、スポーツ系の仕事は一度も来ていない。

これこれこういう都市伝説について書いてくれと言われれば、その仕上がりと速さはプロのものだと自負している。しかし、好きに四ページ書いてくれと言われると、手がぴたりと止まってしまう。いつものことだった。

結局俺は、今回も先輩のところに駆け込んだ。あの先輩は本当にいいひとだ。あれほど繰り返してくれた忠告に全く従わなかった俺を、まだ温かく迎えてくれる。そして、確かに有能だ。先輩の専門は呪術や祈禱などの古いオカルトで、都市伝説は専門から少し離れている。それなのに、すぐにネタを一つ出してくれた。

「いつか書こうと思っていたんだけどな。掲載のあてもないし、取材の時間もないし、寝かせていたんだ。どうだ、お前」

先輩のマンションで、厚いクッションにあぐらを組んで渡されたファイルを開くと、一ページ目にゴシック体で、『死を呼ぶ峠（仮題）』と記されていた。

「題名はまあ、本当に仮題だけどな」

先輩は照れたようにそう言った。

ファイルの中身は、おおよそこうだ。

伊豆半島南部に、桂谷峠という峠がある。下田から北上する道として、かつて天城峠と並んで使われていた。しかし道の険しさは大差ないのに、道のりは桂谷峠の方が五割は長い。やがて天城峠が整備されるに従って、桂谷峠の交通量は減っていった。

それでも、伊豆半島の先端に位置する小さな町・豆南町《ずなんちょう》にとって、桂谷峠は生命線のような道だ。細々と使い続けられてきたその道で、近年、奇妙な事故が多発しているという。

いずれも死亡事故。ドライバーたちは峠道から崖の下に転落して死んでいた。ファイルに載っていた事故は、この四年で四件。死者は五人……。

先輩の調べは、一見して行き届いたものだった。現場の写真もあるし、死んだ人たちの略歴まで調べ上げている。これだけの取材をして記事にしないなんてもったいないが、その理由も少しわかる気がした。

「ありがとうございます」

そう前置きして、俺は言った。

「でもこれ、ちょっと弱くないですか」

何でもない道で毎月のように事故が起きるなら、充分にネタになる。だが、おそらくたいして補修もされていないだろう悪路で、年に一件の事故があったところで、「都市伝説」になるだろうか。

「そうか？」

「なんて言うか、何も『出て』来ないですから。たとえばあの、ターボ婆ちゃんみたいなキャラが」

守

「ああ」

先輩は、言われて初めて気づいたというように苦笑いした。

「それは落ち武者伝説でいいだろう」

「落ち武者というと、平家のですか」

「伊豆だぞ。平家のわけがない」

「なるほど」

先輩には、伊豆で落ち武者と言えばすぐに出てくるイメージがあるのかも知れない。こっちはいい加減に相槌を打つばかり。専門分野が違うから仕方がない、と自分に言い聞かせる。

関

「落ち武者か……」

何となくだが、都市伝説の本を手に取る読者の好みは外している気がする。ネタを使うにしても、キャラは工夫する必要があるだろう。無残に死んだ暴走族か、日本兵の幽霊か、そんなものを出せば恰好はつくだろう……。

ふとファイルから目を上げると、先輩は腕を組んで難しい顔をしていた。やはり使えるネタではないと考え直しているのだろうか。それとも気が変わって、自分で手がけたくなったのか。

どちらも違った。先輩はやがて、呻くように言った。

「いや、やっぱりそれはやめた方がいいかもしれない」

「どうしてですか」

義理のつもりでそう訊く。先輩は、上体がかがむほど大きく息を吐いた。

「これは俺の直感なんだが……。そいつは、ホンモノだって気がするんだ。思い出したよ。俺はそれで、そのネタを寝かせたんだ」

「ホンモノですか」

深刻そうな声を作る。こういうところは器用だ。だが内心では、先輩の悪いところが出たなと思っていた。これさえなければいいひとなのに、と。

「そうだ。桂谷峠には、何かある。何かがいると言ってもいいかもしれん。よほど気をつけてかからんと、危ないぞ」

先輩は、ときどきこういう「信じている」ようなことを言う。俺はそのたびに、どうしてこの人が成功しているんだろう、と思ってしまう。世話になっている人を悪く思いたくはないが、こんなことを言う人間は馬鹿だとしか思えない。幽霊について書くのはいい、煽るのもいい、だが信じてどうするのか。

このとき俺は、桂谷峠の事故を「都市伝説」に仕立てることを決めた。他にネタの当てはなく、ネタの弱さを小器用な書き方でごまかせる自信もあった。だがやはり、これで行くと決めた一番の理由は他にあった。

きっと俺は、先輩の迷信めいた言い草を、笑い飛ばしてしまいたかったのだ。

## 三

「すいませんねえ。急な電話で」

浅い角度で頭を下げながら、ばあさんが戻ってくる。

「それで、なんでしたかね」

と、俺の向かいの椅子に腰を下ろす。ドライブインの店員だと思えば常識外れのようだが、ばあさんはにこにことして、世間話の続きをするのに疑問も持たないらしい。俺にとってもありがたいことだ。

「この店の話でした。長くやってるんですね」

ばあさんはこっくりと頷いた。

「はい。おかげさまで、何とか続いております」

「一年中開けているんですか」

「このあたりは雪もありませんから、一年中ですねえ。雨の日も、風の日も……」

これほど交通量のない道なら、秋だけの営業にしそうなものだ。一年中開けているのでは赤字じゃないか、と余計なことを思う。

「この先の町から通ってくるんですか」

「はい」

町のことに話が及ぶと、ばあさんの声になんとなしの温かみが加わった。

「そうです。豆南町といいまして、なんにもない町です」

「いまはお一人暮らしですか」

「そうです」

「大変ですね」

ばあさんの顔がほころんだ。

「そうでもありません。都会から娘が帰ってきてくれて、何くれとなく世話してくれます。孫も大きくなって、よく顔を見せに来てくれます。さみしいことなんか、ひとつもありません」

釣り込まれて俺も笑う。

「いいお孫さんですね」

「はい。本当に」

コーヒーに口をつける。まだ取材目的には触れてもいないのに、あまり飲み進めては都合が悪い。飲むふりだけして、テーブルに戻す。どう話を切り出そうか迷っていたが、これだけ話し好きなら小細工はいらないだろう。

「ところで知り合いから聞いたんですが、この峠は最近事故が多いそうですね」

藪から棒に訊いたのだ。少しは戸惑うかと思ったら、ばあさんは手招きのような仕草をして、待ってましたとばかりに身を乗り出した。

「そうなんです。ほんとにねえ、若い人ばっかり、気の毒にねえ。お兄さんも、運転には気をつけないと」

「ええ、まあ。若い人ばかりだったんですか」

「そういう話です。年寄りはまあ、このあたりの道には慣れとりますから」

「町でも噂になっているんですか」

ばあさんは重々しく頷いた。

「そりゃあ、そうです。ここ何年か、こんな小さな町が新聞に載るのは事故のときばかりで。この先ですよ」

暗い店内から、真夏の外を指さす。風はないらしく、窓の外では木々の葉がゆらりともしていない。

先輩からもらったファイルで、事故が起きる場所はわかっていた。ばあさんの言うとおり、このドライブインからもう少し先に行ったカーブで、事故は起きている。

都市伝説だの幽霊だのを軽蔑している俺でも、あのファイルを見たときには、少しぞっとした。四件の事故は、一件の例外もなく、同じカーブで起きていた。現場写真を見る限りそれほど深い角度のカーブではないが、その下は谷底までまっさかさまに落ち込んでいる。四台の車がそこから転落し、五人が死んでいる。

「危ない道なんですか」

ばあさんに一通りの話を聞いたら、実際にそのカーブを見に行く予定だ。事故が多いのだから少なからず危ない道だというのはわかりきっているが、現地の人の話として聞いておきたかった。

しかしばあさんは、皺の多い顔をくしゃっと歪めて言った。

「それがねえ。別にねえ、危ない道だなんて思わないんですけどねえ」

「そうか。おばあさんは毎日、その道を通ってここに来ているんですよね」

「そうです。ぼろの軽トラックでね。雨の日も風の日も通る道だけど、危ないなんて思ったことは一度もありません」

実感としてはそうなのかもしれない。しかしそれでは記事にならない。このコメントは使えないだろう。いや、それとも、一見なんでもない道で事故が多発しているという方が、話として面白いだろうか。

「どういう道なのか教えてもらえますか」

「どうと言われても、普通ですねえ」

ばあさんは少し考え込んだ。

「ここからね。しばらくはまっすぐ下り坂になります。まっすぐといっても、だんだんに左に曲がっていく道です。それが、そうですねえ、どのくらい続きますか。長い下り坂はブレーキが焼きつくからエンジンブレーキを使えと、亭主によく叱られました。いまの車は性能がいいから、そんなこともないんでしょうけど」

エンジンブレーキなんて言葉は、教習所で聞いて以来久しぶりに耳にした。

「そうして下っていくと、一つ大きな曲がり角があります。谷側に大きく張り出した道で、車を駐めて降りれば景色のいい場所です。路肩が広く取ってありましてな。普通に走っていれば、少しぐらい外にふくらんでも、危ないとも思わない道です。何と言いましたか……物の名前が出てこんで困ります。路肩の、白いあれ」

「ガードレール？」

「そうそう、そうです。ガードレールもつけなくていいぐらいですから。代わりに手すりがありますが、落ちた車はそれを突き破ったと聞いてます。まだ修理が済んでいませんで、いまは代わりに縄が渡してあります」

先輩から借りたファイルにも、その現場の写真はあった。

崖にはガードレールの代わりに茶色の鉄柵が立てられているが、その一部がぽっかりと撤去されている。そこが、転落した車が突き破った場所なのだろう。空いた空間に黄色と黒の標識ロープが何重にも張られていた。そしてその先には、折り重なる山並みの向こうに僅かに太平洋が見えている。どのぐらい高い崖なのかはわからないが、四件の転落事故で生存者はいないというから、だいたい予想がつく。

見ているだけで漠然とした不安をかき立てられる写真だった。いまも、そのままらしい。

「それで、亡くなった方は……」

「はい」

ばあさんはこっくりと頷いた。

「前野《まえの》さんと言いまして、県のお役人さんでした」

## 四

前野拓矢《たくや》。

静岡県沼津市生まれ。事故当時、三十一歳。静岡県庁職員。独身。先輩のファイルに顔写真はなかったが、「文化・観光部」とメモが書き込まれていた。

去年の十月二日(火)午後四時五十分ごろ、桂谷峠を通っていた運送会社の社員が、鉄柵の破損部に張られていたロープが切れていることに気づいた。そのときは一度通り過ぎたものの、帰り道でも同じ状態だったことが気にかかり、車を駐めて周囲を調べたという。その結果、谷底に落下している車を発見し、一一〇番通報した。

およそ四時間後、前野拓矢は救急車で病院に運ばれたが、死亡が確認された。

「熱心なお人でした」

と、ばあさんはしみじみと言った。

「顔見知りなんですか」

「はい。何度か、うちにも立ち寄ってくれました」

この店に来たのは、事故現場の近くで店を出す人の話を聞いて記事の埋め草にしようと思ったからだ。それが、意外な大当たり。死者の生前の話が聞ければ、記事の目玉にもなる。思わず身を乗り出しそうになった。

「それで、どんな人だったんですか」

俺が静かに昂奮するのをよそに、ばあさんののんびりした口調は変わらない。

「はあ、ですから、熱心な」

「若い人だったんですよね」

「若かったですなあ。何ともおぼっこい顔つきの人でした。背ぇが高かった。でも、最近の人はみんな背が高いから、わかりません」

と笑う。

「汗っかきでしたなあ。この辺は涼しいところですが、前野さんはいつも大汗をかいとりました。県のお役人なんていうと、病院に勤めていたころに見たのは、みいんな横柄でした。子供ぐらいの年頃の人が、どうだとふんぞりかえってるのを何度も見ました。でも、前野さんは違いましたなあ。あたしのようなもんにも、どうぞよろしくと頭を下げなさった。笑うのは下手でしたが、そりゃもう熱心で。ああいう出来た人が若死にするのは、やりきれん気がします。でもまあ、これも仕方のないことなんでしょうねえ」

熱心という言葉を繰り返す。よほど印象に残ったのだろう。もう少し話を引き出そうと、水を向けてみる。

「県の職員が、何をしていたんだろう。休みだったのかな」

たぶんそうではないだろう。事故が起きた十月二日は平日だ。県職員が遊びに来ていた可能性は低い。やはりというか、ばあさんは目を大きくして言った。

「まさか。お仕事でしたよ」

「仕事。この道の先は豆南町でしたね。そこで仕事だったのかな」

「さあ、なんと言っとりましたか」

言いながら、ばあさんは、大儀そうに膝をさする。

「そうそう。資源を探していると」

「資源を？」

「はい」

蟬が鳴いている。天井近くの扇風機が、生ぬるい風を送ってくる。ばあさんは、もどかしくなるほどゆっくりと話す。

「県のお仕事で、新しい資源を探していると言っとりました。県のあちこちをまわって、町役場やらなんやらを巡って、土地の資源を掘り起こすのが仕事じゃと。あたしらから見れば下らないようなもんでも、きちんと調べて県の折り紙つきにすりゃあ、話の種にはなると、そう言っとりました」

資源と言っても、まさか石油のことではないだろう。

「じゃあ、この先の豆南町で仕事をするはずだったんですね」

「さあ。そうだろうと思います。何しろこの道は豆南町にしか通じとりませんから」

「それで、事故を起こした……。危ない運転をするような人だったんでしょうか」

するとばあさんは、ほんのりと笑った。

「さあて、ねえ。あたしもこの年までいろんな人を見てきました。でも、運転だけは見た目じゃわかりません。あたしも亭主からは、お前の運転は喧嘩腰だと叱られたもんです」

そんなものかもしれない。

事故の原因は、先輩のファイルにも書かれていなかった。前野拓矢は運転が荒かったのかもしれないし、ばあさんがさっき言ったように、長い下り坂でブレーキが故障したのかもしれない。いまの車でもそんな危険があるのかどうか、調べる必要はあるだろうか？

いや、そんなことはしなくてもいいだろう。四ページを埋めるのに、事故の原因を追究する必要はどこにもない。「なぜか、不思議なことに」で充分だ。

「それで、最後に会ったのはいつだったんですか」

何となくそう訊くと、ばあさんは手を振った。

「嫌ですよ、そんな警察みたいなことを言ったら」

「ああ。すみません」

頭を下げる。

幸い、ばあさんは言葉ほどには気を悪くしたわけではないらしい。小さく溜め息をついて、こんなことを言った。

「なんにしても、気の毒なことです。前野さんもまだ若かったけど、その前も若い人でした。ずいぶん乱暴な人だったけど、だから死んでもいいなんて、あたしは思いませんね。やっぱり、気の毒です。でも、仕方のないことなんでしょうねえ」

「その前の事故のことも知っているんですか」

ばあさんは、なにをいまさら当たり前のことをと言わんばかりに、きょとんとした顔になった。

「はい。雨の日も風の日も来ておりますから、もちろん知っていますよ。田沢《たざわ》さんという男の人と、藤井《ふじい》さんという女の人でした」

五

田沢翔《かける》。

静岡県豆南町生まれ。事故当時、三十六歳。無職。

藤井香奈《かな》。

千葉県白井市生まれ。事故当時、三十二歳。接客業。

先輩のファイルには、どこから手に入れたものか、二人の写真が載っていた。夜の海岸沿いで車にもたれ、男はこちらを睨むようにして、女は舌を出して写っている。フラッシュのせいで、二人とも目が赤い。その写真の男からボールペンで線を引いて、「ヒモ」と走り書きしてあった。よくそんなことまで調べたものだ。女の「接客業」についての詳しい記述はなかった。

写真を入手するときにでも聞いたのか、田沢については他の情報も書かれていた。前科がある。ファイルには「コームシッコーボーガイでタイホ。（噂）ケイサツの自転車をけった？」と走り書きされている。

二年前の六月三十日（木）午後八時三十分ごろ、豆南町での法事から帰るところだった男性（六十六歳）が、谷底へと落ちていく明かりを見た。車のヘッドライトではないかと疑った男性は、落下地点と思《おぼ》しきカーブで車を駐め、谷底でテールランプが赤く光っているのを見て一一〇番通報した。

救助作業は夜が明けてから行われ、作業開始から二時間後、二人とも死亡しているのが確認された。

「田沢さんは、豆南町の生まれだったそうですね」

そう言うと、ばあさんは目を丸くした。

「あれ。よくご存じですこと」

「いや、まあ……。記者なんで」

とっさに誤魔化してしまう。どうして堂々と、事故のことを調べているライターだと名乗らなかったのだろう。

理由はわかっている。割り切ったつもりでいても、何でも屋という現状に、自分自身で忸怩《じくじ》たる思いがあるからだ。だから他人に名乗れない。ばあさんは俺の素性にない興味はないらしく、「そうですか」とだけ言った。

「ええと。田沢さんとは顔見知りだったんですか」

ばあさんは手を振った。

「そりゃあね、豆南は小さな町です。でもね、だからといってあたしもみんな知ってるわけじゃありません。……むかしの同僚の親戚だと後で聞きました」

知らないと言いつつ、やはりどこかで縁は繋がっていたらしい。

「びっくりしましたねえ。知っていても、どうしてやりようもなかったけど、やっぱりかわいそうですよ」

「田沢さんは女の人と二人連れだったんですよね。里帰りだったのかな」

「それは、そんな殊勝な話じゃなかったと聞いてます」

やはり地元の人間だけに噂は飛び交っているらしい。誰が聞いているはずもないのに、ばあさんは声を低くした。

「なんでもね。東京で借金をこさえて、お金を借りに行くところだったとか。田沢さんのところには下にもうひとり息子がいて、こっちは親孝行な子だから、財産はそっちに残したかったそうですよ。出し渋る親を、説得と言うんでしょうかねえ、脅迫みたいにして、無理にでもお金を出させようと直談判に行くところだったと、そういう話です」

「なるほど……。親としては来てほしくない厄介者で、事故が起きてほっとしたというところですか」

するとばあさんは、眉根をぎゅっと寄せた。深い深い皺が刻まれる。

「あのね、親っていうのは、そういうもんじゃありません。困った子でも、先立たれれば悲しいもんです」

「そういうものですか」

「はい。あたしの娘もねえ、出来のいい子じゃありませんが、あたしより先に逝くだなんて、考えただけでも」

しみじみと言う。

「嫌な気がします」

「なるほど……」

そこで、ふと気がついた。

「ところで、さっき田沢さんは乱暴な人だったって言いましたよね」

「はい」

「顔見知りでなかったということは、彼はこの店に来たときに乱暴なことをしたんですか」

するとばあさんは、待ってましたとばかりに身を乗り出してくる。

「ええまあ。死んだ人のことを悪く言いたくはないんですけど」

顔をわざとらしくしかめている。

「どうもねえ、連れ立っていた女の人と喧嘩でもしたのか、機嫌が悪くて」

「その日のことを話してもらえませんか？」

そう頼むと、ばあさんはとんでもないとばかりに大きく手を振った。

「たいして面白くもないですよ。この年になるとあれこれ忘れるばっかりで。それに、死んだ人のことは悪く言いたくないんです」

確かに忘れっぽくなっているらしい。同じことを二度言った。言葉とは裏腹に、話したくてうずうずしているのが目に見えている。

「そこをなんとか」

と一押しすると案の定、ばあさんはあっさり折れた。

「そうですか？　面白くないですけどねえ。じゃあ、聞いて頂きましょうか」

そう言うと、皺の寄った手を腿の上に置く。気のせいか、すっと背すじも伸びたようだ。

間延びした声で、話が始まった。

「あれは五月でしたか、六月でしたか。雨の季節だったと憶えております。長雨の合間に、朝から晴れた日でした。季節のことですからどうしようもないんですが、あのじっとりとした暑さは、年を取っても嫌なものです。それどころか、地球温暖化というんでしょうか、この頃は昔よりも過ごしにくくなった気がします。

この店は朝十時から開けますから、その日もそうしたでしょう。秋でなければそれほどお客さんは多くないですから、やっぱり、その日もそうだったでしょう。代わり映えのしない日に慣れすぎて、少しぐらい変わったことがあっても、いちいち憶えてはおられません。

それでも夕方になって、あの二人が入ってきたときのことは思い出せます。日が長い時期でももう暗くなりかけて、店も閉めるところで。そこに、タイヤをきいきい言わせながら車が来たんです。飛び込んでくるような感じでねえ。男の人が車から降りてきたんですが、なんだか不機嫌で、一緒に乗っていた女の人を怒鳴りつけていました。注文したのは、これは警察には言ってないんですが、ビールです。男の人が運転席から降りてきたように見えましたから、本当なら断らなきゃいけなかったんですけどねえ。なにしろひとりでやってる店ですから、暴れられたらかないません。注文通り、ビールを出しました。その間も、ずっと機嫌が悪くて。口が悪いだけならいいんですが、ところ構わず蹴っ飛ばすのには往生しました」

「蹴っ飛ばしたんですか」

「はい」

ばあさんは膝に手を置くと「よいしょ」と立ち上がり、並ぶテーブルの一つに手を置いた。

「これもそうですよ。がんがんと蹴りつけて、脚がこんなになって」

立ち上がり、ばあさんが言うテーブルの脚を見る。錆色をした脚は、確かに言われてみればへこんでいるようにも見える。いくら年季が入っているとはいえ鉄製のものをへこませるのだから、相当強く蹴ったのだろう。

「何か言っていましたか」

「さあ……。大声を上げていましたが、呂律が回らないというんですか、変な喋り方で、よくわかりませんでしたねえ。あたしも年の割に耳はいい方だと思っとるんですけど」

それは耳のせいではない。たぶん、すごむような巻き舌で喋ったのではないか。だとしたら聞き取れなくても無理はない。

「女の人はどんなふうでした？」

ばあさんは首をかしげた。

「はあ、よく憶えていません。なんだかふてくされていたようには思います」

「真面目そうな人でしたか」

「さあ……」

こちらは要領を得ない。男の方が大声を上げながらテーブルを蹴っていたのでは、女の方に意識が行かないのはむしろ当然かも知れない。

「そうして、二人が出て行ってしばらくして、パトカーのサイレンが聞こえてきました。静かな場所ですから、音はようく響くんです。結局、飲酒運転ということになりましたが、車の中にビールの缶があったということで、うちにお咎めはありませんでした。もしあたしがお酒を出さなかったら、どうなっていましたか。ですけどねえ。あたしもひとりでやってる店ですから、荒っぽい人に出せと言われればねえ」

「いや、よくわかります。断りにくいですよね」

「はい。なかなか」

「それにしても災難でしたね」

おざなりなことを言って、コーヒーに視線を落とす。胸ポケットの中で、ボイスレコーダーはちゃんと動いているだろうか。

田沢翔は飲酒運転だった。それは、先輩のファイルには書かれていなかったと思う。ただ、新聞には出ていただろうし、先輩にとっては自明のことだから省略しただけだろう。店のテーブルを蹴っていたというのは、逮捕歴の記述と面白いぐらいに一致する。警官の自転車を蹴ったのが事実なら、ドライブインのテーブルも蹴りそうなものだ。相当足癖が悪い男だったらしい。

ばあさんが酒を出したのは、確かにまずい。酔っぱらいの車が崖下に落ちたことを不思議がる読者はいないからだ。霊の仕業ということでまとめるなら、飲酒の件は伏せておいた方がいいだろうか。そう記事の案を練っていると、ばあさんがしみじみと呟いた。

「なんにしてもねえ。若い人の不幸は心が痛みます。乱暴者も、女に手を上げるようなのは死んでもいいと思いますが、田沢さんはところ構わず蹴っ飛ばしても女は蹴りませんでした」

それは面白い。もちろんたまたまこの店ではそうだったのであって、ふだんは日常的に暴力を振るっていたのかもしれない。しかし荒ぶる田沢に対して藤井が怯えもせず「ふてくされていた」のが事実なら、二人はどんな関係だったのかと想像が広がる。案外、財布を握っている藤井の方に主導権があったのかもしれない。

「やっぱり、昔の男は女に手を上げましたか」

なんとなくそんなことを訊いたところ、ばあさんはきょとんとして、それから語気を強くした。

「亭主のことだったら、そんなことはありませんでしたよ。苦労人でしたが、いつもにこにこして。あんな出来た人はいません」

「ああ、すみません。そういうつもりじゃなかったんですが」

「そりゃあ亭主関白なんて言葉は昔からありますが、いまの男にも手の早い、死んだ方がいいようなろくでなしはいます。目についたものを蹴るぐらい、かわいいものですよ」

物に当たるのに抵抗がない人間は、人に当たるのも時間の問題という気がする。だがばあさんの機嫌を損ねて貴重な情報源を失うのもばからしい。ここまで聞いた話で適当な記事はでっちあげられる気はするが、おとなしくしておけばまだ何か聞けるだろう。もういちど「すみません」と言っておく。

ばあさんは俺の謝罪を聞いているのかいないのか、懐かしむように呟いた。

「若いうちは肩肘張る子もいます。田沢さんも若かったですが、その前の子はねえ。学生さんということでしたが」

その言葉は、意外ではなかった。前野も田沢も知っているなら、その前を知っていても不思議ではない。学生と言われればすぐにぴんと来る。田沢、藤井の事故の前年は大学生が死んでいて、俺はその名前も憶えている。

「大塚《おおつか》ですか」

ばあさんは、懐かしい名前を聞いたというように目を細めた。

「そうでした、そうでした。確かに、大塚さんといいました」

六

大塚史人《ふみと》。

岡山県久米郡久米南町生まれ。事故当時、二十二歳。東京都台東区の目黄《めぎ》大学に通う、史学科の学部生だった。

先輩のファイルには、卒業アルバムか何かからコピーしたと思しき写真が添付されていた。詰襟の学生服を着てかしこまっている写真は、ずいぶんと童顔に見える。もっともこの写真は中学の頃のものかもしれない。だとしたら年相応だ。

三年前の五月十五日(土)午後六時ごろ、バイクで伊豆半島をツーリング中の男性

（二十歳）が路肩で休憩しようとしたところ、破損した鉄柵に気づいた。覗き込んだところ谷底に車を発見し、一一〇番通報した。

救助は難航した、と書かれていた。救助作業は日没のため打ち切られ、翌日日の出とともに再開されたが、大塚史人は現地で死亡が確認された。

「そうでした、大塚さん。お兄さん本当に詳しいですねえ」

「いやまあ……。仕事柄」

頭を掻いてごまかす。もうほとんど飲み乾したコーヒーに手を伸ばす。情報料の意味を込めて追加の注文をしようかと思ったが、話が逸れてしまうかもしれないと思うと区切りたくない。

「大塚さんもこの店に来ていたんですか」

「はい」

「名乗ったんですか？」

「まさか。新聞で知りました」

少し、首をかしげたくなる。

「前野さんも田沢さんも大塚さんも、この店に来ていたんですか」

するとばあさんは、痛々しげに顔をしかめた。

「はい。雨の日も風の日もやっておりますから、いろんな人が来ます。それにねえ、ちょっとわけもあるんです。お兄さん、こんなドライブインがどうしてやっていけるか不思議でしょう」

言葉で答えるのはさすがにはばかられ、俺はただ頷く。

膝を撫で撫で、ばあさんは言う。

「実はあたしも不思議でした。いくら代々受け継いだ店とはいえ、赤字ならやっていけません。大丈夫なのかと亭主に尋ねたら、こんなことを言われました。

お前は町から出ないからわからんだろうが、北から桂谷峠を越えてくる人たちは、それはたいへんなものだ。代わり映えのしない曲がりくねった山道が、長いとは聞いていてもいったいいつまで続くのだろうと不安になってくる。この道はどれほど続くのか、本当にこの道で合っているのか、ふと心配になってきたあたりにあるのがこの店なんだ、と。懐かしいですねえ。

実際、あたしが切り盛りするようになって、亭主の言っていたことがわかる気がしました。初めてのお客さんはほとんど皆さん、あとどれぐらいで山道を抜けるのかと訊いてこられます。豆南町へはこの道でいいのかと訊かれることもあります。いつも来てくれる運送会社の人も、ここに店があってほっとすると言ってくれます。こんなおんぼろな店でも少しは人様の助けになれることはあるんだと、あたしはそう思っているんですよ」

その気持ちは、俺もわかるような気がした。実際、ここまでの道は長く険しく、音楽も聞き飽きてうんざりしていた。目当てはこの店だったから麓までの時間は気にしなかったが、そうでなかったらやはり車を駐めて休憩がてら、まだ先は長いのかと訊いたかもしれない。

ばあさんは、ふと笑って付け加える。

「ですから、あのカーナビというもの、あれが全部の車に付くようになればお役目も終わりかと思っています。あと三十分も下れば町だとわかっていたら、この店で一休みしようとは、なかなか思わないでしょうからねえ」

そんなものかもしれない。

「大塚さんも、そういうお客さんだったと思います。紅茶を飲みたいと言われて、あたしはもう、びっくりしました。はい、よく憶えています」

「紅茶ですか」

「目覚ましになるものが欲しいけど、コーヒーはどうしても飲めないと言うんです。

あたしなんかだと紅茶は金持ちの飲み物だって思ってしまいますから、ええ、驚きました。でも、最近はそういう子も多いんでしょうかね」

「さあ……。僕はどっちも好きです」

大塚が乗っていた車は軽自動車で、レンタカーだった。普段は車に乗らない生活をしていたのだろう。それがこの厄介な峠道を走ったのでは、疲れてカフェインが欲しくなるのもわかる。事故の原因も、そんなところにあるのかもしれない。

ばあさんが両手で膝をさすり始める。田沢の話は嫌がるふりぐらいはしたのに、いちど口を開くとあとは滑らかというひとらしい。こちらとしては大いに助かる。

「最近は何でも忘れるばかりですが、あの子のことは憶えています。なんだか変わった子でしたねえ。店に入ってもおどおどしていましたから、人慣れしない子なのかと思いました。それで、コーヒーですかと訊いたんです。そうしたら急にきっぱりと、コーヒーは駄目だ、紅茶はないかと言うんですよ」

自己主張が強い割に引っ込み思案。そんなところだろうか。

「それで結局、何を飲んだんですか」

何気なく訊いた一言に、ばあさんは言葉を詰まらせる。

「さあ……。なんでしたでしょう」

しばらく考えて、

「眠気覚ましというから、濃いお茶でも入れたかも知れません。お茶でお金を頂いてはいませんから、メロンソーダか何か、ジュースだったかも。いずれにしても、色のついた飲み物だったとは思います」

「なるほど」

変な憶え方をしている。色のついていない飲み物なんてあるのだろうかと、ちらりとメニューを見る。どうやらサイダーがそれらしい。

「何かは飲んで、少し話をして……。夜になって店を閉めて、帰ろうとしたら道端にパトカーがたくさん駐まっていましてねえ。本当に気の毒なことでした」

そう言って顔を伏せる。

大塚の死には、わからないことがある。それは先輩のファイルを読んだときから、少しだけ気にはなっていた。

前野拓矢が桂谷峠を通ったのは、仕事の都合だったという。彼は静岡県の職員だったのだから、県内のどこに仕事で行かされても不思議ではない。

田沢翔と藤井香奈の場合、田沢が桂谷峠の先の豆南町出身ということで、これもわかる。実家に借金を申し込むためだったという話もさっき聞いた。ありそうなことだと思う。

では、岡山出身で東京の大学に通う大塚史人は、何のために桂谷峠を走っていたのか。ただの気まぐれなドライブだろうと簡単に片づけていたが、改めて考えると引っかかる。わざわざレンタカーを借りて、ひとりでドライブをするだろうか。もし単に車の運転が好きなのだとしても、借りたのは軽自動車だ。走りを楽しむというより、安く実用的な車を選んだという感じがする。

「少し話をしたそうですが」

そう切り出す。

「大塚さんは何をしていたのか、言いましたか」

「何というと、学生さんだということですか。いいえ、それは新聞で知りました」

「いえ、そうではなく、豆南町に何の用事があったのかということです」

するとばあさんは、首をかしげた。

「はあ。ハローワークに行くと言っていました」

「ハローワーク？」

思わず鸚鵡《おうむ》返しに訊いてしまう。大学四年生なのだから、就職活動をしていること自体は頷ける。しかし新卒学生の就職活動にハローワークに行くというのは、あまり聞かない話だ。

「はい。豆南町に職安はありませんから、変なことを言うなと思いました」

では、ハローワークではないだろう。何かの思い違いだ。

大学四年生が遠出する理由になる何か。就職活動もするだろうが、それ以外に。

「……もしかして、フィールドワークじゃなかったですか」

大塚は史学科だった。卒論か卒研に取り組むとき、専攻の分野次第では、そういうこともしたかもしれない。

ばあさんは無関心そうに手を振る。

「新しい横文字は、もう頭に入りません」

訊き方を変える。

「どんな話をしましたか」

「そうですねえ」

考えるほどの間が空く。

「……そうそう。桂谷の関《せき》はどこにあるかと訊かれました」

「関？」

「はい。関所ですな」

「このあたりにあったんですか」

するとばあさんは、不意ににこにこと笑った。

「大塚さんも同じことを言いました。桂谷の関は峠の上にあったといいますから、このあたりになります」

そう言われて、窓の外を見た。

真夏の日光は相変わらず強く照り、地面に黒々とした影を落としている。緑の濃い草木が、密集して生い茂っている。……外は風が出てきたようだ。木々がざわめいている。天井近くに据えられた扇風機が送る生ぬるい風を、不意に意識する。

遺構らしいものは見あたらない。

「このあたりというのは、何かあるんですか」

「いいえ、何も。柱のあと一つ残っておりません。何もかも埋もれて……。残るのはお話ばかりです」

俺は頷いた。

「それは、大塚さんはがっかりしたでしょう」

わざわざフィールドワークに来て何も残っていないのでは、まるで無駄足だ。その上さらに事故で死んでしまうのだから、やりきれない。

「そうでしたかねえ」

ばあさんはそう言い、ゆっくりと立ち上がった。

椅子から立つと、改めてその小ささに気づく。重さを感じさせない体を、ゆっくりとした足取りで運んでいく。このばあさんは何歳ぐらいなのだろう。話し方はどこか間延びしているが、聞き取りにくいというほどではない。頭もしっかりしているようだ。娘が近くに住んでいて、孫が遊びに来てくれると言っていた。他人のことながら、それはよかったと思う。こんな気持ちは日銭稼ぎで擦り切れたと思っていたが、まだ自分にも残っていたらしい。

ばあさんはレジまで行くと、その近くに置かれていた紙を手に取った。

「桂谷の関のことは、これに書いてあります。字が小さくてあたしは読めないから、読んでいて下さい。喋りづめで喉が渇きました。お茶を入れてきます。お兄さんも飲むでしょう」

そう言われ、慌てる。

「いや、コーヒーをもう一杯お願いします」

ただでさえ、コーヒー一杯で粘りすぎた。本来なら情報料を払ってもおかしくないところ、追加の注文はせめてもの礼儀だろう。

ばあさんは、

「そうかね、そうかね」

と言って厨房に消えた。

七

紙はパンフレットだった。「豆南町ぐるりマップ」と題されている。光沢紙に印刷されているが色は褪せており、表面は埃じみていた。レジの横で、ずいぶん長いあいだ日光に晒されていたらしい。何年前のものだろうと見ていると、四年前の年度が記されているのに気がついた。

発行は豆南町商工観光課。観光地図ということになるのだろうけれど、海に面した町の地図の中で、紹介されている場所は四ヶ所にとどまっている。一つは町で一番古い港、豆南漁港。一つは寺。一つは古い民家を改装した民宿。そして地図の端、ひょろりと伸びた道の途中に、確かに「桂谷の関」が書かれている。

何か説明文があるが、ばあさんが言ったとおり字が小さい。しかも色褪せてコントラストが失われているので、照明のない室内では少し読みづらかった。顔を上げると、

急に煙草が吸いたくなった。この店はまさか禁煙ではないだろうが、灰皿も見あたらない。厨房に向かって、

「すみません、煙草を吸ってきます」

と一声かける。

エアコンもない店の中でも、屋根があるだけでずいぶん違う。一歩外に出ると、八月らしい日の光が目と肌に突き刺さってきた。薄暗さに慣れていた目をかばい、手庇を作る。

二度三度とまばたきする。目尻に滲んだ涙を爪で弾いて、まずは買ったばかりの煙草を一本取り出す。雲一つない夏空を見上げふっと煙を吐き、それからパンフレットに目を落とした。

桂谷の関

明応二年(一四九三年)、興国寺城の北条早雲が堀越御所を急襲し、これを奪った。通説では堀越公方の茶々丸は願成就院にて自刃したと言われるが、一説によれば落ち延びて深根城に拠ったとも言われる。桂谷の関は、深根城の茶々丸が後北条氏を防ぐために作ったと伝えられる関である。豆南町の伝承によれば、茶々丸は猜

疑の心が強く、桂谷の関に屈強の関守を配し、通ろうとする者を全て北条方と見なして殺させた。往来を断たれた人々は生活に困窮し、茶々丸を深く恨んだという。やがて茶々丸は追い詰められて自害し、茶々丸を放逐した後北条氏も豊臣氏に滅ぼされる。桂谷の関は取り払われ、往時を思わせる遺構は、ただ一個の道祖神あるのみである（豆南ふる里遺産二十選）。

豆南町市街地から車で四十五分。

桂谷の関とは、通説とは異なる説に従えば存在していたかもしれない関所で、いまは残っていないという。ほとんど想像上の存在だと言ってもよさそうだ。もし大塚史人がフィールドワークに来ていたのだとしたら、その関所が実在するかどうかを調べに来たのだろうか？

長く煙を吐き出す。

この桂谷峠の連続事故を、交通系都市伝説として記事にしなくてはならない。そのためには、何か興味の焦点になるものがいる。

平家でもなんでも、適当な怨霊の仕業で次から次へと事故が起きる、というのでもいいのだが、出来れば死者に共通項が欲しい。怨霊が見境なしに通行車両を谷に突き落とすという話では面白くない。第一それでは、毎日のように峠を走っているだろう運送や郵便の車が無事であることと大きな矛盾が生じ、読者がしらけてしまうだろう。俺はライターとしては何でも屋に過ぎないが、だからこそ記事に最低限の質は確保したい。彼らを死に誘った「何か」がなくては、読者は何を怖がっていいのかわからなくなる。大塚史人が桂谷の関を調べに来た可能性は、その「何か」になり得るだろうか？

しばらく、煙草を口元に持って行くことさえ忘れて考える。集中していながらも、頭のどこかでは蟬の声を意識している。

「いや、駄目だな」

と呟く。

静岡県職員の前野拓矢は、資源を探して県内を駆けまわっていたという。それは十中八九、観光資源のことだろう。その観光資源とは桂谷の関のことだったとこじつけるのは、難しい。なにしろ、当の豆南町が何も残っていないと認めているのだ。

そして、田沢翔や藤井香奈と桂谷の関を結びつけるのはそれ以上に難しい。ところ構わず蹴りつける飲酒運転の男が、北条早雲だの堀越公方だのと何の関係があるというのか。……もっとも、田沢は関所と完全に無関係というわけではない。彼は豆南町の出身なのだから。

仮に、前野や田沢も桂谷の関と関連づけられたとしよう。しかし最大の問題が残る。都市伝説で記事を書くなら、死のきっかけは身近なものであるべきだという点だ。普段の生活に密着した何気ない行動が恐ろしい結果に繋がるからこそ、読者は怖がれる。「ブティックの試着室に入ると誘拐される」という都市伝説は面白い。服屋には誰もが行くからだ。しかし、峠道にあったとされる関所では、何が起きるとしても読者は親近感を覚えてくれない。

それでも記事が成り立つ道があるとしたら、それは一つ。ホンモノであった場合だけだろう。

つまり、前野や田沢や大塚が死んだ理由が、本当に桂谷の関にある場合。この場合、俺が書く記事は都市伝説をでっちあげた雑文から、ルポルタージュに近いものになる。

「ホンモノか」

そう声に出すと、八月の熱気の中、背すじに寒いものが走った。ホンモノという言葉には心当たりがある。先輩も、この一件を「ホンモノ」と言っていた。桂谷峠には何かがある。何かがいる。よほど気をつけないと危ない、と。

斜めに駐めた自分の車を見ていると、不意に衝動に駆られた。このまま乗り込んで山を下りたい。記事は書かなくてはいけないが、他のネタが見つからないと決まったわけではない。先輩の忠告は、理由のないことではないかもしれない……。

「まさか」

笑い、敢えて言葉にする。

先輩のオカルト趣味がうつったのか。煙草を思い出し、一息吸い込む。気がつくと、煙草は指をあぶるほどに短くなっていた。ポケットから携帯灰皿を取り出し、火を消す。風が吹いてきた。生ぬるい風だ。

ことん、と、物音がした。

牛乳瓶が落ちている。お堂の前に、花を挿してあった牛乳瓶だ。風で倒れたらしい。地面には水が染みこんだ跡が残り、白と黄色の小菊も散らばっている。俺はしゃがみ込み、拾える範囲の花を拾って、牛乳瓶に挿していく。元通りお堂の前に供えようとしたが、手作りらしい木製の献花台はぐらついており、瓶を置いても安定しない。なるほど風で倒れるわけだ。

倒れたときに、牛乳瓶に入れてあった水はほとんどこぼれてしまったらしい。瓶底に残った水の少なさを見ていると、紙幣の入っていない財布や残り少ないカレンダーを見るような心細さが湧いてくる。あとでばあさんが水を足すだろう。

お堂の中を見ると、暗がりの中に石仏が見える。外があまりに明るいせいで濃い影になっているが、目を凝らして見ると、三角形の体に、丸く小さな頭が載った、素朴な石像だった。彫り込まれた跡はわかりにくいけれど、苔生《こけむ》した雰囲気はわかる。古いものらしい。

いくら得体の知れない不安が胸をよぎったからといって、さすがに石仏に手を合わせるほどに殊勝ではない。携帯灰皿をポケットに戻し、雲一つない空を見上げて深い息を吐くと、踵を返してドライブインを振り返る。

ドライブインもまた夏のコントラストに沈み、窓の内側は黒々としている。その中で、ばあさんは元通りの椅子に座っていた。

目が合う。皺だらけの手がゆらりと持ち上がり、二度、三度と手招きした。

八

薄暗い店内で、さっきの椅子に戻る。煙草で鈍った鼻にもコーヒーが香ってくる。

ばあさんは湯飲みに茶を入れていた。手近なテーブルに急須も置いてある。

俺の前には、コーヒーカップ。湯気は上がっていない。ばあさんは責めるように、

「ゆっくりしてらっしゃいました」

と言った。別に謝る筋合いでもないのだが、どうもと頭を下げる。コーヒーに口をつけるが、一杯目より濃い気がした。手作業で適当に淹れているから味がばらつくのだろう。もしかしたらインスタントコーヒーなのかもしれない。

ずずっと音を立てて、ばあさんが茶を啜る。そういう音も久しぶりに聞いた。そして、出し抜けに言われた。

「あんた、事故のことを記事にするつもりでしょう」

反射的に違うと誤魔化しかけて、言葉を呑む。四年連続の事故のうち三件目までを聞いておいて、いまさら「ただ聞いてみたかっただけです」は通じないだろう。

「はい。小さな、コンビニで売るような本に書ければと思っています」

一拍おいて、本当ならとっくに言っておくべきだったことを言う。

「お聞きした話も、その中で使わせて頂きたいと思っています。順番が前後しましたが、許可をもらえますか」

「許可ですか？　はあ、難しいことはよくわかりません。ただ……」

湯飲みがコトリと置かれる。

「ただ、どうなさるにしても、もう一つ話を聞いて頂こうと思います」

そう言って、ばあさんはまともに俺を見た。

「大塚さんの前の年に亡くなった人のことですが、お兄さん、どこまで知ってますか」

予想はしていたが、やはりばあさんはその前の年の事故も知っているらしい。勇んで答える。

「高田《たかだ》太志《たいし》さんですね」

高田太志。

東京都新宿区生まれ。事故当時、三十八歳。定職はなかったが、パチンコのプロを自称していたという。先輩のファイルにも顔写真はなかった。

四年前の五月一日（金）午前八時ごろ、近所のドライブインの店員が、谷底に車が落ちていると一一〇番通報。救助が行われたが、既に死亡していた。

「四年前、やはり転落事故で亡くなったと聞いています。その前もあったんですか」

ばあさんは、また湯飲みを手に取った。

「いいえ。あたしが知っているのはそこまでです」

「高田さんもこの店に来たんですか？」

湯飲みを撫でながら、ばあさんが答える。

「この店は、雨の日も風の日も、ずっと開けておりました。いろんな人が来ました。いろんな人が」

「やっぱり、高田さんも来たんですね」

すると、柔らかく咎めるような目がこちらを向いた。

「昔の話です。順を追って話させてくれませんか。こんなあたしの話でも、お兄さんの仕事の役に立つでしょう。それに免じてと言ってはなんですが、ここは一つ、年寄りの長話に付き合ってくれませんか」

「……わかりました」

座り直す。

ばあさんは、まだ湯飲みを撫でている。話に付き合ってくれと言った割にしばらく沈黙し、そしてやはり間延びした声で、話し始めた。

「先に話したかも知れませんが、あたしはこの先の豆南町で生まれ、病院に勤めました。いい加減な病院で、こう言ってはおこがましいかもしれませんが、あたしがいなければどうなっていたかと思うようなところでした。

亭主と知り合ったのも、その病院でのことでした。お互い好き合った同士でしたが、その頃はお見合いが多かったですからねえ。身内の恥をさらすようですが、昔の話ですからいいでしょう。一悶着ありました。いま思えば馬鹿なことです。あたしの家も亭主の家も、釣り合いを気にするようなたいそうな家じゃなかったんですが。

子供が授かったときは、そりゃあ嬉しかったもんです。苦労もいろいろありましたが、嬉しいことも多かった気がします」

「娘さんでしたよね」

「はい。一人娘です」

相好を崩し、ばあさんが頷く。

「親のあたしが言うのもなんですが、いい子ですよ。学校の成績は上の方じゃありませんでしたが、いい子に育ってくれるのが一番です。小中と豆南の学校に通いまして、高校は下田までバスで通いました。毎日三時間はバスに乗りますから、下田で下宿を探してもいいと言ったんですが、強情に首を縦に振りませんで……」

「なるほど、たいへんでしたね」

相槌を打つ。コーヒーを飲む。

ばあさんの声は訥々として、眠気を誘う。

「そうして娘はだんだんと大きくなりました。亭主は、高校まで出れば充分だと思っていたみたいですが、あたしは、自分に学がないことで悔しい思いもしましたから、娘が望めば上の学校にもやりたいと考えておりました。娘にはまた、別の考えがあったようです。伊豆を出て、他の街を見てきたいと言いました。若い頃はそうしたものかもしれません。亭主も、強く反対はしませんでした。なにぶん亭主の茶店は儲かりませんで、稼ぎはあたしの方がありましたから、あたしが学費を出すと言えばあの人も嫌とは言えなんだんでしょう。そうして娘は、短大に行くことになりました」

辛抱強く頷く。ばあさんの話したいように話してもらうのが礼儀かもしれない。だがボイスレコーダーはバッテリーにも容量にも限りがあるし、俺は今日のうちに戻りたい。いくら聞かされてもばあさんの思い出話は記事にはならないということを、早めに伝えた方がいいだろうか。

そんな俺の苛立ちに気づいたのか、ばあさんは微笑んで言った。

「わかっていますとも。高田太志のことでしょう。でも、もう少し付き合って下さい。なにしろ雨の日も風の日もここにおります上に、客の少ない店ですから、こうして話を聞いてもらうことが嬉しくてならんのです」

「それはわかりますが……」

「だいじょうぶ。それほど長くはなりません」

物腰柔らかに、しかし断固としてそう言うと、ばあさんは湯飲みに口を付けた。

「そうして娘を東京に送り出しましたが、それが間違いだったのか、あたしはいまでも悩むことがあります」

深い息を吐く。

「最初は毎日のように電話がかかってきました。手紙も、長いものが月に一度は届きました。あたしも亭主も、娘を箱入りにしてしまったかもしれない、あの子は親離れ出来ないかもしれないと思うと、娘の声を聞き字を読む嬉しさとは裏腹に、不安も募りました。ところが親なんて勝手なものです。半年一年と過ぎるうち便りの数が減ってくると、今度は寂しくてねえ。東京に会いに行こうと思ったこともありましたが、あたしは病院、亭主は店の仕事で手が離せませんで、とうとう行かずじまいでした」

昼下がり、天井近くで首を振る扇風機の、ぶんぶんという唸りが耳につく。その単調さのせいか、だんだん眠くもなってくる。ばあさんの声も心なしか遠くに聞こえるようだ。

「あたしが悪かったんです。娘の最初の結婚は失敗でした。いい大学に通っていると はいえ、所詮は学生さんと結婚すると言い始めたとき、あたしは頬をはたいてでも止めるべきだったんです。でも、あたしも豆南の町からは出たことのない物知らずですから、それも今風なのかと丸め込まれました。かわいそうにあの子は、働いて働いて、旦那の遊びの金を稼ぐことになりました。半年にいちどの手紙はお金の無心と、こんなはずじゃなかったという愚痴ばかり。代わってあげられるものなら代わってあげたいと、返事を書きながら泣けてきましたねえ。

それでも、あたしも亭主も、人生が山あり谷ありなのは当然だと甘く見ていたのかもしれません。手紙が絶えてから一年、あの子はどうしているだろうと思い暮らしてはおりましたが、それでもいちども顔を見に出かけたことはなかったんです。本当に馬鹿でした。出した手紙が宛先不明で戻って来て、電話が通じなくなるまで、ただごとではないなんて思いもしなかったんですから。ようやく東京に出たあたしたちが見たのは、娘の住所に住んでいる知らない人でした。聞けば、前の住人がどこに行ったのかはわからないと」

頭が上手く働かない。たしかばあさんの子供は一人娘で、最近は孫が来てくれると言っていたように思う。

「胸が潰れるほど心配でした。亭主はいい人でしたが、あの頃は毎日喧嘩が絶えず、地獄のようでした。あんたが悪いお前が悪いと罵り合っては、あの子は無事なんだろうかと泣くばかりで。娘もとうに二十歳を過ぎていたんですから、あたしたちが子離れ出来てなかったんだといまは思います。でもねえ、そんなこと、終わったから言えることですよ」

「高田太志は……」

思っていることが、つい声に出てしまう。目を覚まそうとコーヒーを飲む。

間延びしたばあさんの声。湯飲みを撫でる皺だらけの手。扇風機の唸り。

「はいはい、そうでしたね」

茶を啜る音が聞こえる。

「高田太志は、娘の二人目の旦那です」

「えっ」

「娘は、やっぱり男運がなかったんでしょう。最初の失敗で懲りたはずなのに、また女に頼る男とくっつきました。籍も入れずに六畳間に同居して、それはいろんな仕事をしてお金を稼いだようです。ところがこの高田という男は、一人目の学生に比べてもなお悪い男でした。娘のことを怒鳴るのはいつものこと、殴る蹴るも当たり前だったと、あとで聞きました。

やっぱりねえ、テーブルを蹴るぐらいの田沢さんは、かわいいものだったと思います。藤井さんといいましたか、女の人も別に怖がる様子はありませんでしたから、田沢さんに殴られたことはなかったのでしょう。

うちの娘は、そうはいきませんでした。殴られないよう、蹴られないよう日がな一日びくびくしながら、毎晩の仕事で稼いだ金を全部吸い上げられる。これがあの明るかった娘かと思うほど、どんよりとした顔になっていました。夜は薬がないと眠れないし、しばらくは人に会うこともできませんでした。腕の骨はいちど折られて、変なくっつき方をしたようで、いまでも左の肩は上がりません」

守「……」

関「そんな娘が逃げる決心をしたのは、子供が生まれたからでした。

高田は子供を嫌って、あたしの娘にいっそうつらく当たるようになったそうです。ところがその子が育って、だんだんと女らしくなってくると、自分の子供にも金を稼がせようとしました。ずっと殴られ通しでぜんぶ諦めていた娘も、それだけは許せないんだ。子供にまで自分のような人生を送らせたくないと、金を持ち、車を盗んで、豆南町目がけて逃げ出しました」

ばあさんの声は、ひどく遠くから聞こえてくる。

店の中は暗い。どんどん暗くなってくる。

「それが、ああいう男はカンだけは鋭いんでしょうか。追って来ましてねえ。娘が逃げる先は豆南町しかありませんから、そこを目指せばいいとすぐにわかったんでしょう。娘はこの峠の入り口あたりで追いつかれて、逃げて逃げて……。

雨の日でした。車軸を流したようというんでしょうか、土砂降りの日。娘はこの店に、泥だらけになって転がり込んできました。その頃あたしはもう病院をやめて、この店で亭主を手伝っていました。情けない話ですが、あたしも亭主も、入ってきたのが自分の娘と孫だとはわからなかったんです。『助けてお父さん、お母さん』と、そう言われるまでは。

事情を聞く間もありませんでした。追いついた高田が店に入り込むと、それは汚い言葉で罵って。恩知らずだとか何だとか、勝手なことも言っていました。お兄さん、聞いていますか？」

「……はい」

「亭主が割って入ろうとしましたが、高田にぶん殴られましてねえ。生涯喧嘩なんてしたことがなかったひとでしたから、手も足も出ません。あたしは怖くて震えているだけでした。高田はね、こんなことを言い始めましたよ。

お前が実家に帰るのなら、勝手にしろ。お前の家から金さえ貰えば、別れてやってもいい。ただ、子供は連れて行く。俺の子供だ、と。娘の言うことは、あたしにもわかりませんでした。この子だけは許してと言っていた気もしますし、違うことを言っていた気もします。
孫が連れ去られようとしているのを、あたしは見ていることしかできませんでした。高田は泣き叫ぶ子供を脇に抱えて、大雨の中へ出ていきました。ママ、ママと泣く声が、いまでも聞こえてくるようで。お兄さん、聞いていますか？」

守「……」

扇風機が、ぶんぶんと音を立てている。風は届かない。

関「娘は高田を、自分の子供を追っていきました。袖にすがって、殴られて。裾につかまって、蹴られて。そうして高田が自分の車に乗ろうとしたところで、娘が何かしたのが見えました。なにしろあの日はひどい雨でしたから、あたしにもよくは見えなかったんです。
やがて戻ってきた娘は、こう言いましたよ。おかあさん、ごめん、殺しちゃった。
娘は高田を、手近な石で殴り殺したんです。不思議なものです。亭主が手も足も出ず、娘も何年も逆らえなかった男が、石でがつんと殴られたらぽっくり逝ってしまうんですから。火事場の馬鹿力と言うんでしょうか。それともただ、当たり所が良かったんでしょうか。

崖の下に車を落として事故に見せかけようと言ったのは、亭主でした。普段は頼りないと思ったこともありましたが、あのときの手際はそれはもう見事でしたねえ。いい年をしてのろけになりますが、この人と一緒で良かったと思いましたよ。ただ、孫を落ち着かせるのがたいへんでしたねえ」

石で後ろから。

石。

四年前。

「もっとも、本当にたいへんだったのはその後でした。車の始末が済んだ後、娘が高田を殴るのに使った石のことを思い出して、探し出したときには血の気が引きました。娘は無我夢中で、店の前にあった石仏で高田を殴ったんです。サエノカミというんですが、若い人にはわからないかもしれませんねえ。ほれ、お堂の中にありましたでしょう。道祖神と呼ぶんだと大塚さんは言いましたが、あたしらにとっては子供の頃からサエノカミです。

サエノカミサンが、娘と孫を守ってくれたんだと思います。ただ、そのせいでサエノカミサンの首が折れてしまった。亭主はやっぱり賢い人でした。それがどんなに困ったことか、すぐに気がついたんですから」

ばあさんの手が伸びるのを感じる。

「この、『ぐるりマップ』ですか、これは四年前に出来たものです。悪いことに、サエノカミサンが紹介されてしまいました。そこではもちろん、首が折れているとは書かれていません。この地図を作ったのは役場の人で、首がついていたことは知っています。それが、高田が死んだ後で見たら首が折れていたというのでは、なんだろうと思われないとも限らないと言うんです。

亭主の心配は当たりましたねえ。高田の死体は崖から引き上げられましたが、後ろ頭がぱっくり割れていますから、不思議に思った人もいたと聞いています。崖から落ちた拍子に車から放り出され、どこかの岩にぶつけたのだろうという話に落ち着いたそうですが、サエノカミサンの首が折れたばかりだと気づかれたらどうなっていたか。あたしも病院にいた頃の聞きかじりで、ルミノール反応ぐらいは知っています。『石仏の首が折れるほど、いったい何にぶつかったのだろう』と疑われて、簡単な検査でもされたらお仕舞いです。血は、そうですねえ、べっとりとついておりましたから。

首は、元通りに接着剤でくっつけました。亭主は器用な人でした。お兄さんも見たでしょう。ちょっと見たぐらいではわからないぐらい、綺麗に直りました。この首がくっついている限り娘は大丈夫だと、あたしも亭主も信じることにしました」

茶を飲む音。

「亭主はその年に死にました。お前が娘を守るんだぞと、あたしに言い残して。余計なことです。そんなこと、言われなくてもやることです」

パンフレットをテーブルに戻す、がさがさという音が聞こえる。暗い。

「ところがねえ。なかなか、世の中には余計なことをする人がいるものです。気の毒なことだとは思いますが……」

四件の事故。

高田太志。大塚史人。田沢翔と藤井香奈。前野拓矢。

大塚は、何をしに来たのか。

「次の年に学生さんが来て、卒業論文のための何とかワークだから道祖神を見せてくれと言ったときには、心臓が止まるかと思いました」

そうか。大塚が調べたかったのは、現存しない桂谷の関じゃない。道祖神だ。

「あたしのものじゃありませんから仕方がないんですが、四方八方から写真を撮るし、撫でまわすし、学生さんというのはあんなものかと思いましたねえ。とはいえ、本当に気の毒でした。割れた跡がある、いつごろ割れたのか豆南町役場で聞くなんて言い始めまして。そんなことをされては困ります。

これは豆南町には行かせられないと思いまして、申し訳ないことですが、薬を飲んで貰うことにしました。娘が外にも出られないほど不安定でしたから、あんまりつらそうなら飲ませてやろうと、睡眠薬を持ち歩いていたんです。いまにして思うと運のいいことです。サエノカミサンのおかげさまです。……ただ、大塚さんがコーヒーを飲めないのには困りました。透明な水では、混ぜた薬に気づかれないとも限らないですから。何か色のついた飲み物を用意したことは憶えているんですが、さあ、それがなんだったか」

「……」

「田沢さんの時はねえ。運が悪かったとしか言いようがありません。本当に気の毒です。一緒に乗っていた藤井さんは、もっと不運でした。

機嫌の悪かった田沢さんは、ところ構わず蹴りつけました。それがまさか、サエノカミサンまで蹴飛ばすなんて。罰当たりですが、それよりも首が取れてしまったことに困りました。亭主が使った接着剤はずいぶん強いものだったはずですが、二年も雨ざらしにしていたのが良くなかったんでしょうかねえ。

首が取れたのを見て、藤井さんがそれどうするのと詰《なじ》りました。田沢さんはそこまでするつもりはなかったんでしょう、ひどく慌ててかわいそうなぐらい。それでもあたしは、これはもしかしたら良いことかもしれないと思っていましたよ。『頭が割れて高田が死んだ時期に、近くで道祖神が割れた』というのがまずいわけです。『高田が死んだ二年後に田沢が蹴飛ばしたせいで道祖神が割れた』ことになるのなら、全部丸く収まるわけですから。

ところが田沢さんは、何かそういう知識があったんでしょうか、接着剤でくっついていたものだから割ったのは自分じゃないと言い始めたんです。もともと割れていたものだから自分は知らない、と。そんなことを豆南町で言いふらされたのでは危ないですから、ビールに混ぜた薬を飲んで貰いました。一度あることは二度あると言いますから、万一のために元の職場から薬をくすねておいたんです。役に立ちましたねえ。その後でいまのお堂を造ったんですが、これがたいへんで。亭主の器用さがどれほどありがたかったか、身に染みてわかりました」

「……」

「前野さんは、熱心でした。本当に熱心で、ほとんど忘れられていた桂谷の関とサエノカミサンを文化財に出来ないか、それが無理でも観光資源に出来ないか、何度も何度も通って来られました。いいひとでした。

それに、頭の固いひとでもありませんで、首が折れていることに気づいても『この件はいずれまた』と後まわしにしていました。前野さんにとっては新しい観光地が作れるかが問題だったのでしょう。その間、あたしは針のむしろに座っている気分でした。いつ、前野さんが本格的に修理の時期を調べ始めるかと思うと、気が気じゃありませんでした。

あげく前野さんは、サエノカミサンをいちど持ち帰って調べたいと言い始めたんです。直した跡がある首をいちど切り離して、専門家に直して貰うことも考える、と。それはもう、どうしても困ります。幸い、こんな山道のサエノカミサンに興味を持つのは前野さんだけでしたから、いまは県からのお話もなくなりました」

俺は、道祖神をちらりと見ただけだ。首の修理痕には気づいてもいなかった。

ばあさんが顔を近づけてくる。

「それで、お兄さん、あんたです。去年の秋頃でしたか、あんたが来なさったのは」

「……」

「豆南町で峠の連続事故を調べている人がいることは、すぐにわかりました。小さい町です。よそからの人が来ただけで、すぐにわかります。でもお兄さんは、うちの店には来なかった。カーナビを持っているんでしょうかねえ」

違う。

俺は豆南町になど行ったことはない。今日初めてここに来たのだ。一年前に連続事故のことを調べていたなら、それは先輩だ。

俺じゃない。

そう叫ぼうとするが、声は喉の奥でぐもるばかり。

「四件の事故を結びつけて世間様に書かれては、本当に困るんです。いえ、あたしはいいんですよ。もうお迎えを待つばかりです。娘も、事情があってもひとさまを殺したのは間違いないですから、因果が巡ってきたと思えるかもしれません。でもねえ。孫はまだ、そうはいきません。

あたしはね、しょせん関守《せきもり》です。この店に来てもらわないことには何も出来ません。お兄さんが最初に来たときがそうでした。後で知って、気を揉むばかり。でも、ありがたいことですねえ。お兄さんはまた来てくれた。今度はあたしの話を聞いてくれた。これも、サエノカミサンのおかげでしょうかねえ。ポケットの中の機械は、後できちんと壊します」

閉じたまぶたの裏に、先輩の顔が浮かぶ。その先輩はこう言っている。だから言ったただろう。よほど気をつけてかからんと危ないぞ、と。

俺じゃない。このネタを調べていたのは先輩、あんたじゃないか。

扇風機の唸りは聞こえない。体を起こしてもいられない。力を失って投げ出された腕が、コーヒーカップをテーブルから叩き落とす。

遠く遠く、おそろしく遠くから、しわがれたような声が訥々と聞こえてくる。

「ねえ、聞こえるかね。お兄さん、聞こえるかね。まだ聞こえるかね」

重いまぶたを、かろうじてこじ開ける。

すると目の前に、老婆の目が。笑っているような目が、俺を覗き込んで。

「――それとも、もうそろそろ、聞こえんかね」

# 満願

一

待ち侘《わ》びていた電話が入ったのは、午後の一時を過ぎてからのことだった。

「先生。おかげさまで、今朝方出所いたしました。本当にいろいろとお世話になりました」

受話器の向こうから聞こえる鵜《う》川妙子《かわたえこ》の声は懐かしく、昔と変わらない。接見は何度もしてきたが、私が思い出すのはやはり、学生時代に見ていた彼女の姿だった。

「ご苦労なさいましたね。これからは悪いことばかりでもないでしょう。私も出来ることはお手伝いします。こちらには来て頂けるんですよね」

「はい。いまからご挨拶に伺います。一時間ほどで着くと思います」

「お待ちしています。では」

そう言って受話器を置き、深い溜め息をつく。

長い年月だった。

鵜川妙子の裁判は、私が弁護士として独り立ちしてから初めて取り扱った殺人事件だ。かつて籍を置いていた事務所でいくつか事案を手伝っていたとはいえ、あの時点での経験不足は否めなかった。少しでも有利な材料を掻き集めようと駆けまわる、苦しい裁判だった。

三年がかりで控訴審まで進んだが、被告人の希望により控訴を取り下げたことで、結果懲役八年の一審判決で確定した。私は、もう少し戦う余地があると思っていた。結果の重さを考えれば正当防衛までは認められなかっただろうが、被告人に危険が迫っていたことはもっと大きく取り上げられていいと考えていたのだ。しかし鵜川妙子は「もういいんです。先生、もういいんです」と繰り返すばかりで、裁判を続けることを許してはくれなかった。

窓に近づき、人差し指でブラインドに隙間を作る。

昭和六十一年三月。中野に事務所を構えて、もう十年になる。十年前ですら新しいとは言えなかったビルはさらに薄汚れ、窓に貼られた「藤井《ふじい》弁護士事務所」の文字はいつしか街に馴染んでいた。春はまだ浅く、眼下の道を行く人々の中には、涼しげなブラウスを着た姿と厚手のコートを着た姿とが入り交じっている。私よりも古株の豚カツ屋の店先で、幟《のぼり》が大きくはためいているのが見えた。風が強いようだ。鵜川妙子

――妙子さんがあまり寒い思いをしないといいのだが。

机に戻り、今朝から何度かめくっていたファイルに指をかける。事件の経緯、裁判の経緯、検察の主張、私の主張、そして証言者や被告人の言葉を綴った黒いファイル。未決勾留分を差し引き、彼女は五年三ヶ月で満期釈放になった。模範囚ではあったが身寄りがなく、身元引受人がいないため仮釈放を受けられなかったのだ。しかしあの人はもっと長いあいだ何かに囚われていたことを、私は知っている。ファイルは書棚で左右から押され続けた年月に耐えかね、僅かにたわんでいるようだった。

二

二十歳の冬だったから、昭和四十六年のことになる。下宿が火事に遭った。火のまわりが遅かったので、通帳から身のまわりの道具、揃えたばかりの法学書まで持ち出せたのは良かったが、住むところがなくなった。困っていた私に先輩が紹介してくれたのが、下宿人を募り始めたばかりの鵜川家だった。

不案内な調布にひとり乗り込んで、先輩が鉛筆で走り書きした下手な地図を頼りに板塀や垣根のあいだを迷い歩き、ようやく辿り着いた鵜川家の玄関先で私を出迎えたのが妙子さんだ。年は二十七、八といったから、まだ所帯の垢は身に染みついておらず、おっとりとした笑顔の中にも凛とした品のある不思議なひとだった。

訪問は焼け出された翌々日のことで、火事のさなか服までは手が回らなかった私は、煤に汚れたぼろ切れのようなシャツを引っかけただけという風体だった。妙子さんの、普段着ながら隙のない矢絣《やがすり》の袷《あわせ》に比べれば、あまりに惨めな恰好だ。しかし妙子さんはそんな形《なり》を嫌うでもなく、

「お話は聞いています。ご災難でしたね」

と情けのある言葉をかけてくれ、まず熱い焙《ほう》じ茶でもてなしてくれた。

鵜川家は先代から畳屋を営んでおり、店と住まいを兼ねた二階建ては、瓦葺きの風格あるものだった。柱は太く、天井板には節がなく、華美なところはないようでいて欄間には細かい細工が施されていた。物干し竿を掲げた庭は狭いものだったが、しんと冷える寒空の下、寒椿が葉の濃い緑の中に紅の花を咲かせていた。

ただ私には、その家にどこかしら欠けたものがあるように思われた。茶の間に客間、それに仏間まで見せてもらったが、そこに要るものがきちんと置かれているだけで人くささというものがない。

「他には誰が入っていますか」

と尋ねると、妙子さんは神妙に答えた。

「主人とわたしのふたり暮らしです」

親はすでになく子はまだない。家の寂しさはそのためだろうかと思った。

下宿を募っているのは二階の部屋だった。一部屋を物置にしているばかりで、あとはどこも使われていなかった。階段を上ることすらほとんどないと思われたが、襖の引き手から腰窓の桟《さん》に至るまで塵一つなく磨き上げられており、私は感心するというよりむしろ呆れてしまった。学生一人を迎えるのにこれほど念入りに掃除をしたのだと気づき、妙子さんの律儀さに思い至ったのは後のことだ。

学業が佳境に入り、本の数は増えるばかりだった。妙子さんが提示した家賃は近辺の相場に比べて安いわけではなかったが、六畳間と四畳半の二部屋を使わせてくれるというのが有り難かった。その上、食事つきとなれば申し分ない。すぐに、

「ぜひ、よろしくお願いします」

と申し入れたが、話はその場では決まらなかった。

「では主人にお引き合わせしましょう」

そして客間で夫の鵜川重治《しげはる》を待つことになった。

すぐに帰ってくると言われたが、重治はなかなか戻らない。妙子さんと面と向かって、ただ待つ時間は気の詰まるものだった。慣れない正座で畏《かしこ》まって身を縮めていた。そんな私の気持ちをほぐすように、妙子さんは私の郷里や、どんな勉強をしているのかといったことを幾つか尋ねた。

「はあ、法律をやっております。何とかものにしたいと思っております」

しどろもどろに答える私に、妙子さんは微笑んで言ったものだ。

「学生さんをお助けするのは、わたしどものような者の役目です。主人にはわたしからも口添えしましょう」

一時間ほどで帰ってきた重治は、口数が少なく笑うことのない陰気な男で、年は妙子さんより二つ三つ上だろうが、無精髭や落ち窪んだ目のせいで一回りも老けて見えた。みすぼらしい私を一瞥《いちべつ》し、家に上げるのも不快だという内心を隠そうともしなかった。しかし表立って何か言ってくることはなく、立ったままで、

「金は毎月二十日までに入れてくれ」

とだけ念を押した。

火事を哀れんだ学友たちがこぞって手伝ってくれたおかげで、引越は午前だけで粗

方片づいた。

下宿を始めると、重治はとかくいい顔はしなかった。たとえば夕飯の席などで妙子さんが私の空茶碗を見つけ、

「もう少しどうですか」

と勧めてくれると、物も言わずにじっとこちらを見つめているようなことがあった。居候三杯目にはそっと出し、とは言うが、金は飯代の分も払っているのだから変な顔をされる謂われはない。だがそう開き直るほど私は気が強くもなく、飯は遠慮がちに済ませて、よく夜中に中華そばなぞを食いに出たものだ。

もっとも気まずいことと言えばそれぐらいで、私の勉強はずいぶんと捗《はかど》るようになった。やはり一つ屋根の下に助けてくれる人がいるというのは、気の締まり方が違うものだ。

夜中に部屋でひとり根を詰めていると、妙子さんがそっと階段を上り、夜食を持ってきてくれることがままあった。握り飯に沢庵が二切れ、時にはそれに味噌汁がついた。専門用語が横溢する洋書や入り組んだ法理に音を上げかけているとき、その心遣いにどれほど力づけられたか知れない。

飯を頬張る私を正座して眺めながら、妙子さんはよく言っていた。

「どうぞ、大いに勉強なさいね」

白熱電球の柔らかな光の下で、妙子さんはひときわ美しく見えた。だからこそ私は顔を背け、たいていの場合「はあ、頑張ります」と言う程度で碌な話もしなかった。

しかし、勉強が難しいところに差しかかり、捨て鉢な気分になっているときなど、妙子さんはこんなふうに尋ねてくることもあった。

「法律というのは、ずいぶんと難しいものなんでしょうね」

そうなるとこちらにも見栄があり、まるでお手上げだとは言いにくい。虚勢を張ってこんなことを言う。

「いや、まあ、大したことはありません。私には数式の方がよほど難物です」

「いまはどんなことを勉強してらっしゃるんですか」

「はあ、法治とは何かっちゅうことをやっております。イロハのイですが、こいつを改めて原書で読むとなるとちょっと手強いところもありまして」

「イロハのイというと、どんな話ですか」

「はあ、僕の理解では、そも悪法は法なりやというところに議論のツボがあるようで……」

妙子さんはにこにことして、上手く相槌を打って私の話を聞いていた。

しかしいま思えば、法律用語や法学者の名前が織り交ぜられた話を、妙子さんが本当に興味を持って聞いていたとは思えない。あれはたぶん、私が行き詰まっているのを察して話を引き出してくれたものだろう。私の方も人に伝えるのだからと出来るだけ整理して話そうとして、ふと気付くと理解の糸口を見出していたということも一度や二度はあった。そうは上手くいかなくとも、荒れた気持ちだけは落ち着いたものだ。

もし鵜川家に下宿することがなかったら、つまりはあの火事がなかったら、弁護士としての私はなかったかもしれない。運命とはわからないものだ。

だが、目があれば余計な物を見ることもあり、耳があれば余計な話を聞くこともある。

重治が露骨に私を邪慳《じゃけん》にするので、下宿の話はてっきり妙子さんの発案だと思っていた。しかし何かの折に尋ねたとき、妙子さんは珍しく困ったような顔をして言った。

「空き部屋なんだから人に貸せばいいと言い始めたのは、主人の方なんですけれどね。人当たりが悪いのは堪忍してやってください」

つまり重治は二階の部屋が金になると思って下宿を募ったが、いざ他人が居着いてみると虫が好かないと思うようになったらしい。どうにも勝手な話だが、私も愛想がいい方ではないから、重治ばかりは責められない。

ただ、重治は家業の評判も良くなかった。

試験が近く、昼間から部屋に閉じこもっていたある日のこと、気の強そうな老女が乗り込んできたことがあった。重治は店にいないようで、ただ老女の怒鳴り声ばかりが二階まで届いてきた。

「ちょっとね、鵜川さんところの先代にはお世話になったから、ここはいいお店だと信用してきたんだけどね。冗談じゃないよ、あんたのところで総替えでなきゃ駄目だと言われた畳が、井出《いで》さんのところじゃ表替えどころか、裏返しでも充分だって言うじゃないか。これまではいそうですかと払ってきたけどね、阿漕《あこぎ》な商売にくれてやる銭はないんだよ」

店には妙子さんが出ていたはずだが、その声は聞こえない。だが老女の声はいっそう大きく、きんきんと耳に響いた。

「わかるもんかね。だいたい、あんただって知れたもんじゃない。裏返しなんか商売にならない、新しい畳を売ってこいとせっついてるのは、おおかたあんたじゃないのかね。先代はほんとに親身になってくれたのに、もう金輪際頼むもんか」

そしてこういうことは一度きりではなかったのだ。

やれ、他の店の見積もりより倍は高い。やれ、ものの一月で縁《へり》がほつれてきた。勘定の払いが遅れていると催促の電話もあった。だが極めつけは春の出来事だ。

桜の時期は儚《はかな》く終わって、散った花片《はなびら》は道ばたの塵と成り果てていた。割烹着に姉《あね》さんかぶりの妙子さんが玄関先を掃き清めているところに、重治がリアカーを牽いて戻ってきた。私はたまたま帰りが早く、別段鵜川夫妻の会話を盗み聞きするつもりもなかったが、重治の声が常になく得意げなのが気にかかってつい出そびれた。柘植《つげ》の生け垣と電信柱に隠されて、ふたりとも私には気づいていないようだった。

「どうだ、こいつは。波賀《はが》さんの家から貰ってきたぞ」

波賀というのは近所の金持ちで、春になって離れの建て替えをした。和風だったものを洋風に変えたというから、いらなくなった畳の払い下げを受けたのだろう。

妙子さんの声はいつも通りに落ち着いていた。

「それで、これをどうするおつもり」

「こいつは上物で、傷んでもいない。波賀のご隠居が気まぐれに尻を下ろしただけの畳だ。喜んで買うやつはいるさ」

「古物《ふるもの》の扱いを始めるの」

妙子さんがそう訊いたのは当然だ。しかし重治はいきなり声を荒らげた。

「俺の勝手だ」

そう一喝すると、ぴしゃりと戸の音を立てて店に入っていった。

鵜川の店では中古の畳は扱っていなかった。もとよりお古の畳など、金を取るようなものではない。しかし重治はそれを売るつもりだった。中古を扱うのかと言われて腹を立てたのは、おそらく新品と偽って人に売りつけるつもりではなかったか。

私は法を学ぶ学生であった。いかにも若者らしく、法の正義を信じ、公正を重んじる心を持っていた。重治の詐欺的な行為には憤然としたが、いかんせん確証がない。あの時点では、重治はただ古い畳を貰ってきただけなのだ。いくら下宿人に冷淡でも重治は焼け出された私を容れてくれた恩人である。スパイ行為をしてまで彼のこすっからい小犯罪を暴くのは、やはり気が引けた。私は何も見ないことにした。だが、腹の底に澱《おり》のように不快な気持ちが残ったのはやむを得ない。

私が下宿に入っていたのは二年だけだったが、その間にも鵜川は信用を失い、商売はみるみる左前になっていった。

夜中、妙子さんが算盤を弾いているのを見たことがある。帳簿を前に珠を弾く妙子さんに表情はなかったが、何故かしらぞっとするような鬼気を感じたのを憶えている。

夏になると、鵜川家の二階は耐え難いほど暑くなった。

学校は夏期休暇に入っていたが、私は郷里に帰らなかった。奨学金で足りない分を日雇い仕事で一気に稼ぎ、夜と休みの日はがむしゃらに勉強した。

だが若さも情熱も、その夏の猛暑の前には一片の氷も同然だった。二階の窓をすべて開け、下着一枚でたらたら汗を流しながら本の山と取っ組み合っても、内容などまるで頭に入ってこない。ベンサムも蜂の頭も知ったことかと畳に転がったところで、階下から声がかけられた。

「藤井さん。冷たい西瓜《すいか》を切りますよ。少し涼みにいらっしゃいな」

まさに及時雨《きゅうじう》。意地も張れずに「すぐに」と答えると、手拭いで汗を拭い、いそいそと脱ぎ散らかした服を着込んだ。

重治は留守にしていた。もっとも、たいていは家にいない男だった。茶の間に下りていったが、そこに妙子さんはいなかった。

「おかみさん」

と呼ぶと、珍しく客間の方から、

「こちらです」

と答えがあった。

縁側の戸を開け放ち、簾《すだれ》を下ろして、部屋に風を通してある。折良くそよ風が吹き、軒端の風鈴が軽やかに鳴った。妙子さんは浴衣姿で、手には団扇を持っていた。

「今日はとりわけ蒸しますね」

「はあ、まったくです」

座卓の上には、切り分けた西瓜が皿に盛ってあった。確かにキンと冷えていて、食べるよりも茹《う》だった頭に載せたいぐらいだった。

西瓜はところどころに鬆《す》の入った、あまり出来の良くないものだったが、味を知らない学生のことでもあり、そんなことに贅沢を言うなど思いもよらず、私は大いに喜んでかぶりついた。だが妙子さんは一口食べて「あら」と呟くと立ち上がり、小瓶を持って戻って来た。

「これをお使いになって」

「これは」

「塩です」

「はあ。西瓜に塩ですか。なんとも、奇妙な感じがしますが」

恥ずかしながら、私は西瓜に塩をかけるという食べ方を知らなかった。得体の知れない置物を遠巻きにする猿のように、疑いの眼差しで塩の小瓶を見るばかり。妙子さんはそんな私を見て微笑んだ。

「こうするのよ」

三角に尖った西瓜の先に塩を一振りすると、小さく口を開けてシャクッと食べてみせた。それで私もおっかなびっくり真似をしたのだが、いまに至るまで、あれほど西瓜を旨いと思ったことはない。

「なるほど。これはいい。これは旨い」

「変わった人」

妙子さんは、今度は口元を隠して笑った。

西瓜を食べながら、いくつか話をした。

「藤井さんは、お盆にはお帰りになるの」

「一日だけ帰ろうと思っております。僕は次男坊ですからいなくてもいいようなもんですが、顔を出さんと親戚連中がうるさいです」

すると妙子さんは美しい眉を寄せて、私を叱った。

「ご先祖の供養はちゃんとなさいね」

思いがけず強い調子に私は慌てた。

「はあ。毎年、墓の掃除は僕の仕事です。草が伸びて困ります」

そんなことを言ったのは、失点を取り戻そうとしてのことだったろう。妙子さんはそんな私の狼狽に気づくこともなく、違う方に目をやっていた。なんだろうと思って視線の先を追うと、普段は何もない床の間に古い掛軸がかかっていた。

掛軸には、襤褸《ぼろ》をまとった男が描かれていた。髭面で、肥っている。男の上方には崩し字で何か書かれているが、私には読めない。ただ、紙が相当古いことはわかった。

「あれは」

訊くと、妙子さんはどこか陶然とした目を掛軸に向けたまま答えた。

「わたしの先祖が島津のお殿さまから頂いたものです」

「お殿さまですか」

「先祖は私塾を開き、身分の低い武士を支えて出世を助けたのです。私塾の出身者は藩を大いに助けたので、その功が認められ、お殿さまからこの絵が下されたと聞いています。賛はお殿さまの直筆で、たいへん珍しい物だそうですので、こうして年に何度か虫干しをします。我が家の家宝ですよ」

ここで言う「我が家」とは、鵜川家のことではなく、妙子さんの実家のことだというのは明らかだった。大方嫁入りの時に持たされたか、それとも妙子さんの実家にはもう家宝を受け継ぐ人間がいなかったのかも知れない。

「立派な字ですな」

賛の墨痕《ぼっこん》が雄壮闊達《ゆうそうかったつ》なことを見て、私はそう言った。すると妙子さんは、自分の筆《て》を褒められたようにはにかみ、小さく頷いた。それまで見たことはなく、その後もついぞ見ることのなかった、童女のようにあどけない笑みと仕草だった。

それからもなおしばらく妙子さんは掛軸を見つめていたが、やがて私をまともに見据えると、いつもの口調で言った。

「藤井さん、よく勉強なさいね」

わかっております、と答えようとしたが、妙子さんの眼差しが常になく熱を帯びたものだったので、軽々に答えることがついためらわれた。幼な子に言い聞かせるように、妙子さんは言葉を重ねた。

「学があるというのは大きなことです。この世はとかくままならぬもの。でも学があれば、世が世ならと臍《ほぞ》をかむこともきっと少なくなりましょう。どうぞ、よくよく勉強なさいね」

いつしか風も絶えたようで、風鈴は静まりかえっていた。蟬さえ死に絶えたような酷暑の日のことだった。

三

鵜川妙子が矢場英司《やばえいじ》を殺害したのは、昭和五十二年九月一日の午後九時から十一時のあいだと推定されている。

九月二日の午後四時すぎ。ジョギングをしていた調布に住む男性が、空き地に人が倒れているのを見つけて一一九番通報した。救急隊は通報から七分後に駆けつけたが、倒れていた人物は既に死亡しており、警察の到着を待って引き上げた。

手元に遺体発見現場の写真がある。空き地はマンションの建設予定地だったが、不動産会社が資金調達に手間取ったため、その年の五月から放置されていた。草刈りもされなかったのだろう、九月の時点でも雑草は大いに伸びていて、大人の腰ほどの高さがある。死体は道路から三メートル奥まったところにあった。草に阻まれて直接見ることは出来なかったはずだ。第一発見者は後にその点を追及され、小便をしようと立ち入ったのだと弁明した。

死体のポケットには財布が入ったままで、運転免許証などはなかったが、残されていた名刺から身元はすぐに判明した。矢場英司は五十五歳、小平で貸金業・回田《めぐりた》商事を営んでいた。家族は遠方に息子が一人いるだけだったが、複数の社員によってその日のうちに本人だと確認された。検視が行われ、死因は腹を鋭い刃物で刺されたことによるショック死とされた。人手不足の折、司法解剖は行われていない。

弁護士という仕事柄、私も多くの金融業者と顔見知りになった。彼らの性格や嗜好は様々だが、不思議と目だけは似通っているように思う。相手の心根を見透かそうとするような目だ。地獄で仏に会ったような顔で金を借りながら、喉元過ぎれば熱さを忘れ、そんなこともあったかなと平気な顔で言い逃れる。何度もそんな目に遭ううち、まあだいたいはこんな顔になるんだよと、古株の男が教えてくれた。いまのところ、だいたい当たっている。

被害者の顔写真も、こちらを値踏みするような目をしている。

警察の調べは弁護士の所にはまわってこない。法廷で検察が主張した内容を私が裏づけして、矢場の九月一日の足取りは、いくらか明らかになっている。

自宅を出たのはいつも通り、朝八時半。自動車を所有しているが、雨が降らなければ健康のために会社まで歩く習慣だった。会社には九時前に到着し、鍵を開けている。午前中に公証人役場に出向き、手形の裏書きを依頼した。午後は会社にいたが、確かにいつもと様子が違っていたという。

「普段は仕事の鬼なんですけどね。あの日はちょっと、気もそぞろって感じでした」

と社員のひとりが教えてくれた。だがファイルには、別の社員の言葉もメモされている。

「社長があああいうときは、狙った獲物があるときでしたよ。故人のことですが、まあ、尊敬できる人じゃなかったですね……」

貸金業が金を貸すのは利息で儲けるためである。しかし矢場は時折、欲しいものを手に入れるために金を貸すことがあったという。趣味の骨董を騙し討ち同然に取り上げることもあれば、好みの女に卑劣な取引を持ちかけることまであったという噂を聞いた。いろいろと話を集めたが、総じて、あまり評判はよくない男だった。

夜遅くまで会社に残ることが多かったという矢場だが、この日は定時である夕方六時には帰り支度を始め、六時半にならないうちに社を出ている。よく訪れていたという中国料理店に現れたのが七時前のことなので、会社からまっすぐ向かったものと思われる。この店の店主が証言をしている。

「矢場さんはいつもみたいに餃子とビールを注文しました。ところがすぐに『いまのナシね』と。『取り止めするの』って訊いたら、『人に会うんだったよ』と言っていましたよ」

一時間ほどで店を出た後、翌日になって遺体が発見されるまで、矢場を見た者はいない。もちろん、加害者である鵜川妙子は別にして。

矢場の会社の帳簿を洗い、矢場への借金の返済が滞っている人物を捜すことで、警察は鵜川の名前に行き着いた。最初の事情聴取は、死体発見からわずか二日後の九月四日に行われている。警察は鵜川重治に話を聞くつもりだったらしいが、当時重治は不摂生から体を壊し入院していた。鵜川妙子の振る舞いに不審を覚えた警察が家宅捜索を行うまでは、それから一週間とかかっていない。

弁護士としては、被告人が矢場の財布に手を付けていなかったことが有り難かった。強盗致死や同殺人の嫌疑はかけられず、鵜川妙子は殺人罪と死体遺棄罪のみで起訴されることになる。

ファイルには証拠品の写真も綴じ込まれている。そのほとんどが、私にも見覚えのあるものだ。

凶器に使われた文化包丁は、鵜川妙子がいつも台所で使っていたもの。死体を運んだリアカーは重治が仕事に使っていたもの。客間の押し入れに隠されていた座布団、床の間から押収された掛軸、それに違い棚にあった達磨《だるま》には血痕が残っており、殺害の現場が鵜川家の客間だったと証明するのに使われた。

赤く塗られた達磨には、一見して血痕など見つからない。しかし科学鑑定によって、その背に血の飛沫があることがわかっている。それを頭に入れて注視すれば、僅かに黒ずんだ汚れが見て取れる。

小さな達磨には目が片方だけ入れられている。するとこれは、鵜川妙子が私と買った達磨だったのかもしれない。私が買った達磨は満願成就して両目が入り、寺で供養してもらった。しかし鵜川妙子の達磨がどうなったのか、聞いたことはなかった。

四

大学四年になる年だから、鵜川家に下宿してから二度目の春のことである。

当時私は、精神的に追い詰められていた。ひたすらに勉強しようとしても将来への不安から逃れられず、机に向かう時間ばかりがいたずらに長くなって成果には乏しいという悪循環を繰り返していた。食は進まず眠りは浅く、人付き合いも悪くなって、学友たちにも心配をかけていた。受験期に入っており、大学で講義を受けられないのも焦燥に拍車をかけた。

机の上には、郷里を後にするときに撮った家族の写真を飾っていた。皆が支えてくれているのだから頑張らねばいかんと己を奮い立たせるため、写真立てに入れてそこに置いたのだ。しかしその頃は家族の視線が自分を責めているように見えて堪らず、写真立てはずっと机に伏せたままであった。

ある夜、白紙のノートを前に鉛筆を握ったまま悶々としていると、階段の軋《きし》む音が聞こえてきた。妙子さんが夜食を持ってきてくれたのだ。有り難く受けるべきところ、私は仏頂面で皿を受け取った。ひとりになりたかったが、さすがに妙子さんに出て行けとも言えず、黙って握り飯に齧りついた。

おそらく妙子さんは、前々から私の焦りを見抜いていたのだろう。おもむろにかけられた声は、なだめるように優しかった。

「藤井さん、勉強はどうですか」

しかし私は苛立ちを隠しきれず、

「いけませんな」

と吐き捨てた。

「どうにもいけません。法律なんてしろものは、僕のように頭の悪い男の手に負えるもんじゃなかったのかもしれません。分相応ということを考えるべきだったかもしらんですが、今更やめるわけにもいかず、これは道を誤ったかと思っております」

情けない愚痴だったが、妙子さんは窘《たしな》めるわけでもなく、微笑むとまるで別のことを言った。

「明日、少し用があって出かけます。ただ荷物が多くなりそうなので、お忙しいところ悪いですが、一緒に来ては頂けませんか」

「僕がですか」

一年以上下宿していて、妙子さんの外出のお供をすることは一度もなかった。まるで考えてもいないことだったし、当時の私には一日が惜しかった。戸惑っていると、妙子さんは珍しく、

「ええ、ぜひ」

と強く言った。何しろ普段から世話になっている下宿人の身である。そう重ねて頼まれては、断るわけにもいかない。渋々ながら頷くしかなかった。

翌日はよく晴れていたが、早春のこととてまだ風は冷たかった。私は着古したカーキのコートを羽織った。学生時代、防寒着といえばそれ一着で通したのだ。妙子さんは桜草柄の小紋《こもん》をきっちりと着こなし、目の詰まった道行《みちゆき》を重ね着して、上げ髪には桜の簪《かんざし》を挿していた。重治は私たちが連れだって出かけるのにもちろんいい顔はしな

かったが、妙子さんはあらかじめ話を通していたようで、その場になって何か訊いてくるようなことはなかった。

変わった道中になった。

妙子さんは草履を履いているので歩くのも速くはなく、私は私で判例や学説を頭からこぼさないようぶつぶつと呟きながら歩いていた。しばらくカーテンを閉めたまま部屋に閉じこもっていたので、三月の柔らかな日差しといえど太陽が目に痛かった。俯いたまま歩く私は、時折かけられる妙子さんの「曲がりますよ」「止まりますよ」という声にただ従っていた。傍から見れば、どこかのお内儀の後ろを木偶《でく》の坊《ぼう》がのっそりのそりとついていくようで、さぞ滑稽だったろう。

それでも数十分も歩いただろうか。妙子さんがふと立ち止まって言った。

「藤井さん。顔を上げてご覧なさい」

それで足を止め天を仰いだ。

私はいつの間にか、花のトンネルの中にいた。

味のある枝振りに、真っ白な花が無数に咲いている。それを見た途端、耳には鳥の声が、鼻には香りが甦った。

「ははあ……。綺麗なもんですな」

私は唸った。

「ちょうどいい時期でした。盛りでしたね」

「こいつは桜ではないようですな」

しかつめらしい顔でそんなことを言ったものだから、妙子さんは困ったように微笑んだ。

「これは木蓮です。白木蓮といいます」

「へえ」

これが木蓮というものですか、とは、さすがに恥ずかしくて言えなかった。私は大学四年にもなろうというのに、木蓮の花すら見てわからぬほどに無教養だったのだ。

見入っている私に、機を見計らうようにして妙子さんが尋ねた。

「このところ、何か焦っているようですね」

「はあ。そのようです」

「困ったことがあるのですか」

どこまでも続くような花の道をぼんやりと見上げながら、学友にも話したことのない事情を、私は問われるままに話していた。

「僕の実家は千葉で漁師をやっておるんですが、どうもこのところ不漁のようで、これまでのように学費は出せんと言ってきたんです」

　不漁だけが理由ではなかった。長年の激しい仕事で父は膝を痛め、元のように働けるかどうかはわからないと言われていたのだ。

「当座の学費や下宿代は何とかなるでしょうが、この先も事情はそう変わらんだろうと思うと、まあ焦ります。何とか司法試験に通りたいと思うんですが、大学を出てからも勉強するような時間も金も僕にはないのです」

「司法試験というものは、そんなに難しいのですか」

「五年十年の勉強は当たり前、二十年がかりの強者《つわもの》もおります。学生の時分に合格というのは、まあ伝説のたぐいですな」

　刻苦《こつく》の甲斐あって、私の成績は上がっていた。しかし頭の回転が速いとは言えず、思考の柔軟性にも欠けるところがあり、登竜門を一度でくぐるにはいささか足りないものがあると痛感もしていた。弱いところがわかっても、それらをどうすれば補えるのか目に見える方策がない。つらい時期だった。

　しばらくは無言のままで歩いた。そこまでずっと俯いていた分を取り返そうとでもいうように、私は頭上の白花を見上げてばかりいた。

「天はきっと見ていますよ」

やがて、妙子さんはそんなことを言った。

「はあ」

「この世はままならぬものです。泥の中でもがくような苦しい日々に遭うこともあります。ですが藤井さん、矜恃を見失ってはなりません。誇りさえしっかと胸に抱いていれば、どんな不幸にも耐えられないということはありません。あなたはこれまでよく勉強なさったではないですか。わたしはそれを見ていました。天も見ていたに違いありません。……今日は、よく願掛けなさいな」

いつしか人の賑わう声が近づいてきていた。下り坂の先に、こんもりとした杉林が見える。その合間から、寺のものと思しき銅板葺きの屋根が見えた。

木蓮も知らない私が知っているはずもなかったが、その日は調布深大寺《じんだいじ》の大祭だった。まだ朝のうちだというのに、寺の参道は山門にも至らないうちから人また人の活況を呈している。長らく下宿の二階に閉じこもっていた私には目の眩むような光景だった。矍鑠《かくしゃく》とした老女あり、やくざ者のような若い男あり、何人連れかの旅客らしい姿もあれば、年端もいかぬこどもが人波のあいだを縫うように走りまわってもいる。妙子さんの用というのはこれだったのかと納得したのも束の間、私ははぐれてしまわないよう、桜の簪を目印に混雑をかきわけた。

人の後について石段を登り、門をくぐって境内に至ると、私は思わず「あ」と声を出した。そちこちに筵《むしろ》が広げられ雛壇が築かれ、それらがすべて白と鮮烈な赤に埋め尽くされていた。売られているのは達磨だった。こどもの手の中に収まりそうな小さな達磨、大人の頭ほどの中ぐらいの達磨、台車でなければ運べないような大きな達磨、境内には達磨、達磨、達磨が溢れかえっている。壮観ではあったが、何しろ物が達磨だけに、やはりどことなくおかしみを誘われる。これは何かと尋ねたら、「達磨市です」と教えられた。

達磨など土産物屋に並ぶものだと思っていたので、そういう市があるとは思いも寄らなかった。見る間にも、老若男女あらゆる客が達磨を買い求めていく。値札が見当たらないのに感じ入った。これは普通の商売ではないのだと一目でわかる。

しかし何より私の目を引いたのは、境内の端に設けられた供養所だった。まだ目の入っていない達磨が人々の手に渡る一方で、供養所には両目の入った達磨が陸続と運び込まれている。あまりの混雑で前がつかえているので、玉入れのように達磨を投げ入れる者も一人や二人ではなかった。妙子さんは別段そこを見せようとは思っていなかったのだろう。足を止めた私を不思議そうに振り返った。

「何か」

「いえ」

そう返事をしたが、私はしばらく、用の済んだ達磨が投げ込まれる様から目を離せずにいた。

およそ、あれらの達磨にもそれぞれ何か願が掛けられていたはずだ。そしてそれらは満願叶い、達磨はそれを見届けた。無数の願とその成就を目の当たりにして、私は不思議な感慨にとらわれていた。自分の学業が大成するか、司法試験に合格できるのか。自分の大事はただそれあるのみだった。確かに難関ではあるが、しかしどうしても無理ということはあるまい、という気が初めてした。これほど多くの願いが叶っているのだ。私にも道がないはずはない。思えば没論理な開き直りだが、陰々滅々と手元だけを見つめる日々にふっと薫風《くんぷう》が吹き込んで、悪い夢が払われたような心持ちがした。

「達磨をお選びなさいな」

心なしか弾む声で、妙子さんがそう勧める。

「藤井さんくらい懸命に勉強なさっていれば、あとは天の助けを待つばかり。ここの達磨市はとても由緒がありますから、きっと御利益もありましょう」

励ましの言葉もすっと素直に胸に届く。まだまだこれからだと、私は早春の境内で人知れずこぶしを固めた。

達磨は私と妙子さんがそれぞれ一つずつ、部屋に置いても邪魔にならない小振りなものを買った。私の願はもちろん司法試験の合格だが、妙子さんは何を願掛けしたか言わなかったし、私もまた敢えて訊きはしなかった。

御利益があったかどうかはわからないが、五月の択一式試験は突破できた。ヤマがあたり勘も冴えて、思ったよりも危なげのない合格だった。だがそれだけに、本当に自分の勉強が水準に達しているのかはわからない。ただあの達磨市以降、自信のあるなしに振りまわされることはなくなっていた。いずれにせよ、やるしかないのだ。片目を入れた達磨は本の山の頂上、机を見下ろす位置に鎮座させた。

だが、金の悩みは思ったよりも早く身に迫ってきた。かねてからの不漁に加え父の具合が悪化して、六月の仕送りが遅れるというのだ。運の悪いことに私も試験に備えて日雇いには出ておらず、これは要ると思った本を買ってしまったため、金がすっかり滞ってしまった。

他のことはなんとかなるが、毎月二十日の下宿代だけはどうにもならない。仕送りは十日もすれば届くというので、それまで待ってもらうよう頼み込まなければならなかった。悪いことに、下宿代だけは重治に直接渡すことになっている。私は元来あまり物怖じはしないたちだが、この時はやはり気が重かった。

小雨のぱらつく夕暮れ時、妙子さんが出かけるのが二階の窓から見えた。頭を下げるところはあまり見られたくない。その機に話をしようと腹を括った。階段を下りて茶の間の前で膝をつき、「お邪魔をします」と一声掛けてから襖を開ける。

途端、熟柿の匂いがぷんと鼻を突いた。重治は座布団の上で片膝を立て、卓袱台に一升瓶と枡を置いて、肴もなしに酒を飲んでいた。私は別に驚きはしなかった。このところ、重治が酒の匂いをさせて夕飯の席につくことや、飲み過ぎてめしを待たずに寝てしまうこともよくあったからだ。ただ、酔っぱらいを相手に金策というのは間が悪い。誤魔化してさっさと下がろうと思ったが、重治はぎろりとこちらを見ると、珍しく声をかけてきた。

「学生さんか。ちょっと付き合いなさい」

顔は赤いが、呂律は存外しっかりしている。拒むのも角が立ちそうだし、私も元々嫌いではないので、

「では少しだけ呼ばれます」

と膝を進めた。

枡は一つしかないので、私は茶碗酒だった。重治が胡座《あぐら》を組み直し、なみなみと注いでくれたのを試されているのだと思い、くいっと飲み乾す。すると重治は、かえってつまらなそうな顔をした。

「旨いか」

酒は安酒で、アルコールが入っているというだけのどぎつい粗悪品だった。貧乏学生でろくに酒にもありつけなかったが、それでもあの酒はひどかった。

「僕は酒の味がわかりません」

そう逃げると、重治は意外にも頷いた。

「なに、旨いもんじゃない」

「旨くないのに飲むんですか」

「飲めば酔う」

言って自分の枡を乾す。返杯に私が注ぐ。重治は枡の中の酒を見つめていたが、やがて独り言のように言った。

「酔う酔うといいながら、酒に強いが我が身の不幸……と。酒代ばかり嵩《かさ》んで、こんなもの何の気晴らしにもならん」

そしてまた枡を傾ける。

重治の商売は、この頃いっそう先細りしていたようだった。仕事が上手くいかないから嫌気が差すのか、嫌気が差すから仕事が上手くいかないのか、雨が降ってきたからと店を早じまいすることもあれば、腹が痛いと休みの札をかけることもあった。この上に深酒の癖までついてしまえば先がない。重治ひとりなら自業自得かもしれないが、妙子さんが巻き込まれるのは理不尽だ。人様の人生に意見できるほど偉い分際ではなかったが、遠まわしに言ってみた。

「そうおっしゃいますが、あんな出来たおかみさんがいるのは羨ましいことです。僕もゆくゆくは妻を娶《めと》って、慎ましくてもふたりで生きていけるようにしたいと思っとります」

「出来たおかみさんか」

重治はふんと鼻を鳴らすと、下から睨《ね》めつけるように私を見た。

「学生さん、あんた幾つになったね」

「はあ、二十二です」

「二十二ね」

繰り返して、口の端をいやらしく吊り上げる。

「そのぐらいになれば、もう少し人生の機微を知っていてもいいようなもんだ。まあ、なんだか厄介な試験を受けるらしいから、そんな暇がないのは気の毒と言えば気の毒だが」

とても気の毒そうではなく言いながら、とん、と音を立てて枡を置く。重治は自分の手元だけを見ながらこう続けた。

「酒に強いのも不幸だが、女房が立派なのはなお悪い」

「悪いですか」

「学生さんには難しいか」

そう言うと重治は含み笑いし、枡を持ち上げ口を付けると、ちっと舌打ちをした。

「それにしても不味い酒だ。なあ学生さん、そう思うだろう」

重治と差し向かいで話が出来る機会は、それきり見つからなかった。

しかし金を工面する当てはない。二十日になって初めて待ってくれでは印象も悪いだろう。論文試験を間近に控え、あまり暮らしのことでごたごたしたくはない。やむを得ず、私は妙子さんに相談することにした。

梅雨の中休みで、薄曇りながら雨の気配はない日だった。重治は朝から出かけていた。割烹着で洗濯物を干していた妙子さんに声をかけ、庭に下りて事情を話す。話が進むにつれ、妙子さんは次第次第に柳眉《りゅうび》をひそめた。

「助けて差し上げたいですが、主人が待つかどうか。言いにくいですが、あのひとは藤井さんのことを気に入ってはおりません。一度でも遅れたら追い出すぐらいのことは言い出しかねません」

「言い訳のできんことです。追い出されるのも覚悟の上ですが、半月ほどなんとか貸してもらえんでしょうか」

ほっそりとしたあごに手を当てて、妙子さんはしばらく考え込んでいた。

「仕送りが届くまで、主人に渡せる当座のお金があればいいのですね」

そう呟くと縁側に上がり、私を振り返った。

「こちらへ」

妙子さんが入っていった先は客間だった。床の間には菖蒲《しょうぶ》の花が生けてあり、違い棚には春に買った達磨がちょこなんと置かれている。違い棚の下には地袋がしつらえてあり、妙子さんはさっと裾を払うとその前に座る。それから、ふと思いついたように呟いた。

「何か目隠しになるものは」

私が「目隠しですか」と鸚鵡返しに言うと、

「いえ。これで目をつむっていただきましょう」

と言って、違い棚の達磨に後ろを向かせた。

改めて地袋の襖に手を掛け、取り出したのは細長い木箱。紫の紐で括ってあった。無言で紐を解くと、妙子さんは箱に向かい合掌した。うやうやしい手つきで蓋を開ける。中身は巻物だった。たぶんいつか見た掛軸だったのだと思う。そして入っているものはそれだけではなかった。

箱から取り出したものは、金の入った茶封筒だった。

一ヶ月の下宿代分を茶封筒から抜き、妙子さんは私に差し出す。

「用心金ですが、これを主人にお渡しなさい。お返しは仕送りが届いたときに」

私は幾重にも驚いた。妙子さんが臍繰《へそく》りを作っていたことや、その隠し場所を私に見せたこと、そしてもちろん、その金を貸してくれたことに。妙子さんなら助けてくれるのではと甘える気持ちがないではなかったが、こういう形で助けてもらえるとは思っていなかった。私はただ、

「は、これは。なんとも申し訳ないです」

などと口をもごもごさせながら、その金を押し頂くしかなかった。

私はその金で下宿代を払い、仕送りが届いたその日に妙子さんに同額を返した。そして翌月には、司法試験最大の難関、論文試験に合格することになる。

## 五

鵜川重治は妻の妙子に隠れ、派手な遊興を繰り返していた。その金の出所は矢場英司の会社、回田商事であり、妙子を連帯保証人に、畳屋の運転資金として貸しつけられていた。鵜川重治が肝硬変で倒れると、矢場は妙子に返済を迫っており、殺人の動機がこの借金にあるという点では、私は検察と争わなかった。

ただ具体的な経緯については主張が分かれた。

検察は、鵜川妙子が返済を逃れるために矢場を殺害したとし、凶器として文化包丁を用いた点に悪質な計画性が認められると主張した。

私の主張は違った。鵜川妙子が矢場英司を殺害したことは認める。しかしそれは、矢場が借金を盾にして妙子に関係を迫ったからであり、妙子は自分を守るために衝動的に犯行に及んだのだ。犯行に計画性はない。これは正当防衛である。

初めて受け持った殺人罪の裁判で、検察の見解に真っ向から異を唱える。これは勇気のいることであり、事実複数の同業者から「藤井君、若いうちはもう少しおとなしく出た方がいいよ」と忠告を受けた。しかし私はなんとか依頼人の刑を軽いものにしたかったし、それに元来、物怖じしないたちなのだ。

裁判は激しく、厳しいものになった。ファイルには対立点の数々が、当時の感想つきで克明に記されている。

「返済を逃れるために殺人を犯したのは身勝手で、同情の余地はない」

しかし矢場を殺しても借金が帳消しになるわけではない。無論そのことは被告人もわかっていた。返済を逃れるためという動機はそもそも当たらない。

「包丁が用意されていたのは被告人が殺人を計画していた証拠である」

しかし凶器は被告人が普段家事に用いていたものである。計画的というなら何故新しい包丁を用意しなかったのか。被告人は、被害者に西瓜を供するため客間に包丁を持ち込んだと言っている。当日の昼間、被告人が西瓜を買ったことについては証言者がいる。

「被害者を刺したのち救急に通報していないのは、強い殺意の証明である」

しかし被害者は即死だった。心臓が止まっている者のために救急を呼ばなかったと言って批難するのはいささか失当ではないか。

「死体を空き地に放棄したことは、事件の隠蔽を図ったものであり悪質だ」

しかし手近な空き地に埋めるでもなく放置したことを指して、事件そのものの隠蔽を目論んだと言えるだろうか。夫が入院しひとりで住んでいる家に死体があれば、恐ろしくて遠ざけたくなるのも無理はない。恐怖に基づく発作的な行動と理解するべきではないか……。

防戦を強いられる中、反撃の糸口はなかなか見つからなかった。

私は独自の調査で、借金棒引きと引き替えに矢場に関係を迫られた女性を捜し出していた。弁護側の証人として彼女が証言してくれれば、鵜川妙子は矢場に関係を強要され抵抗したのだという主張を補強することが出来た。しかし彼女はどうしても、証言台に立つことは引き受けてくれなかった。

代わりに、愛蔵していた刀を奪われた老人を召喚した。だがこれは失敗だった。彼は口汚く矢場英司を罵るばかりで、矢場が時として好みのものを手に入れるために金を貸していたのだという証言にはならなかった。それどころか老人は被告人に向かい、「殺してくれてありがとう」とまで言ったのだ。

女性の拒否は無理もないことだ。しかしもしあのとき彼女の証言が得られていたら、判決は少し違っていたのではないか。それはいまでも悔やまれる。

結局のところ争点は一つなのだった。

すなわち、昭和五十二年九月一日、鵜川妙子は始めから矢場英司を殺害するつもりだったのか。計画的だったのか偶発的だったのか。検察の主張には決め手が欠けていたが、私の側も明確に計画性を否定できずにいた。だが私には、ひとつ搦め手の策があった。

犯行現場を鵜川家の客間だと特定する証拠として、検察は畳の科学鑑定結果や、背中に血のついた達磨、座布団、そしてあの掛軸を提出した。表装の地の部分に、飛び散った血の跡が残っていた。血は空気に触れて黒ずんではいるが、やはり一種異様な生々しさがある。検察側はこの血の血液型が被害者のものと一致したと説明した。

私はこの機を逃さず、被告人質問に賭けた。やりとりはメモに残っている。

「あれは、ずいぶんと古い掛軸ですね。禅画で、描かれているのは達磨大師」

無教養だった私も、それぐらいのことはわかるようになっていた。

「ただ、絵に比べて少し表装が新しいようです。表装を依頼したのはあなたですか」

鵜川妙子はゆっくりと顔を上げた。さすがに疲れを隠せない顔だった。

「いいえ。違います。祖父が職人に依頼したと聞いています」

「祖父というのは鵜川重治の祖父ではなく、あなたの実の祖父ですね」

「そうです」

「これはあなたの実家からあなたが受け継いだものですね」

「はい」

問われるままに答えながらも、被告人は怪訝そうに、僅かに眉を寄せた。視界の端では検察官も難しい顔をしていた。

「普段から床の間にかけているのですか」

「いいえ。箱に入れて、しまってあります」

「管理はどうしていましたか」

「年に数回、虫干しをします」

「なるほど。ずいぶんと大事にしていらっしゃるようですが、するとこの掛軸は家宝だと言えますね」

被告人ははっきりと頷いた。

「はい。家宝です」

私は唾を呑んだ。ここからが勝負所だった。

「事件のあった九月一日、あなたはこの掛軸をどこに置いていましたか」

「床の間にかけていました」

「それは何故ですか」

「矢場さんをお迎えするのに、床の間が空いていてはいけないと思ったからです」

「客を迎えるために掛軸をかけたんですね」

「そうです」

当日、被告人が矢場の来意を伝えられていたことは本人も認めている。矢場を迎える準備をしていたという証言は、不利にはならない。むしろ極めて有利な証言だった。私は重ねて言った。

「大切にしていた家宝の掛軸に血がついてしまったわけですが、あれを見てどう思われますか」

私の意図に気づいたのか、検察官が横から口を出す。

「それが何の関係があるんだ」

とにかく声の大きな男だ。脅しつけるような大音声に、私は相手を睨みつける。裁判官が柔らかく訊いた。

「検察官の異議申し立てですか」

「ええ、そうです」

「どうですか、弁護人」

私は背すじを正して答えた。

「弁護側は、事件当日に被告人がどのような用意をして被害者を迎えたのかを明らかにしたいのです」

「わかりました。続けて下さい」

一礼して、改めて被告人に向き直る。鵜川妙子は私の質問に、消え入るような声でこう答えた。

「ご先祖に対し、ただひたすら、申し訳なく思います」

これを受けて私は意見を陳述した。

「検察が主張するように、被告人があらかじめ殺意を持って被害者を待ち受けていたのであれば、どうして家宝の掛軸をわざわざ箱から出し、床の間にかけるでしょうか。現に血がついてしまったし、もっと悪くすれば、矢場が激しく抵抗して破れてしまったかもしれない。これから殺人現場になるとわかっていたら、被告人が掛軸をかけたはずなどありません。本件が計画的な殺人ではなく予期せぬ突発的な出来事だったからこそ、掛軸はそこにあったのです」

第一審判決では、鵜川妙子の自己防衛が全面的に認められることはなかった。矢場英司が鵜川妙子に関係を迫ったという決定的な証拠を提示できず、その点では力が及ばなかった。しかし犯行の計画性については判決に盛り込まれなかった。これは被告人に有利に取ったということだ。掛軸の血痕がその決め手になったかどうか、判決文には記されていない。

懲役八年の実刑判決。私は第二審に向けて準備にいっそう力を注いだ。

だがその後、鵜川妙子はすべてを諦めたように控訴を取り下げる。

鵜川重治の死を聞いた日のことだった。

六

昭和五十二年九月。調布の殺人事件で妙子さんが容疑者になっているという急報を聞き、出張先の鹿島から取るものも取りあえず駆けつけたときには、妙子さんは既に逮捕されていた。

おおよその事情は移動中に秘書から聞いた。調布警察署の薄暗い面会室で、四年ぶりに会う妙子さんに激しい言葉をぶつけた。

「どうしてもっと早く相談してくれなかったんですか。逮捕される前に、いえ、借金のことだって相談してくれればよかったものを」

留置と取り調べに疲れたのか、それともこの四年のあいだに生活苦がむしばんだのか、妙子さんの頬は私の記憶の中にあるものよりも痩せていた。自分が窮地に立たされているのに、眩しそうに私を見ると微笑んでくれた。

「ご無沙汰しています。藤井さん、独り立ちなさったそうですね。ご出世なさって本当にめでたいことです」

「おかみさん」

卒業からの四年は私にとって怒濤のような年月だった。司法修習生を経て先輩の弁護士事務所に置かせてもらい、使い走りをしながら業務の基礎を学んだ。在学中の合格生ということで良くも悪くも目立ってしまい、事務所での折り合いが上手くいかずに移籍先を探したが、世話をしてくれた先輩が「それぐらいなら独立すればいい」と助けてくれて自分の事務所を構えることができた。がむしゃらな毎日の中で鵜川家のことを思い出すこともあったが、つい多忙にかまけて、年に一度の年賀状の他は連絡することもなかった。

まさか、この四年で妙子さんが人を刺すまでに追い詰められるとは思ってもいなかったのだ。なにか出来ることはあったはずなのに。痛恨の情に歯を食いしばる。そっと目をそむける妙子さんの仕草は、下宿の頃と変わっていない。

「藤井さんはご自分の道を歩み始めたのですから、こんなことでお手を煩わせるわけにはいきません」

「なにを水くさいことを。あれほどお世話になっていながら、煩わしいなんて思うはずがないでしょう。いまからでも打てる手はすべて打ちます。何かやってほしいことはありますか」

この期に及んでも、妙子さんは遠慮をしてなかなか口を開こうとしなかった。声を励まして恩を返したいのだと繰り返し伝えて、ようやく妙子さんの気がかりを聞き出すことが出来た。

「では、主人の具合と、家の借金がどうなっているかを調べて頂けますか」

そんなことよりご自身のことを考えてください、と言いたかった。しかしそれが妙子さんのたってての願いであれば、断ることはできなかった。

この四年間で得た伝手をすべて辿って、二日後にはどちらも満足な調査を終えた。ただ、そのどちらも、妙子さんを安心させる結果ではなかった。

鵜川の生業であった畳屋は、借金を繰り返す自転車操業に陥っていた。土地と建物はとうに銀行の抵当に入っており、妙子さんが逮捕されて返済の見込みがなくなったいま、間もなく競売にかけられるとのことだった。家財は回田商事からの申し立てによって差し押さえられていた。いくつか差押禁止動産にも手が着いていたので、そちらは私の手で解決しておいたが、家財だけでは回田商事への借金は返し切れておらず、仮に執行猶予がついても妙子さんは家もないまま借金を背負わなければならない。

重治は浦安の兄弟の元に転がり込んでいた。私の顔を見るとだらけた笑いを作り、

「弁護士の先生になったんだって。偉くなったなあ。うちに入れてやったおかげだなあ」と言い続けた挙句、金を無心してきた。肝硬変だと聞いていたが正確な病状を知るのには手間取った。重治の医師はしっかりした人で、それだけに守秘義務を盾になかなか教えてくれなかったのだ。最後には妙子さんからの委任状を取りつけて、病名は教えてくれなかったが「やるだけのことはやりますが、長くはないでしょうと奥さんにお伝え下さい」という言葉だけを引き出すことができた。

妙子さんにはつらい事実だったが、私は出来るだけ彼女の希望を奪わないよう気をつけながら、しかし伝えるべきことはすべて伝えた。妙子さんはあの頃ときおり浮かべていた儚げな笑みで、

「よくわかりました。これで覚悟を決めて裁判に出られます」

と言った。

国選弁護人に妙子さんを任せることはできなかった。彼女に支払能力がないのは明らかだったが、費用のことは後で相談しましょうと押し通し、私は刑事被告人・鵜川

妙子の弁護人となった。

その裁判が終わったのは、昭和五十五年も押し迫った十二月のこと。浦安の医師から連絡が入った。長らく病床にあった鵜川重治が死去したという。冷たい雨が降る日だった。葬儀には私も参列した。寂しい式だった。重治のために駆けつけた知人は誰もおらず、親戚の他に式に出たのはどうやら私だけのようだった。

親戚たちにも悼む様子はなかった。むしろあからさまに厄介払いを喜んでいた。

「家を潰しておいて、よくもこれまで生きていたもんだよ」

でっぷりと肥った女性が、辺りを憚らずそう言い散らしていた。

「あんな人が跡継ぎでなければ、調布の家だってあたしらで相続できたんだ。それをむざむざ銀行なんかにくれてやって。死ぬなら死ぬでさっさとすればいいものを、死に際までだらだらした男だったよ」

葬儀の席である。さすがに、夫らしい男が窘めた。

「やめなさい。よその人も来ているんだ」

「だけどさ、葬式代まであたしらで出して、こんな馬鹿馬鹿しい話ってないじゃないか」

「やめないか」

だがその男も、吐き捨てるようにこう付け加えた。

「人殺しの女と結婚したのは、なにもおまえ、重治のせいじゃないだろう」

恐らく彼は、私が妙子さんの弁護人だと知っていたのだろう。

確かに、鵜川重治は勤勉な人間ではなかった。しかし、卒業後さまざまな人間を見てきて思うのだが、これほど寂しい最期を迎えなければならないほど悪い人間でもなかった。商売が下手な男も、遊びで借金を作った男も、この世にはいくらでもいる。その全てがこんな死に方をするわけではない。やはり、重治は不運だったのだ。

火鉢の他には暖房もない寺で経文を聞きながら、私はふと、どうして彼が妙子さんと結ばれることになったのか馴れ初めを知らないことに気がついた。今後知ることもないだろう。人にはそれぞれ思いがけない運命があり、それらをいちいち穿鑿《せんさく》することは失礼に当たる。

焼香の時、遺影を間近に見た。たぶん、死が間近に迫ってから葬式のために撮影したのだろう。白黒の写真の中で鵜川重治は痩せ細り、濃い隈に縁取られた目はどんよりと沈んでいた。まだしも健康だった頃を知っている身としては、どうにもやりきれない遺影だった。

浦安から取って返し、喪服を着替える間もなく妙子さんに訃報を伝えに行った。八王子拘置支所の接見室に入ってきた妙子さんは、私の服装を見るや、はたと立ち止まった。すべてを悟ったようだ。椅子に座ると、妙子さんの方から訊いてきた。

「主人が逝ったのですね」

私は黙って頷いた。

妙子さんは俯き、目元を覆って静かに泣いた。鉄格子に塞がれた窓の外では、冬の雨が霏々《ひひ》と降り続いていた。思えば長い勾留のあいだ、妙子さんは絶えず重治の心配をしていた。接見のたびに「主人はどうしているでしょうか」と訊き、手紙にも「主人の具合はわかりますでしょうか」と綴られていた。だがとうとう、妙子さんは重治を看取ることはできなかった。

私は自分が弁護士であることに感謝した。ただの面会ではなく弁護士として接見しているからこそ、官吏に妨げられることなく悲しむ時間を妙子さんに与えられる。妙子さんはけして声を上げることなく、ときおり肩をふるわせながら涙を流し続けた。

長い時間が経ち、ついと目元を拭うと、妙子さんは深々と頭を下げた。

「先生は主人の葬儀に出て下さったのですね。先生には冷たく当たった人でしたのに、お心遣いにはお礼の申しようもありません」

「いえ。お世話になった方でした」

その言葉はすんなりと、心から言うことができた。

「葬儀はご親族が執り行ってくれました。お墓の場所も聞いてあります」

少し声を落とし、続ける。

「もしご希望なら、保険金の受け取り手続きは代行します。ご主人のことは残念ですが、これから先、お金は必要です」

「よろしくお願いします」

再び頭を下げて、妙子さんは言った。

「ですがそのお金は使ってください。先生には申し訳ありませんが、まずは亡くなった矢場さんの会社に借金を返していただきたいのです。残ったお金は、お待たせしている先生への弁護料に充ててください」

弁護料のことは後でも構わなかったが、借金を返済することには賛成だった。妙子さんの殺人は借金が原因になっている。それを返すことは道義的にも当然であり、また、裁判官の心証を良くすることにも繋がる。幸い、残っていた借金はそれほど多くない。利息分を含めても、重治の保険金でまかなえる額だった。

「わかりました。回田商事にはすぐに連絡しましょう」

そう伝えると妙子さんは、普段人前で心の動きを見せない彼女にしては珍しく、ひとつ溜め息をついた。

「せめてお線香だけでもあげたいのですが、こういう身の上では無理でしょうね」

「そのことですが」

私は鞄から書類を取り出した。

「こんな日ですが、今後の方針をもう少し相談させて下さい。何度も話しましたが、量刑の面ではまだ戦えるはずです。新しい証言者次第では執行猶予も」

控訴審の第一回公判は間近に迫っていた。それに、妙子さんには先への希望が必要だと思い、そう切り出したのだった。

しかし妙子さんは、ゆっくりと首を横に振った。

「もういいんです」

「いい、とは」

「先生、もういいんです。控訴を取り下げます」

思わぬ言葉に私は愕然とし、慌てて身を乗り出した。

「それはいけない。気落ちされるのはわかります。でも落ち着いて考えて下さい。二審は一審ほど時間はかかりません。ここでもう一頑張りすれば、来年にはご主人の墓参りにも行けるかもしれんのですよ」

どうにもわからなかった。一審で妙子さんは、自己弁護こそほとんど口にしなかったものの、裁判を戦う意志は見せていた。矢場の卑劣な行為を私に訴え、それに基づいて私は論陣を張った。控訴を勧めたときも、彼女は迷うことなく「お願いします」と言ったのだ。

「一時の気の迷いです。少し落ち着く時間を空けましょう。またすぐに来ます」

だが妙子さんはかたくなにかぶりを振る。

「いえ。先生、どうか控訴を取り下げてください。もういいんです」

なぜと考えて、はっとした。

「ご主人が亡くなったからですか。もう、早く出てくる意味はないとおっしゃるんですか。あなたはご主人に、それほどまでに義理立てを」

学生時代の、ある夕暮れ時のことを思い出した。あなたは重治を大事に思っているかもしれないが、重治はそうではなかった。あなたという妻を持ったことを身の不幸と嘆いていたのだ。それを知っているのか。

だが妙子さんの頬を伝う涙の跡を見ると何も言えなかった。

控訴は取り下げられ、妙子さんは速やかに収監された。懲役八年。長い年月の始まりだった。

七

ファイルを閉じる。

エアコンから吹き出す温風が書類を揺らしている。椅子はあまりに古くなったので、去年革張りのものに買い換えた。この十年、幸いにも多くの人に仕事ぶりを評価され、事務所の経営は軌道に乗った。結婚して娘が生まれた。服と食べ物の好みが変わった。私は年を取った。

若い頃、鵜川妙子に憧れを持たなかったと言えば嘘になる。目を閉じればいまでも、最初に訪れた日に矢絣の袷を着ていた彼女や、達磨市に連れ立った日に桜草柄の小紋を着ていた彼女、それに普段着の彼女が思い浮かぶ。しかしすべては昔のことである。

眉根を揉みながら立ち上がり、再び窓際に。ブラインドの隙間から通りを見下ろすが、鵜川妙子の姿はまだ見えない。

彼女の力になりたかった。その一念で必死に裁判を戦った。だが結審から五年が経ち、いまは静かにあの事件を振り返ることができる。

一審で私は、事件は突発的なものだったと主張した。矢場英司に関係を迫られ争いになった鵜川妙子は、西瓜を切るために客間に持ち込んでいた包丁で矢場を刺殺した。すべては予期せぬ出来事であり、家宝である掛軸に血がかかっていることがその証拠である、と。

だが、それではあの達磨は何だったのだろう。

客間が殺人現場だと証明するため検察が提出した証拠は、掛軸だけではない。達磨もそうだった。達磨は客間の違い棚から押収されている。私が下宿していた頃もそこに置かれていた。

掛軸に血が飛んだように、達磨にも血痕が残っていた。だがそれは片目の入った正面ではなく背中側にである。球体に近い達磨の背面にまわり込むように血が飛ぶというのは、およそ考えにくい。ということは事件当夜、達磨は正面ではなく後ろ向きに置かれていたということになる。

達磨は縁起物だ。それに背を向けさせるというのは普通ではない。

しかし私は、鵜川妙子が達磨に後ろを向かせるところを見たことがある。あれは実家からの仕送りが滞ったときのことだった。鵜川重治に渡す金を工面するため、妙子は臍繰りを貸してくれた。そのとき、隠し場所から金を出す前に、妙子は達磨に背を向けさせた。

あれはつまり、視線を嫌ったのではないか。

試験勉強に行き詰まったとき、私は家族の写真を入れた写真立てを伏せていた。その視線が不甲斐ない自分を責めているように見えて耐えられなかったからである。たとえ無生物であっても、視線にはそういう力がある。

臍繰りというのは一般に秘密の行いとされている。それを出し入れするところを片目の入った達磨が見ている。妙子はそれを嫌がって、まず達磨に目隠しをしようとし、それに合うものが見つからなくて達磨によそ見をさせたのではないか。

しかしそう考えると、恐ろしいことになる。

事件当夜、妙子が敢えて達磨の目をそむけさせたのだとすれば、それは客間で視線を避けるべき何事かが起きると知っていたことを意味するからである。

鵜川妙子が予期していた何事かがあったとすれば、それはやはり殺人であろう。仮に妙子が矢場の関係強要を予期し、それを受け入れる覚悟を決めたため達磨の目を避けたのだとすれば、その後の殺人には発展しなかったはずだからだ。

しかしこの考えには無理があった。私自身が法廷で主張した通りである。妙子が矢場を殺害しても借金が消えるわけではない。事実、後に回田商事は裁判所を通じて鵜川家の家財を差し押さえている。それでも残った借金は重治の死亡保険金で初めて返済された。矢場ひとりを殺す意味がないのだ。

だから鵜川妙子の殺人に計画性はなく、あれは不幸な出来事だった。妙子が収監されてからの五年、私は自分にそう言い聞かせ続けてきた。

月日のあいだに私の娘は言葉を話し、立って歩けるようになった。休日の昼下がり、娘が駆け寄ってきて、私にプラスティックのブロックを差し出した。

「パパ、これ」

私は相好を崩しこう言った。

「なんだ、くれるのか」

しかし娘は何も言わず、まだ覚束ない足取りで母親の所へ行ってしまった。私は苦笑し、娘からの贈り物を手に握りこんで新聞を読んでいた。

やがて妻が言った。

「さあ、おしまい。片づけましょうね」

妻と娘はブロック遊びをしていたようだ。二人はがらがらと音を立ててブロックを箱に戻していく。片付けがほぼ終わったところで、妻が微笑みながら私に言った。

「あなた。さっき隠したブロックも出してくださいね」

鵜川妙子の事件を再び真剣に考えるようになったのは、それからである。

娘が私にブロックを渡したのは、何も私にくれるつもりだったからではない。間もなく母親が全て片づけてしまうことを知っていて、その一部だけでも避難させるために私に託したのだ。幼な子の娘はこれらのことをすべて意識して行ったわけではないだろうが、行動の意味はそういうことだ。妻が気づいたからブロックはすぐに取り上げられたが、もし気づいていなければ、娘は後から私に近づいてその小さな手を開いただろう。

鵜川妙子は家財を差し押さえられた。それらは競売にかけられ、回田商事への借金返済に充てられた。だが差し押さえられなかった物があることに私は気づいた。

禅画の掛軸である。

掛軸は差押えを免れた。なぜならそれは国が預かっていたからだ。血がついていたため、殺人事件の現場を証明する証拠品として、掛軸は検察の下にあった。

被害者である矢場英司の評判は聞いている。欲しいものを手に入れるために、金を貸すことがあった。彼の狙いは、時には好みの女だった。だがそれだけではない。趣味の骨董を手に入れるため金を貸すこともあった。私自身、愛蔵の刀を奪われた老人を証人に喚んだではないか。あの掛軸は島津の殿様から与えられ、賛は大名の直筆だという。欲しがる骨董マニアは必ずいる。矢場が妙子に求めたのは、あの掛軸だったのではないか。

殺人の結果として掛軸に血が飛んだのではなく、血を飛ばすことが殺人の目的だった――。

血痕は表装の地の部分にのみ付いていた。見方を変えれば、妙子の誇りの源、肝心の禅画の部分には付いていなかったということだ。床の間にかかっていた掛軸の、たまたま表装の部分だけに血が飛んだのか。それとも禅画には飛び散らないよう注意を払って、掛軸めがけて血のついた包丁を振ったのか。そのためには何か平らなもので禅画の部分を覆っておくのがいいだろう。そういえば血のついた証拠品には座布団というものもあった。ある夜、私は自分の思いつきを一笑に附すつもりで、掛軸の写真と座布団の写真を重ねてみた。この仕事に就いて十数年、あれほど戦慄したことはない。血痕は嵌め絵のように繋がった。

鵜川妙子は家宝を守ろうとしたのだと考えて初めて、控訴を取り下げた理由が呑み込める。鵜川重治が病死したため、妙子は保険金で借金を返すことができた。借金が無くなれば掛軸が奪われる心配もない。裁判を長引かせ、掛軸を証拠品として保管させておく意味もなくなったのだ。

早春の街を見下ろしながら思い出す。

鵜川妙子は私に親切だった。在学中に司法試験に合格できたのも、彼女が全面的に協力してくれたからだ。彼女が私の人生の恩人だというのは事実である。

しかし妙子の心づもりはどうだったろうか。あの掛軸を私に見せながら、彼女はこう言った。

「先祖は私塾を開き、身分の低い武士を支えて出世を助けたのです」

この世をままならぬものと思い、世が世ならと臍をかんでいたのは、彼女自身だったのではないかと思う。私の学問を助けてくれたのは、家宝であり誇りでもある禅画を下賜された先祖を模倣してのことであり、それだけが、苦しい日々の中で妙子が自らを誇る方法だったのではないか。

もし自分の妻がそう考え、そう振る舞ったら、私も酒杯を傾けながらこう言うかもしれない。「酒に強いのも不幸だが、女房が立派なのはなお悪い」……。

鵜川妙子はまだ私に頼らなければならない。検察が領置した証拠品はなかなか戻って来ない。還付を希望している旨を検察に伝えるには、弁護士の力を借りた方が良いだろう。

憧れは既に過去のものであり、裁判は結審している。鵜川妙子の罪と目論見が何であっても、それは全て終わったことだ。

達磨大師は九年間壁に向かい坐禅して、悟りを開いたという。

鵜川妙子は五年の服役の果てに、満願成就を迎えられたのだろうか。

季節の変わり目の街に、彼女の姿はまだ見つからない。

# 解説

杉江松恋

切実な。

米澤穂信の短篇集『満願』が単行本で刊行されたのは二〇一四年のことだ（奥付は三月二十日付）。出来たての本を手に取って読みながら頭をよぎったのはその一言であった。

なんと、切実な。

たとえば巻頭の「夜警」（初出：「小説新潮」二〇一二年五月号。「十続きの音」改題）は、こんな内容である。語り手を務めるのは、ベテラン警察官の〈俺〉、柳岡巡査部長だ。彼がかつての部下・川藤浩志巡査を追想する場面から物語は始まる。柳岡の勤務する緑1交番が、川藤の最初の配属先だった。勤続二十年になる柳岡は、川藤が警察官としての資質を欠いている人物であることを一目で見抜いた。

その予感は的中する。男が刃物を持って暴れている現場に駆けつけた際、相手を射殺したものの、自らも切りつけられて殉職してしまったのだ。勇敢な警察官という美談が残る結果になったが、柳岡は事の経緯に不審なものを感じていた。そのことを突き詰めて考えた結果、事件の背後に一つの歪《ゆが》んだ動機があったことを知るのである。

なぜそれは起こったのか。『満願』は、人間の不可解な心理を謎《なぞ》の中心に据えた作品集である。やむにやまれず他人を手にかける、あるいは自らの体を傷つけてしまう。そうした強い動機がどの作品にも描かれている。人の心は孤絶しており、中の動きは外部から窺《うかが》い知れない。深奥《しんおう》で熟成されていったものが結晶した形を、米澤は各篇の最後に明かす。それぞれの結果はそれぞれの必然である。そうするしかなかった、という呟《つぶや》きを聞きながら、ああ、なんと切実な、と読者は畏怖《いふ》の念に打たれる。人間が孤独な存在であるということを思い知らされる短篇集だ。

表題作になっている「満願」（初出：「Story Seller Vol.3」2010 Spring）は、弁護士の〈私〉、藤井が若き日に手がけた殺人事件についての物語である。弁護することになった相手は、困窮していたころに世話になった下宿先の女性・鵜川妙子であった。彼女は夫が借金を拵《こしら》えた相手を刺殺して罪に問われたのである。事件後、公判に臨んだ際に見せた振る舞いと、藤井が下宿時代に見聞していた彼女の人物像とが重ね合わされながら描かれていく。それが完全には一致しないところが本篇の肝だ。わずかに生じたずれの正体は何か、という疑念が藤井による推理を呼び込んでいくのである。この場合の切実な心情とは、事件を引き起こした行為者だけではなく、推理をする者のそれも指している。人は、目の前にある小さなひび、ほころびに気を取られることがある。見逃してしまえば些細《ささい》なものであるが、それがいかに発生したかという謎に心を絡《から》め取られると、解明するまで気が済まなくなってしまう。それを解釈し終えるまで、世界は不可解で不安なもので在り続けるからだ。

ここに実はミステリー小説の粋が凝縮されている。描かれる謎は決して巨大なものである必要はなく、発端はごく小さなものでかまわない。読む者の関心を引っかける程度の、ほんのわずかなとげが生じていればそれでいいのだ。呈示された謎に対して、人は無関心ではいられない。そうした心理の間隙《かんげき》を巧妙に衝《つ》くのがミステリー作家の第一になすべき技芸であるということを、この短篇集は改めて認識させてくれた。

全六篇のバラエティに富んだ内容であることも本書の魅力である。収録作の中で最初に発表されたのが前述の「満願」だが、同作を執筆した時点で米澤には、物語を縛る枠の設定や、レギュラー・キャラクターの魅力に依存しない、純粋な短篇集を作りたいという意志があった。それは旧知の編集者と自作やミステリーそのものについての談義を交わしていく中で培《つちか》われたものだという。かつて出版界には「短篇集は売れない」という実証性に乏しいジンクスがあった。打破のきっかけとなったのが設定に一本の串《くし》を刺し、ひとつながりの物語としても読めるように描かれた連作短篇集という技法である。しかし、短篇集全体のまとまりを強めようとするあまりに個々の作品の完成度が顧みられないという本末転倒なこともそれによって起きるようになった。米澤は原点に立ち返り、独立した作品による短篇集を世に問うことを目指したのである。その結果、創作者にとっての主題や技法はすべての作品で共通しているが、それを意識せずとも読者は楽しむことができるという、理想的な形の一冊が完成した。「満願」を読んだとき、私は松本清張の有名な短篇と、それが収録された作品集を手にしたときの気持ちが蘇《よみがえ》るのを感じた。同じように過去の読書の記憶を呼び覚まされる読者は多いはずだ。短篇ミステリーの雅趣がここに凝縮されている。

当然のことだが本書は話題作となり、単行本が刊行された二〇一四年末には「このミステリーがすごい!」(宝島社)、「週刊文春ミステリーベスト10」(文藝春秋)、「ミステリが読みたい!」(早川書房)と三つのランキングで首位を独占している。また、それに先立って同年五月には第二十七回山本周五郎賞も授与されており、人気だけではなく同業者間からの評価の高さも証明してみせた。なお、同賞に純粋なミステリーの短篇集が輝いたのは、ホラー作品の岩井志麻子『ぼっけえ、きょうてえ』(第十三回）を除けば初のことである。

もちろん二〇一四年の時点で米澤は読者から盤石の信頼を置かれる人気作家だった。支持層はデビュー以来の活躍を見守ってきた熱心なミステリー読者、もしくは〈古典部〉シリーズ（角川書店）などの青春ミステリー連作やそのアニメ化作品である「氷菓」の視聴者などが中心であったが、『満願』が人気爆発したことによりそれが一気に拡大したのである。翌二〇一五年にも、若き日の代表作『さよなら妖精《ようせい》』（二〇〇四年。東京創元社→創元推理文庫）の登場人物・太刀洗万智《たちあらいまち》を主人公に据えた長篇『王とサーカス』（東京創元社）が先に上げた三つの年末ランキングで一位を独占する結果となった。今を代表するミステリー作家としての地位を築いたわけだが、その契機となったのが本書だったのである。

すでに紹介した二篇以外についても触れておきたい。別れた恋人との復縁を希望する主人公の心理と推理の進展とを絶妙な按配《あんばい》で綯《な》い交《ま》ぜにした「死人宿」（初出：「小説すばる」二〇一一年一月号）は、雑誌掲載時と比べ単行本では細部の加筆が行われている。伏線埋設によって引き起こされる驚きを増加させるために加えられたひと手間だった。ミステリーの伏線について考えるとき私はいつも『歌よみに与ふる書』（岩波文庫）で正岡子規が凡河内躬恒《おおしこうちのみつね》の「心あてに折らばや折らむ初霜のおきまどはせる白菊の花」という歌を槍玉《やりだま》に上げて批判した有名な一節のことを思い出す。近代短歌にリアリズムを導入することを推奨した子規にとって躬恒の歌は許しがたいものと感じられたようなのだが、実はこの錯誤の感覚こそ、読者の五感を操って望む方向へと誘導するミステリー技法の中枢《ちゅうすう》を為《な》すものではないかと思うのだ。そうした伏線技術の妙味について思いを馳《は》せたくなる一篇である。

その他、国外で逞《たくま》しく生きる日本人を主役とした立志篇と見せておいて、後半で転調してからのスリルが半端《はんぱ》ではない「万灯」（初出：「小説新潮」二〇一一年五月号）、都市伝説を扱ったブラックユーモア譚《たん》「関守」（初出：「小説新潮」二〇一三年五月号）と、エッセンスを抽出しただけでもその多彩さは明らかになるはずだ。特筆すべきは、主要登場人物はわずか四人ながらも万華鏡のように目まぐるしく相貌《そうぼう》を変え、しかもエロティックな香りが漂う「柘榴」（初出：「小説新潮」二〇一〇年九月号）である。「満願」と並んで印象深い動機が提示され、ざらりとした後味が残る。この感覚は過去の短篇集『儚《はかな》い羊たちの祝宴』（二〇〇八年。新潮社→新潮文庫）にも通底するものだが、最後になって急にどろりとしたものが現れるという展開は米澤作品の特徴の一つでもある。燦々《さんさん》とした陽射《ひざ》しが急にそこだけ翳《かげ》り、ひやりとした感触を読者の心に残して物語が終わるのだ。そうした居たたまれなさもまた、ミステリーならではの楽しみである。心にざわめきを。そしてきらめきを。

（平成二十九年六月、文芸評論家）

この作品は平成二十六年三月新潮社より刊行された。

米澤穂信著
ボトルネック
自分が「生まれなかった世界」にスリップした僕。そこには死んだはずの「彼女」が生きていた。青春ミステリの新旗手が放つ衝撃作。

米澤穂信著
儚い羊たちの祝宴
優雅な読書サークル「バベルの会」にリンクして起こる、邪悪な5つの事件。恐るべき真相はラストの1行に。衝撃の暗黒ミステリ。

米澤穂信著
リカーシブル
この町は、おかしい――。高速道路の誘致運動。町に残る伝承。そして、弟の予知と事件。十代の切なさと成長を描く青春ミステリ。

伊坂幸太郎著
オーデュボンの祈り
卓越したイメージ喚起力、洒脱な会話、気の利いた警句、抑えようのない才気がほとばしる！　伝説のデビュー作、待望の文庫化！

伊坂幸太郎著
ラッシュライフ
未来を決めるのは、神の恩寵か、偶然の連鎖か。リンクして並走する4つの人生にバラバラ死体が乱入。巧緻な騙し絵のごとき物語。

伊坂幸太郎著
重力ピエロ
ルールは越えられるか、世界は変えられるか。未知の感動をたたえて、発表時より読書界を圧倒した記念碑的名作、待望の文庫化！

伊坂幸太郎著　**フィッシュストーリー**

売れないロックバンドの叫びが、時空を超えて奇蹟を呼ぶ。緻密な仕掛け、爽快なエンディング。伊坂マジック冴え渡る中篇4連打。

伊坂幸太郎著　**砂　漠**

未熟さに悩み、過剰さを持て余し、それでも何かを求め、手探りで進もうとする青春時代。二度とない季節の光と闇を描く長編小説。

伊坂幸太郎著　**ゴールデンスランバー**
山本周五郎賞受賞
本屋大賞受賞

俺は犯人じゃない！　首相暗殺の濡れ衣をきせられ、巨大な陰謀に包囲された男。必死の逃走。スリル炸裂超弩級エンタテインメント。

伊坂幸太郎著　**オー！ファーザー**

一人息子に四人の父親!?　軽快な会話、悪魔的な箴言、鮮やかな伏線。伊坂ワールド第一期を締め括る、面白さ四〇〇％の長篇小説。

伊坂幸太郎著　**ジャイロスコープ**

「助言あり〼《ます》」の看板を掲げる謎の相談屋。バスジャック事件の〝もし、あの時……〟。書下ろし短編収録の文庫オリジナル作品集！

伊坂幸太郎著　**首折り男のための協奏曲**

被害者は一瞬で首を捻られ、殺された。殺し屋の名は、首折り男。彼を巡り、合コン、いじめ、濡れ衣……様々な物語が絡み合う！

岡嶋二人著　**クラインの壺**

僕の見ている世界は本当の世界なのだろうか、それとも……。疑似体験ゲームの制作に関わった青年が仮想現実の世界に囚われていく。

島田荘司著　**御手洗潔と進々堂珈琲**

京大裏の珈琲店「進々堂」。世界一周を終えた御手洗潔は、予備校生のサトルに旅路の物語を語り聞かせる。悲哀と郷愁に満ちた四篇。

東野圭吾著　**鳥人計画**

ジャンプ界のホープが殺された。ほどなく犯人は逮捕、一件落着かに思えたが、その事件の背後には驚くべき計画が隠されていた……。

江戸川乱歩著　**怪人二十面相**
―私立探偵 明智小五郎―

時を同じくして生まれた二人の天才、稀代の探偵・明智小五郎と大怪盗「怪人二十面相」。劇的トリックの空中戦、ここに始まる！

宮部みゆき著　**レベル7《セブン》**

レベル7まで行ったら戻れない。謎の言葉を残して失踪した少女を探すカウンセラーと記憶を失った男女の追跡行は……緊迫の四日間。

連城三紀彦著　**恋文・私の叔父さん**
直木賞受賞

妻から夫への桁外れのラヴレター、5枚の写真に遺された姪から叔父へのメッセージ。男と女の様々な〈愛のかたち〉を描いた5篇。

# 新潮文庫最新刊

遠藤彩見著
キッチン・ブルー
おいしいって思えなくなったら、私たぶん疲れてる。「食」に憂鬱を抱える6人の男女が、タフに悩みに立ち向かう、幸せごはん小説！

堀川アサコ著
おもてなし時空ホテル
～桜井千鶴のお客様相談ノート～
過去か未来からやってきた時間旅行者しか泊まれない『はなぞのホテル』。ひょんなことからホテル従業員になった桜井千鶴の運命は。

青柳碧人著
猫河原家の人びと
―一家全員、名探偵―
謎と事件をこよなく愛するヘンな家族たち。私だけは普通の女子大生でいたいのに……。変人一家のユニークミステリー、ここに誕生。

泡坂妻夫著
ヨギ ガンジーの妖術
心霊術、念力術、予言術、分身術、そして遠隔殺人術……。超常現象としか思えない不思議な事件の謎に、正体不明の名探偵が挑む！

出口治明著
全世界史（上・下）
歴史に国境なし。オリエントから古代ローマ、中国、イスラムの歴史がひとつに融合。日本史の見え方も一新する新・世界史教科書。

安田登著
身体感覚で『論語』を読みなおす。
―古代中国の文字から―
古代文字で読み直せば、『論語』と違う孔子が現れる！ 気鋭の能楽師が、現代人を救う「心」のパワーに迫る新しい『論語』読解。

## 新潮文庫最新刊

米窪明美著
**天皇陛下の私生活**
―1945年の昭和天皇―
太平洋戦争の敗色濃い昭和20年、天皇はどんな日々を送っていたのか。皇室の日常生活、人間関係を鮮やかに甦らせたノンフィクション。

NHKスペシャル取材班著
未解決事件
**グリコ・森永事件**
**捜査員300人の証言**
警察はなぜ敗北したのか。元捜査関係者たちが重い口を開く。無念の証言と極秘資料をもとに、史上空前の劇場型犯罪の深層に迫る。

川上和人著
**鳥類学者**
**無謀にも恐竜を語る**
『鳥類学者だからって、鳥が好きだと思うなよ。』の著者が、恐竜時代への大航海に船出する。笑えて学べる絶品科学エッセイ！

S・アンダーソン
上岡伸雄訳
**ワインズバーグ、オハイオ**
発展から取り残された街。地元紙の記者のもとに届く、住人たちの奇妙な噂。現代人の孤独をはじめて文学の主題とした画期的名作。

佐伯泰英著
**敦盛おくり**
新・古着屋総兵衛 第十六巻
交易船団はオランダとの直接交易に入った。江戸では八州廻りを騙る強請事件が横行していた。古着大市二日目の夜、刃が交差する。

相場英雄著
**不発弾**
名門企業に巨額の粉飾決算が発覚。警視庁の小堀は事件の裏に、ある男の存在を掴む――日本を壊した〝犯人〟を追う経済サスペンス。

# 満《まん》　願《がん》

新潮文庫　よ－33－4

平成二十九年八月一日発行
平成三十年七月十五日九刷

著者　米《よね》澤《ざわ》穂《ほ》信《のぶ》

発行者　佐藤隆信
発行所　株式会社　新潮社
郵便番号　一六二―八七一一
東京都新宿区矢来町七一
電話　編集部(〇三)三二六六―五四四〇
読者係(〇三)三二六六―五一一一
http://www.shinchosha.co.jp

価格はカバーに表示してあります。

乱丁・落丁本は、ご面倒ですが小社読者係宛ご送付ください。送料小社負担にてお取替えいたします。

印刷・大日本印刷株式会社　製本・憲専堂製本株式会社

ISBN978-4-10-128784-3　C0193